RALF STRACKBEIN

# Tristan Irle –
# Die Dilldappen-Verschwörung

In dieser Reihe bereits erschienen:

Tristan Irle und der Rubensmord; Tristan Irle - Eine Leiche auf der HTS; Tristan Irle - Mord Pur; Tristan Irle - Die Abseitsfalle; Tristan Irle - Das sexte Gebot; Tristan Irle und das Rathauskomplott; Tristan Irle - Der Braumeister; Tristan Irle - Gegen den Strich; Tristan Irle - Tödliche Doktorspiele; Tristan Irle - Siegener Maskerade; Tristan Irle - Eisenhart; Tristan Irle - Die Fürstenjagd; Tristan Irle - Lokalzeit; Tristan Irle - Baum fällt!; Tristan Irle - Die zitternden Tenöre; Tristan Irle - Der Killersteig; Tristan Irle - Locht ein!; Tristan Irle hat Lampenfieber; Tristan Irle und der Grabräuber; Tristan Irle - Wo ist Marlowe?; Tristan Irle - Der Bienenstich; Tristan Irle serviert kalte Platte; Tristan Irle - Die letzte Filmklappe; Tristan Irle trifft den Wisent; Tristan Irle - Sturmwind; Tristan Irle - Der Missionsbefehl; Tristian Irle - Der Luther-Anschlag; Tristan Irle - Die Killer-OP; Tristan Irle - Das Pferdegrab; Tristan Irle - Nachtfrost; Tristan Irle - Die Todes-Rallye; Tristan Irle - Das Krimispiel; Tristan Irle - Der Heimatverein.

Außerdem erschienen:
Der Billy-Code, Mord im schwedischen Möbelhaus
Wolkenmord, 12.000 Meter über Afrika
Das Aschebuch
Die ägyptische Totenbarke
Der Eiskanal
Der Maya-Kodex

Hörbücher:
Tristan Irle serviert kalte Platte
Tristan Irle - Die letzte Filmklappe

Ralf Strackbein

# Tristan Irle
# Die Dilldappen-Verschwörung

Siegerland-Krimi

Magolves-Verlag
Siegen

Auch im Internet unter:

# www.magolves.com

Deutsche Erstveröffentlichung
1. Auflage
Oktober 2024
Magolves-Verlag, Siegen

Umschlag: Ralf Strackbein; Bild „Kohlenmeiler, Walpersdorf“, 2015; Anja Georg
Satz und Buchherstellung:
Vorländer GmbH & Co. KG, Siegen

ISBN: 978-3-935378-51-2

Das Buch wurde auf chlorfrei gebleichtem Papier gedruckt.

*Alle beschriebenen Charaktere sind erfunden. Jede Ähnlichkeit mit realen Tatbeständen, lebenden oder juristischen Personen, Örtlichkeiten, Körperschaften, Unternehmen, Gesellschaften oder Organisationen, natürlichen und übernatürlichen Hierarchien, ist rein zufällig.*

**Vorbemerkung:** Dieses Verzeichnis von Personen, die sich mehr oder weniger in das Geschehen einmischen, soll dem Leser (der Leserin) eine praktische Hilfe sein. Das Verzeichnis ist als Vereinfachung und nicht als Täuschung gedacht. Da der Leser (die Leserin) höchstwahrscheinlich bei der geheimnisvollen Jagd nach dem Mörder den einen oder anderen Charakter aus dem Auge verliert, empfiehlt der Autor, des Öfteren dieses Verzeichnis zu konsultieren.

Die mehr oder weniger wichtigen Personen:

*Dr. Alfons Pechnagel,* Archäologe im Dienst des Landschaftsverbandes Westfalen-Lippe (LWL), unheimlich wichtige Figur des mysteriösen Falls – das Opfer,

*Dr. Marie Schröder,* Archäologin im Dienst des LWL, springt für Dr. Pechnagel ein,

*Professor Dr. Berthold von Langendorf,* lehrt Geschichte an der Universität Siegen, ein belesener Mann,

*Edna Pistorius,* Doktorandin bei Professor von Langendorf, für Ausgrabungen zu begeistern,

*Gesine Grau,* Mechanikerin, im Nebenberuf Landwirtin, ihr gehört ein Teil des Tales, ist für die Talsperre,

*Sven Kohlhase,* Bauer, und ihm gehört der andere Teil des Tales, will keine Talsperre,

*Viktor Löfler,* Diplom-Ingenieur, tätig für die obere Wasserbehörde, verantwortlich für die Planung der Talsperre, nicht zu beneiden,

*Paul Scherz,* Fraktionsvorsitzender der Öko-Partei im Kreistag, ist gegen die Talsperre, kocht sein eigenes Süppchen,

*Abigail Müller,* junge Baggerfahrerin, beherrscht ihr Handwerk auch unter Druck,

*Karin,* Tante von Abigail, kennt sich auf den Waldwegen um den Giller gut aus,

*Rudi Bauer,* Bauunternehmer und Chef von Abigail,

*Norbert Pfeiffer,* Hauptkommissar und ohne seinen Jungkommissar unterwegs,

*Werner Holzbaum,* Hauptkommissar, gibt Pfeiffer Flankenschutz, so gut es eben geht,

*Helga Bottenberg,* Tristans Freundin, macht ihre Pension winterfest,

*Tristan Irle,* Privatdetektiv, scharfsinniger Beobachter und Liebhaber von Strickjacken,

*Erich Roth,* Diakon und Tristans bester Freund,

*Marlowe,* nicht ganz so geschwätzig bei dem nasskalten Wetter.

# 1. Der feuchtkalte Wind ...

Sonntagabend

Der feuchtkalte Wind hatte auf seinem Weg aus dem hohen Norden Fahrt aufgenommen. Mit Wucht traf er auf das Rothaargebirge, glitt an seinen Hängen hinunter und schob die Kabinentüre zu. Ein ausgestrecktes Bein zwischen Rahmen und Tür verhinderte, dass die diffizile Arbeit der letzten halben Stunde, um einen Sicherheitszylinder zu überlisten, nicht vergebens war. Mit Sorgfalt war das Türschloss geknackt worden, ohne Spuren zu hinterlassen. Jetzt stand der schwierige Teil an, was der schwarz gekleideten Gestalt nicht leicht von der Hand ging, da sie sich nun ungelenk in der Kabine zurechtfinden musste. Das kalte Licht einer LED-Taschenlampe leuchtete auf und spiegelte sich in den Plexiglasscheiben wider. Die Gestalt glitt langsam auf den Boden, während eine Hand sich am Sitz festhielt. In einer stillen Nacht hätte man sie stöhnen gehört, doch der Wind fegte den Hang hinunter und die Bäume ächzten unter seiner Kraft.

»Ah«, stöhnte sie abermals, als der Lichtstrahl ihre Augen blendete.

Für einen Augenblick verharrte sie auf dem Boden des Führerstandes und atmete konzentriert ein und aus.

»Hier ist niemand, der mich beobachten könnte«, flüsterte sie wiederholt, als wäre es ein Mantra.

Die Gestalt beruhigte sich und wenig später hatten die Augen sich wieder an die Dunkelheit gewöhnt.

Sie kramte eine folierte DIN-A5-Karte aus ihrer eng anliegenden Jacke und leuchtete sie an. Was auf der Karte abgebildet war, kannte sie auswendig. Nur aus Gewohnheit blickte sie darauf, dann begann sie ihren Plan auszuführen.

Der Wind wurde stärker, zerrte an der Tür. Sie begann hin und her zu schlagen, doch die Gestalt ließ sich nicht beirren. Wenig später war die Arbeit erledigt.

## 2

Der nächste Morgen brach mit einem lauten Donnern an. Kurz darauf prasselten Regentropfen auf den Asphalt der Bundesstraße 62. Auf dieser steuerte Dr. Alfons Pechnagel einen alten Pajero gerade aus der Stadt Hilchenbach heraus, als der erste Schauer die Windschutzscheibe traf. Der fünftürige SUV beförderte den Archäologen, der einen Doktortitel in Frühgeschichte hatte, bereits seit den Tagen, da solche Autos noch als Geländewagen bezeichnet und für dieses auch eingesetzt wurden. Das getreue Lastentier, wie Pechnagel sein Vehikel nannte, wirkte rein optisch so gar nicht nach „Großstadtmamiauto“. Neben einigen Beulen, die er sich bei Fahrten im Gelände zugezogen hatte, deutete dem Kenner bereits die Bereifung an, dass der Allradantrieb des Pajeros kein angeberisches Zubehör war. Spätestens bei einer genauen Betrachtung der Seilwinde, die die vordere Stoßstange zierte, wurde auch dem größten SUV-Kritiker klar, dass die Autos, richtig eingesetzt, mehr sein konnten als protzige Parkplatzkiller.

Pechnagel gehörte nicht zu den Menschen, die sich darüber Gedanken machen würden, ob ein Fahrzeug ökologisch korrekt sein könnte. Er war mit Leib und Seele Archäologe und der Archäologie, also „der Lehre von den Altertümern", verfallen. Als solches wurde ihm in seinem Berufsleben immer wieder vor Augen geführt, dass der Mensch vergänglich war, eine Steinmauer aber durchaus ein paar tausend Jahre überdauern konnte. Leider sagte die Mauer in den meisten Fällen nichts darüber aus, was die Menschen beschäftigt hatte, als sie die Mauer errichteten. Vielleicht beschäftigten sie sich damit, wie viel Dreck ein Ochsengespann auf ihren Straßen hinterließ und es besser wäre, es gegen ein Pferdegespann auszutauschen. Wenn in zweitausend Jahren jemand einen SUV ausgrub, dann könnten die zukünftigen Archäologen einiges über die Fertigung und den Nutzen des Artefakts erfahren. Die hitzigen Diskussionen in unserer heutigen Gesellschaft darüber, wie sinnvoll solche Autos seien, bliebe den zukünftigen Archäologen verborgen. Um dies zu erfahren, hätten sie in Archiven wühlen müssen, doch dann würde man sie Historiker nennen. Die Unterscheidung zwischen Historikern und Archäologen bestand darin, dass Historiker die Vergangenheit anhand von schriftlichen Quellen und Archäologen anhand von materiellen Funden rekonstruierten. Für Menschen, die in einem Universitätscampus bloß eine gepflegte Gartenanlage sahen, schien der kleine Unterschied unbedeutend. Die gängige Unterscheidung zwischen Historikern und Archäologen mochte dem „gemeinen Mann“ bzw. der „gemeinen Frau“ ein nachsichtiges Lächeln hervorlocken, doch wehe, sie würden das auf einem Campus als Lächerlichkeit abtun, das hätte einer Kriegserklärung gleichkommen können.

Dr. Alfons Pechnagel gehörte einer Fraktion von Archäologen an, die mit „Indiana Jones“ so wenige Gemeinsamkeiten hatten wie ein Wikingerschiff mit einer modernen Fregatte. Er arbeitete mit Historikern zusammen, wenn es nötig war. Da er sich für die Lebensweise der Menschen vor drei- bis viertausend Jahren interessierte, näherte er sich deren Alltag an, indem er Alltagsgegenstände rekonstruierte, was ihn zu einem angesehenen Experimental-Archäologen machte.

Und obwohl in seinem Nachnamen das Wort „Pech“ vorkam, meinte es das Schicksal mit dem Archäologen gut. Der Mann stolperte immer wieder über Funde, die das Potenzial zu einer Sensation hatten.

So war es vor drei Tagen, an einem Freitagnachmittag bei einer Baggerarbeit, zu einer überraschenden Kollision von modernem Stahl (Baggerlöffel) und einem noch nicht genauer spezifizierten Metall (höchstwahrscheinlich Bronze) gekommen. Da man sich in einem Gebiet befand, das zweifelsfrei von erkennbaren Ruinen, alten, landwirtschaftlichen Gebäudefundamenten und Zweite-Weltkrieg-Bomben als befreit anzusehen war, hatte die junge Baggerführerin Abigail Müller entschieden, dass das aufgespürte Etwas von einem Experten untersucht werden sollte. Ihr Chef hatte diese Idee mit einem Wutausbruch quittiert, da der Bagger eigentlich für den heutigen Montag an einem anderen Ort eingesetzt werden sollte.

Der Anruf aus dem Büro im Gebäude des Landschaftsverbandes Westfalen-Lippe (LWL) hatte Pechnagel im Auto erreicht, als er gerade in Niederschelden die Ausgrabungsstätte „Gerhardsseifen" verlassen hatte. Müde und in Gedanken schon im Wochenende war er quer durch das Siegerland gefahren. In Erndtebrück war er dann auch noch falsch abgebogen und erst spätnachmittags an der Baustelle eingetroffen. Trotz einsetzender Dämmerung hatte sein sachkundiger Blick ausgereicht, die Baustelle zu einem archäologischen Fund zu deklarieren, was den Stopp aller Baggerarbeiten bedeutete. Da es im Spätherbst schnell dunkel wurde, hatten alle Beteiligten am Freitag entschieden, die

Fundstelle abzusichern und sich für Montagmorgen verabredet, um das Areal genauer zu untersuchen. Pechnagel hatte einige Planen aus seinem Pajero geholt und damit die Fundstelle provisorisch abgedeckt. Abigail hatte sie mit geschickten Bewegungen ihres Baggers am Rand mit Erde bedeckt, sodass kein zufällig vorbeikommender Wanderer die Stelle als etwas Bedeutendes erkennen konnte.

Der Archäologe steuerte nun den Geländewagen am Ortsschild Erndtebrück vorbei, um im ersten Straßen-Kreisel die B 62 zu verlassen. Er fuhr Richtung Rothaarsteigschule den Berg hinauf, bog kurz vor der Schule rechts ab und folgte der Elberndorf-Straße aus Erndtebrück hinaus. Der einsetzende Regen würde die Arbeit an der Fundstelle erschweren, doch Pechnagel war das Siegerländer Wetter gewohnt. Nach drei Kilometern signalisierte ein abgestellter Anhänger, dass er die befestigte Straße verlassen musste. Mit dem Anhänger hatte man den Bagger zur Baustelle transportiert und ihn dann aus Platzgründen an der Straße abgestellt. Der Waldweg bog rechtwinklig von der Asphaltstraße ab. Er führte den Berg hinauf und war durch den Regen aufgeweicht. Rinnsale flossen durch Mulden den Berg hinab.

Eine tiefe Reifenspur deutete darauf hin, dass bereits ein weiteres Auto den Weg an diesem Morgen benutzt hatte. Er war der einzige Zugang zu der Fundstelle, die sich am Rand einer Weide befand. Nach fünf Minuten erreichte Pechnagel sein Ziel.

## 3

Tristan Irle schaute skeptisch in den Himmel. Die graublauen Wolken zogen langsam über das Rothaargebirge und schienen die Berge zu streifen. Helga Bottenberg, seine Lebensgefährtin, stapelte einige Meter von ihm entfernt Gartenstühle aufeinander. Sie befanden sich auf der Ginsberger Heide, genauer, auf der Terrasse von Helgas Pension, der ein Restaurant angeschlossen war. Sie hatte beschlossen, den Terrassenbereich winterfest zu machen, was bedeutete, die zahlreichen Tische und Stühle in den Keller der Pension zu verstauen. Umgeben von einigen Wirtschaftsgebäuden, lag die Pension direkt am Rothaarsteig. Das Restaurant war beliebt als Ausflugsort und die Pension wurde von Wanderern als willkommene Übernachtungsmöglichkeit genutzt.

»Hast du schon gehört, dass sie Probebohrungen für die dritte Talsperre vorbereiten?« fragte Helga, während sie einen weiteren Gartenstuhl auf den Stapel hievte. »Lisa, die Frau von Peter, erzählte mir neulich im Dorf, dass Abigail die Baggerarbeiten durchführen soll.«

Tristan konnte sich an Lisa nicht erinnern. Helgas Freundinnen waren zahlreich, aber er hütete sich davor, den Unwissenden zu geben, deshalb fragte er: »Ist das die mit den Pferden?«

Damit hatte er eine vielversprechende Chance, nicht als Ignorant dazustehen. Im Dorf Lützel hielt fast jede Familie mit einer Tochter ein Pferd.

»Ja, ihr Hof ist der mit der neuen Scheune«, antwortete Helga und hielt inne. »Hätte nie gedacht, dass eine Pferdepension so lukrativ sein kann. Die neue Scheune haben sie mit dem Gewinn der letzten Jahre bauen können.«

»Du denkst doch nicht daran, in das Geschäft einzusteigen?« Tristan sah seine Freundin skeptisch an.

»Platz hätte ich ja genug«, antwortete sie, schüttelte dann den Kopf. »Nein, das wird zu viel. Außerdem müssen die Pferde versorgt werden. Und du erinnerst dich, wie es vor einem Jahr hier oben aussah.«

Tristan blickte über die Heide und nickte. »Ein Funken hätte ausgereicht und alles wäre in Flammen aufgegangen. Die Heide war so trocken wie ein Wadi in der Sahara. Was mich daran erinnert: Hast du mit der Gemeindeverwaltung gesprochen, um den Teich drüben beim Backes zu erweitern?«

»Nein, da es dieses Jahr so viel geregnet hat, habe ich nicht daran gedacht.« Helga steckte einen weiteren Stuhl in die anderen.

»Nur gut, dass es Menschen gibt, die weiter in die Zukunft planen«, brummte Tristan und legte einen der Tische auf die Seite, um die Füße einzuklappen.

»Du meinst die Talsperre?«

»Ja«, nickte er. »Aber sicher werden sich irgendwelche Deppen dagegenstellen. Wusstest du, dass das Siegerland keine natürlichen Grundwasserspeicher hat?«

»Das überrascht mich jetzt«, antwortete sie verwirrt. »Was ist mit den vielen Brunnen?«

»Die sind gefüllt, wenn es genügend Wasser gibt«, erklärte der Detektiv. »Haben wir aber eine längere Trockenphase, dann gibt es keinen Nachschub und die Brunnen trocknen aus. Das liegt an dem Rheinischen Schiefergebirge, das unter unseren Füßen liegt.«

»Dann ist es ja sinnvoll, wenn eine dritte Talsperre geplant wird«, lächelte Helga. »Übrigens sollen die Probebohrungen nicht weit von hier durchgeführt werden. Lisa sprach davon, dass Abigail nahe Erndtebrück eine Trasse für das Bohrfahrzeug schaffen soll.«

»Was sagen die Landbesitzer?« hakte Tristan nach und grinste: »Der Siegerländer oder auch gerne der Wittgensteiner lässt sich nicht gerne etwas von der Obrigkeit sagen. Die haben sicher schon eine Bürgerinitiative gegründet.«

»Lisa hat nur erwähnt, dass das Land von zwei Bauern betroffen sei.« Helga machte eine Pause und sah sich den Stapel mit Stühlen an, der ihr bis zur Schulter reichte. »Ich glaube, eine Sackkarre wäre nicht schlecht.«

»Die steht im Schuppen«, antwortete Tristan, »soll ich sie holen?«

»Nein, lass mal«, antwortete Helga und rief dann nach einem Mitarbeiter.

Einen Augenblick später erschien ein junger Mann in der Terrassentür.

»Was gibt es, Helga?« fragte er.

»Kevin, würdest du bitte die Sackkarre aus dem Schuppen holen?«

Da Helga mehrere dieser Gebäude auf dem Hof benutzte, fragte Kevin nach: »In welchem ist sie?«

»Dort, wo das Kaminholz gelagert wird«, erklärte Tristan.

Kevin nickte und verließ über eine Rampe die Terrasse. Sie wurde für gehbehinderte Menschen angefertigt, die so direkt vom Parkplatz auf die Terrasse gelangen konnten, ohne die Treppenstufen zum Restauranteingang gehen zu müssen. Außerdem ließen sich über die Rampe die Tische und Stühle leichter ins Winterquartier transportieren.

»Und wie beurteilen die Bauern diese Entwicklung?« Tristan rückte seine goldene Lesebrille zurecht, die er an einer Schnur um den Hals trug.

Helga sah ihn einen Moment verwirrt an, dann verstand sie, dass Tristan das Gesprächsthema „Talsperre“ wieder aufnahm und sagte: »Sie scheinen unterschiedlicher Meinung zu sein. Lisa berichtete, dass der eine die Idee gut finde, sein Land zu verkaufen, während ein anderer strikt dagegen sei. Wobei, genau genommen, es sich bei dem Befürworter um eine Befürworterin handelt. Sie ist nur im Nebenberuf Bäuerin.«

Tristan schmunzelte. »Ihr Frauen und euer Draht zum Leben.«

»Was meinst du?«

»Die Bäuerin hat erkannt, dass die Verfügbarkeit von Wasser wichtiger ist als der Erhalt von Nutzfläche oder Biotopen jeglicher Art.«

»Bist du dir da sicher«, meinte Helga, »vielleicht kann sie auch nur gut rechnen?«

Jetzt starrte Tristan sie verdutzt an.

»Na, mein Lieber, glaubst du etwa, sie würde das Tal aus reiner Nächstenliebe an den Kreis abgeben?«

## 4

Professor Dr. Berthold von Langendorf blickte aus dem Seminarraum im ersten Stock des Adolf-Reichwein-Gebäudes der Universität Siegen. In der Ferne schlängelten sich die Bergkämme des Rothaargebirges. Tiefhängende Wolkenfelder streiften die hohen Nadelbäume und verfingen sich in ihnen. Der Professor sah nach Norden und fixierte jenen Punkt am Horizont, von dem er hoffte, dass die Erde dort Funde freigab, die seinem Leben die Bedeutung geben würden, die er sich als Historiker und ambitionierter Akademiker verdient hatte.

Berthold von Langendorf lehrte Geschichte seit zwanzig Jahren an der Universität in der Geburtsstadt von Peter Paul Rubens. Neben den üblichen Seminaren im Rahmen seiner Lehrtätigkeit für das Fach Geschichte interessierte er sich persönlich für die frühe Eisenzeit und die damalige Eisenerzerzeugung. Sein langjähriger Freund und Begleiter bei zahlreichen Sondengängen, Dr. Alfons Pechnagel, hatte ihn am Wochenende angerufen und von einem vielversprechenden Fund berichtet. Der Professor war hellauf begeistert, aber er gehörte zu dem Akademiker-Typ, der mit Tweed-Jackett und Ellbogenschoner eine Bibliothek entern konnte, aber bei dem Versuch, eine Böschung hinaufzusteigen, einem Krankenhausaufenthalt näher war, als er sich eingestehen würde. Deshalb kam es ihm gelegen, dass eine wichtige Fakultät-Sitzung angesetzt wurde, in der die wenigen Fördermittel, die die Uni zur Verfügung stellte, verteilt werden sollten. So hatte er eine Entschuldigung, nicht von Anfang an bei der Ausgrabung dabei zu sein.

Dennoch kreisten seine Gedanken um den Fund und er war auf die ersten Reaktionen seines Freundes gespannt, weshalb er viel zu oft auf sein Handy starrte.

Die Sitzung bestand aus einer Handvoll Frauen und Männer, was den Kreis übersichtlich gestaltete. Die anderen Teilnehmer hatten von Langendorfs Unruhe bemerkt und als er zum wiederholten Male auf sein Handy starrte, fragte ihn eine Kollegin: »Gibt es einen Notfall in der Familie?«

Der Professor blickte seine Kollegin einen Augenblick verwirrt an, dann begriff er und antwortete: »Nein, zum Glück nicht. Aber Dr. Pechnagel hat eine wichtige Entdeckung gemacht.«

»Ist das der Maulwurf, der sich durch die Erde gräbt?« höhnte ein anderer Kollege.

»Wenn man es nicht im Kopf hat, helfen die Hände«, grinste die Kollegin.

»Jetzt beleidigen Sie nicht die Archäologen«, mahnte von Langendorf.

»Ihre Sympathie zur Feldforschung ist uns bewusst«, sagte der Dekan, »deshalb möchten Sie ein paar Geldmittel, um eine Siegerländer-Grubenkarte zu erstellen?«

»Gibt es die nicht schon?« hakte die Kollegin nach. »Die Wasserbehörde ist doch der Rechtsnachfolger von einigen ehemaligen Gruben.«

»Ja und Nein«, brummte von Langendorf. »Ja, die Behörde hat Karten, in denen Grubenschächte eingezeichnet sind. Nein, es gibt keine Karte, in denen alle Schächte zusammen auf einer Karte eingezeichnet sind.«

»Wozu soll das nützen?« fragte der Dekan und erntete von allen Beteiligten einen verärgerten Blick.

Diese Frage gehörte sich nicht. Die Akademiker mussten sich nicht dem Diktat der Nützlichkeit unterziehen. Das Grundgesetz garantierte in Artikel 5, dass Kunst und Wissenschaft, Forschung und Lehre frei seien. Deshalb stand die „Nützlichkeit" des angestrebten Projektes nicht im Mittelpunkt, sondern viel wichtiger war es, bei welchem Sitzungsteilnehmer man noch einen Gefallen einfordern konnte. Professor von Langendorf war seinen Kollegen in der Vergangenheit in zahlreichen Abstimmungen entgegengekommen. Sein Konto an Gefallen quoll über und heute war er bereit, dieses Konto aufzulösen. Er musste nicht weiter argumentieren und nach fünf Minuten war entschieden, dass Professor von Langendorf für seine Forschungsarbeit weitere 20 Wochenstunden für eine Doktorandenstelle finanziert bekam.

»Ich weiß auch schon, wem die Arbeit übertragen wird«, sagte er zum Dekan, als sie den Raum verließen.

»Ich nehme an, dass dies Frau Pistorius werden wird.«

»Wie kommen Sie darauf?« wunderte sich von Langendorf.

»So wie die junge Frau dort herumlungert, wartet sie sicher auf Sie.«

Von Langendorf nickte dem Dekan zu und ging auf seine Doktorandin zu. »Wir haben die Finanzierung.«

»Mir fällt ein Stein vom Herzen«, antwortete Edna Pistorius.

Edna arbeitete seit zwei Jahren für von Langendorf. Er war ihr Doktorvater und sie gehörte zu seinem vierköpfigen Team, das aus zwei Doktoranden und zwei studentischen Hilfskräften bestand. Die beiden Doktoranden teilten sich eine Stelle und damit auch das Gehalt. Mit den bewilligten 20 Wochenstunden würde jetzt einer der Doktoranden ein volles Gehalt bekommen. Der Professor hatte Edna diese zusätzlichen Stunden versprochen. Sie promovierte über die Anfänge der *Montanindustrie in Siegerland und Wittgenstein*.

Ihr Schwerpunkt lag damit mehr auf der historischen Entwicklung der Eisengewinnung, weniger auf der des Bergbaus. Das war von Langendorfs Passion. Sie musste sich jetzt die Zeit gut einteilen und dem Professor zuarbeiten. Allerdings verstand sie nicht wirklich, was von Langendorf an der Entwicklung des Bergbaus interessierte. Dieser Teil der heimischen Geschichte war von zahlreichen Hobby-Historikern in mehr oder weniger fachlichen Arbeiten beschrieben worden. Es gab auf diesem Gebiet keine Meriten zu verdienen. Da Edna den Professor gut genug kannte, um zu wissen, dass ihr Chef seine Zeit nicht vergeudete, musste mehr hinter dieser Forschungsarbeit stecken, als auf den ersten Blick sichtbar war. Dass er sich in den vergangenen Wochen ausgiebig mit dem

Experimental-Archäologen Dr. Pechnagel ausgetauscht hatte, weckte ihre Neugier.

Vielleicht, dachte Edna, war sie gerade in ein Projekt eingestiegen, das die Gemeinde der Historiker noch überraschen würde.

## 5

Derlei Überlegungen beschäftigen Pechnagel im Augenblick weniger. Ihm bereitete der Waldboden Sorgen. Die heftigen Regenfälle am Wochenende hatten den Boden um die Fundstelle herum aufgeweicht. Jeder Schritt hinterließ einen tiefen Fußabdruck. Er wollte sich nicht vorstellen, was die Ketten des Raupenantriebs anrichteten, wenn sie bewegt werden würden.

Abigail Müller saß bereits im Führerhaus des Baggers. Das gefiel dem Archäologen nicht.

»Kommen Sie heraus«, rief er der jungen Baggerführerin zu.

Sie nickte und öffnete die Fahrerkabine.

»Der Boden ist aufgeweicht«, sagte Abigail, während sie ausstieg.

Sie war einen Kopf kleiner als der Archäologe und etwa halb so alt. »Ich schlage vor, dass ich den Stand nicht verändere und nur mit dem Ausleger arbeite.«

Pechnagel, der nicht gewohnt war, dass „normale Leute“ bei Ausgrabungen tatsächlich mitdachten, blieb einen Moment verdutzt stehen. Sofort versank er bis zu den Knöcheln im Matsch.

»Sehen Sie«, Abigail deutete auf seine Füße. »Wenn ich hier nur einen halben Meter vorfahre, kann ich nicht sagen, wo ich zum Stehen komme.«

»Da gebe ich Ihnen recht«, nickte Pechnagel. »Was schlagen Sie vor? Irgendwie müssen wir die Erde bewegen.«

»So, wie ich das sehe, lag das Ding da doch schon eine ganze Weile unter der Erde«, antwortete sie. »Lassen wir es liegen und warten, bis der Boden abgetrocknet ist.«

»Nein, nein«, polterte eine laute Männerstimme hinter ihnen. Ein kräftiger Mann in Arbeitskleidung schlug die Fahrertür seines Ford-Pick-up F 150 zu. »Ihr macht euch hier so schnell wieder vom Acker, wie ihr gekommen seid. Hier wird nichts stehen gelassen.«

»Und wer sagt das?« konterte Pechnagel aufgebracht.

»Der Besitzer des Landes, Sven Kohlhase«, erwiderte der Bauer und deutete auf die Weide hinter der Fundstelle. Eine deutliche Fahrspur hatte der Pick-up auf der Weide hinterlassen. Der Bauer war von der anderen Talseite an die Fundstelle herangefahren. »Sie hätten mich am Freitag informieren müssen! Haben Sie nicht getan!«

»Es war schon spät«, antwortete der Archäologe. »Es tut mir leid, ich habe mir mehr Gedanken um den Fund gemacht.«

Ein weiterer mächtiger Pick-up näherte sich langsam über den Waldweg. Das Auto sah deutlich neuer aus als das von Sven, hatte aber die gleiche bullige DNA amerikanischer Farmerautos.

»Haben Sie ihr Bescheid gegeben?« fragte Sven und deutete zu dem Ungetüm, das vor Pechnagels Pajero anhielt. Der SUV wirkte neben dem Pick-up wie ein Kleinwagen.

»Nein, wer ist das?« Pechnagel musterte verärgert das ankommende Fahrzeug.

»Das ist Gesine Grau. Ihr gehört das Land, auf dem Sie gerade stehen«, erklärte Sven. »Mir gehört der Teil, auf dem der Bagger meinen Boden auf gepflügt hat.«

»Noch nicht«, antwortete Abigail. »Ich weiß, was ich mache.«

Aus dem Pick-up kletterte eine Frau Mitte dreißig. Sie trug eine enge Reiterhose, deren Enden in ein paar robusten Stiefeln verschwanden. Eine hüftlange Regenjacke spannte sich über den Bauch. Bedächtig setzte sie einen Fuß vor den anderen, während ihre wachen Augen das Gelände checkten.

»Morgen, die Herrschaften«, grüßte sie freundlich und an Sven gewandt sagte sie: »Na, Nachbar, auch schon wach?«

»Morgen, Gesine«, nickte Sven. »Anders als du habe ich schon nach den Tieren gesehen.«

Gesine antwortete nicht. Sie wandte sich an Pechnagel.

»Sie müssen der Archäologe sein. Wäre nett gewesen, wenn Sie mir Bescheid gegeben hätten«.

»Ja, ich habe das verstanden«, brummte Pechnagel. »Ich sagte es schon Ihrem Nachbarn, es war Freitag ein langer Tag für mich.«

Abigail fragte sich, wie die beiden denn von dem Fund erfahren hatten, als Sven die Antwort gab.

»Dann ist es ja gut, dass wir am Wochenende Kontrollfahrten auf unserem Land machen.«

Gesine nickte und fragte: »Was haben wir denn nun gefunden?«

Pechnagel atmete erleichtert aus. Diese zwischenmenschlichen Interaktionen waren ihm ein Graus und so war er froh, endlich auf das Wesentliche zu sprechen zu kommen.

»Ich vermute, dass es sich um ein Hügelgrab handeln könnte«, erklärte er stolz.

»Ein was?« Sven musterte den Archäologen.

»Ein Hügelgrab«, wiederholte Pechnagel. »Das ist eine Begräbnisstätte. Sie stammt vermutlich aus der Bronze- oder Eisenzeit. Kann also gute 2500 bis 3000 Jahre alt sein.«

»Hier im Siegerland«, wunderte sich Abigail.

»Sie kennen doch sicherlich die Rennöfen, die man im Siegerland gefunden hat«, erklärte Pechnagel weiter. »Die stammen aus der La-Tène-Zeit. Das ist die Zeit, die wir auch jüngere

Eisenzeit nennen. Sie ging von circa 450 Jahre v. Christus bis zu Christi Geburt.«

»Wir, damit sind dann wohl die schlauen Köpfe gemeint«, grummelte Sven.

Darauf antwortete Pechnagel nicht. Er beugte sich zu der Plane, die den Fundort bedeckte und schob sie beiseite.

»Sehen Sie diese Steine«, er deutete auf den Boden. »Sie bilden einen Kreis.«

»Wenn Sie das sagen«, Sven blickte auf einen Haufen aus hellgrauen Steinen. »Dann will ich nur hoffen, dass da kein Skelett zum Vorschein kommt.«

## 6

Hauptkommissar Norbert Pfeiffer blickte nachdenklich durch die große Ladenscheibe auf die Marburger Straße. Ihm gegenüber schlürfte Werner Holzbaum, ebenfalls Hauptkommissar, aus einer filigranen Teetasse. Seine wurstdicken Finger umschlossen das feine Porzellan, als wären sie die Tentakel eines Kraken. Die beiden Polizisten saßen in einem Café in der Oberstadt und machten Pause. Und damit war eine wirkliche Pause gemeint – nicht die kurze Unterbrechung von Arbeit, in der man schnell mal was aß oder trank. Dies muss betont werden, da Pfeiffer und Holzbaum der Mordkommission mit Sitz in Hagen angehörten. Wurden in dem idyllischen Siegerland, das zwischen Westerwald und

Sauerland lag, die Abgründe der menschlichen Seele durch einen Mord offenbart, dann übernahmen die beiden Beamten die Ermittlungen. Gingen sie auf Mörderjagd, gab es wenig Zeit für Müßiggang, den Pfeiffer im Moment eindeutig verspürte und das gefiel ihm nicht.

Die Kriminalbeamten hatten zuvor Verwaltungskram in der Kreispolizeibehörde in Weidenau erledigt. Anschließend hatte es Pfeiffer im Zeigefinger gejuckt und sie waren für eine halbe Stunde runter in den Keller gegangen, wo der Schießstand ausgiebig genutzt wurde, bis sie ihn, viel zu früh nach Pfeiffers Meinung, verlassen mussten. Eine Gruppe Frischlinge hatte den Schießstand reserviert und sie wollten Pfeiffer und Holzbaum nicht dabeihaben. Das war erniedrigend, zumal Pfeiffer versuchte, seinen inneren Wolf in ein flauschiges Schäfchenfell zu packen, nur um die jungen Frauen und Männer zu überreden, weiter den Terminator spielen zu können. Die verzweifelt gespielte Freundlichkeit, die Pfeiffers Entschlossenheit karikierte, war des Mannes unwürdig. In der Behörde war allgemein bekannt, dass Pfeiffers Tatendrang ihn nicht einmal davon abhalten würde, einer Dampflok den Weg abzuschneiden. Ungeachtet der zerstörerischen Folgen, wenn geschmiedetes Eisen auf eine Blechkarosserie traf, hatte er sich für einen Weg entschieden. Holzbaum wollte die bizarren Szenen schnell aus seinem Gedächtnis streichen und hatte den Vorschlag gemacht, in die Oberstadt zu fahren. Dort hatten sie das Café betreten, das sie seit ihrem ersten Fall im Siegerland immer mal wieder besuchten.

»Was glaubst du, gibt es Dilldappen-Jäger?« Pfeiffer sah seinen langjährigen Partner durch eine kleine Nickelbrille ernst an.

Holzbaum stellte die Teetasse vorsichtig ab. Er war auf der Hut. Pfeiffer stellte nie Fragen, die eine mythische Ebene betrafen.

»Chef, ich verstehe die Frage nicht«, antwortete der schwergewichtige Polizist und folgte Pfeiffers Blick.

Auf dem Nebentisch lag eine zusammengefaltete alte Zeitung. Deutlich war ein Foto zu sehen, über dem die Überschrift „Dilldappen entdecken" zu lesen war.

»Was sind Dilldappen?« wunderte sich Holzbaum.

»Das ist jetzt nicht dein Ernst.« Pfeiffer rümpfte die Nase. Seine Augen blitzten auf. »Das sind die heimischen Fabeltiere. So etwas wie *Bigfoot* für die Amis oder der *Yeti* für die Nepalesen. Die kleinen Kerle leben in einer Erdhöhle und ihre Leibspeise sind Kartoffeln.«

»Wieso sollte jemand so was jagen?« Holzbaum schüttelte den Kopf. Doch viel verstörender war für ihn, dass sein Chef über diese Dinge Bescheid wusste.

»Wieso gibt es so viele Yeti-Geschichten? Weil die Menschen zu viel Zeit haben und sich mit etwas beschäftigen wollen.«

»Willst du auf Dilldappen-Jagd gehen?« fragte Holzbaum vorsichtig.

»Jetzt werde nicht albern«, schnaufte Pfeiffer. »Sehe ich aus wie ein irrer Fantast?«

»Nein, aber du machst nicht gerade den Eindruck eines zufriedenen Mannes«, ergänzte Holzbaum.

»Das liegt an der fehlenden Arbeit«, antwortete Pfeiffer ehrlich.

»Wir sollten glücklich sein, denn das bedeutet, dass es keinen Toten gibt.« Holzbaum griff zu seiner Teetasse und nahm einen kräftigen Schluck. »Wollen wir etwas zu essen bestellen?«

## 7

Professor Berthold von Langendorf betrat zusammen mit Edna sein Büro. Es lag im Gebäudekomplex C, indem auch die Sternwarte der Uni untergebracht war. Das Gebäude ragte nicht so majestätisch in den Himmel wie das Hauptgebäude mit seinem burgfriedähnlichen Treppenhaus. Dafür lag es gleich hinter dem Parkplatz für Uni-Angestellte. Da die Zufahrt über die Hölderlinstraße erfolgte, gab es auch keine größeren Pkw-Staus. Die motorisierten Studierenden mussten die Straße auf der nördlichen Seite des Haardter Bergs benutzen. Leider war der Blick aus dem Büro nicht so spektakulär wie aus dem dritten Stock des Hauptgebäudes, aber dafür wohnte er dem mörderischen Fressen bei, das die Vögel auf der Suche nach Regenwürmern auf der Wiese vor seinem Bürofenster lieferten.

Der Professor warf seine Tasche auf einen Stuhl, der neben seinem Schreibtisch stand, während Edna an der Tür stehen blieb. Das Büro war mit Regalen zugestellt. Die Wandregale reichten bis zur Decke, die in der Mitte des Büros wirkten als Raumtrenner. Man hätte über sie hinwegsehen können, wenn sie nicht als Ablagefläche für Exponate gedient hätten.

Von Langendorf griff nach einem Zettel, den ihm seine Sekretärin auf den Schreibtisch gelegt hatte.

»Pechnagel hat angerufen«, murmelte er. »Er möchte, dass ich schnellstens zu einer Fundstelle komme.«

»Hat er wieder etwas gefunden?« fragte Edna und schämte sich gleich darauf, die Frage gestellt zu haben. Natürlich hatte er etwas gefunden, sonst hätte er sich nicht gemeldet.

Ihr Professor überhörte die Frage. Er wunderte sich darüber, warum Pechnagel nicht direkt auf seinem Handy angerufen hatte, dann sah er auf seinen Stundenplan.

»Das nächste Seminar findet erst heute Nachmittag statt«, stellte er nüchtern fest. »Haben Sie Gummistiefel dabei?«

Edna nickte, seit sie für den Professor arbeitete, hatte sie immer ein Paar Gummistiefel im Kofferraum ihres Suzuki liegen.

»Sie fahren doch diesen kleinen Geländewagen?«

Sie nickte erneut.

»Wie es aussieht, müssen wir das Wägelchen mal in die Siegerländer Wildnis ausführen.« Der Professor grinste amüsiert und griff unter seinen Schreibtisch, wo er ein Paar Stiefel hervorholte, die mit Ednas Gummistiefeln so viel gemein hatten wie Flip-Flops mit Louboutin-Pumps.

»Wo soll es genau hingehen?« fragte Edna.

»Richtung Erndtebrück«, antwortete der Historiker. »Ich weise den Weg.«

Ednas kanariengelber Suzuki Jimny stach neben den anderen parkenden Autos heraus wie eine einsame Mohnblume auf einer Wiese. Der Professor verkniff sich einen Kommentar und stieg auf den Beifahrersitz. Edna blinzelte kurz durch die Heckscheibe der Kofferraumtür, um sich zu vergewissern, dass dort ihre Gummistiefel auch wirklich lagen. Gut verschnürt hingen sie in einem Gepäcknetz. Sie war froh, dass sie die olivfarbenen Stiefel eingepackt hatte und die pinkfarbenen zu Hause standen.

Von Langendorf gab die Richtung vor und so folgte Edna ab Dreis-Tiefenbach der Bundesstraße 62 in Richtung Erndtebrück.

»Was hat man in Erndtebrück gefunden?« fragte sie, als eine rote Ampel in Netphen die Fahrt unterbrach.

»Es scheint ein Hügelgrab zu sein«, erklärte von Langendorf und begann auf seinem Handy einige Textnachrichten zu verschicken. Während er tippte, sprach er weiter: »Vor einigen Jahren hat man schon mal Überreste einer alten Siedlung in der Nähe von Bad Berleburg gefunden. Aber diese Funde stammten aus dem Mittelalter. Wenn es sich jetzt um ein Hügelgrab handelt, dann liegen wir weit vor Christus. Das wäre schon etwas Besonderes.«

Edna nickte. Die Ampel sprang auf Grün und sie ließ die Kupplung schnell kommen, sodass der Jimny einen Satz nach vorn machte. Der Professor wurde in den Sitz gedrückt und ließ das Handy fallen.

»Oh, Verzeihung«, beeilte sich Edna zu entschuldigen.

Der Professor blinzelte sie böse an und beugte sich vor, um das Handy vom Boden aufzunehmen. Da die Kupplung des kleinen Geländewagens einen ordentlichen Druck auf das Getriebe abgab, rutschte bei jedem Schaltvorgang das Handy ein Stück unter den Beifahrersitz. Von Langendorf beugte sich, soweit es sein Körper zuließ, nach vorn, doch an das Handy unter dem Sitz reichte er nicht mehr heran.

»Ich kann anhalten, dann können Sie aussteigen und unter den Sitz greifen«, schlug Edna vor, doch das war dem Mittfünfziger zu peinlich.

»Es dauert ja nicht mehr so lange, dann werden wir unser Ziel erreichen«, antwortete er und starrte auf die Straße.

Nach langen fünfzehn Minuten des Schweigens fuhren sie in die Ortschaft Erndtebrück ein.

»Jetzt langsam, wir müssen hier irgendwo links abbiegen«, mahnte der Professor. »Ja, da vorn beim Kreisel, die zweite Ausfahrt.«

Edna musste gestehen, dass die Ansagen des Mannes kurz und konkret waren. Nach einigen Minuten Autofahrt durch die Straßen von Erndtebrück verließen sie die Stadt und bogen auf einen Waldweg ein, der für normale Pkw nicht geeignet war. Der Regen hatte Geröll und Matsch auf den aufgeweichten Weg gespült.

Sie aktivierte den Allradantrieb und die Reifen des kleinen Wagens fraßen sich durch den Untergrund, als wäre es ein Spaziergang. Nach einigen Minuten Fahrt sahen sie den Bagger und hatten ihr Ziel erreicht. Sie stiegen aus und wechselten die Straßenschuhe mit den mitgebrachten Stiefeln.

## 8

Pechnagel bemerkte die Ankunft der beiden nicht. Er steuerte eine kleine Drohne, die über der Fundstelle schwebte und mit einer Kamera ausgestattet war. Neben ihm stand Abigail und blickte auf den kleinen Bildschirm, der die Bilder der Drohne in Echtzeit darstellte.

»Sehen Sie, hier, wo die Quarzsteine einen Kreis bilden«, erklärte Pechnagel, »da sollten Sie besonders vorsichtig sein.«

»Woher wissen Sie, dass es sich bei den Steinen um Quarz handelt?« fragte Abigail.

»Weil nicht weit von hier ein Abbaugebiet ist«, mischte sich von Langendorf in das Gespräch ein. »Drüben bei Aue-Wingeshausen ist ein alter Steinbruch.«

»Hallo, Berthold«, grüßte Pechnagel. »Was hat dich aufgehalten?«

»Unikram«, antwortete der Professor. »Sieht ja vielversprechend aus.«

Pechnagel landete die Drohne neben sich im Gras.

»Ja«, nickte er und hob das teure Fluggerät auf. »Was mich besonders neugierig macht, ist der Teil dort hinten.«

Der Professor und der Archäologe traten über den Steinkreis und gingen vorsichtig auf die Stelle zu, wo am Freitag Abigails Baggerlöffel auf Metall traf.

»Ich habe am Freitag schon einige Schichten freigelegt«, Pechnagel zauberte eine kleine Kelle aus seiner Hose und bückte sich. »Siehst du, hier, das scheint ein Kessel zu sein.«

Vorsichtig schob er die matschige Erdschicht mit der Kelle zur Seite.

»Der muss ja mindestens einen Meter Durchmesser haben«, staunte von Langendorf. »Das wäre der größte Kessel, den man in Deutschland je gefunden hätte.«

»Ja, aber hier liegt ein Balken.« Der Archäologe kratzte mit der Kelle über ein Stück altes

Holz. »Siehst du, hier sind eindeutig Bearbeitungsspuren zu sehen.«

»Ja, das sehe ich«, nickte der Professor. »Was hast du vor?«

»Wir legen den Balken frei. Er dürfte nicht länger als eineinhalb Meter sein.« Er deutete auf eine Stelle, an der er das Ende des Balkens vermutete. »Abigail, das ist die Baggerfahrerin, hebt ihn dann vorsichtig hoch. Dann sehen wir weiter.«

»Du bist der Fachmann«, nickte der Professor. »Wie können wir helfen?«

»Wir?« Pechnagel sah seinen Freund fragend an.

»Oh, ich habe Verstärkung mitgebracht«, grinste von Langendorf. »Ein bisschen im Dreck wühlen schadet den angehenden Doktoren nie.«

»Ihr Historiker bleibt mir ein Rätsel.« Pechnagel stand auf und nickte Edna zu. »Willkommen, ich bin Alfons. Hast du so was schon mal gemacht?«

»War im Studium für zwei Monate bei einer Ausgrabung in Xanten dabei«, erklärte Edna.

»Das war wohl eine außerordentliche Erfahrung, an der frischen Luft zu forschen, statt sich in dunklen Kellergewölben über staubtrockene Schriften zu beugen«, lächelte Pechnagel. »Mit einer Kelle kannst du umgehen?«

»Ja«, nickte Edna.

»Ich hole ein Besteck aus dem Auto. Nehme

nicht an, dass ihr so etwas dabei habt«, sagte Pechnagel und ging zu seinem Pajero.

»Also, das hier macht mein Rücken nicht mehr mit«, erklärte von Langendorf und deutete auf den Boden. »Wäre es okay, Alfons, wenn ich mir die Aufnahmen der Drohne ansehe?«

»Kein Problem«, nickte Pechnagel und grinste vergnüglich, als er Edna eine Kelle überreichte. »In dem Kreis wird es mit drei Personen ohnehin zu eng.«

»Können wir helfen?« fragte Gesine, die den Wissenschaftlern aufmerksam zugehört hatte.

»Ja, treten Sie nicht in den Steinkreis ein«, mahnte Pechnagel.

Pechnagel und Edna begannen auf Knien den alten Holzbalken freizulegen. Der Professor sah sich unterdessen die Luftaufnahmen der Drohne an.

»Der Kessel könnte beschädigt sein«, murmelte von Langendorf. »Was denkst du, Alfons, ist er aus einem Stück?«

»Das wäre eine Sensation«, antwortete Pechnagel, während er den Matsch vom Balken kratzte.

»Sind Kessel nicht immer aus einem Stück?« warf Sven ein, der sich langweilte.

»Nein, wir sprechen hier über eine Zeit, da war Bronze ein teures Material und die Fertigkeiten beschränkt.« Pechnagel blickte zu Edna, die sich geschickt anstellte und ihr Handwerk zu verstehen schien. »Viele gefundene Kessel aus

Gräbern waren aus einzelnen Bronzeblechen zusammengenietet. Und sie waren erheblich kleiner.«

»Dann ist das Ding also was wert«, schloss Sven.

»Vergiss es«, Gesines Stimme klang scharf. »Der Fund liegt auf meinem Grundstück«.

»Sie dürfen ihn nicht behalten«, erklärte von Langendorf, der den Bildschirm mit der Drohnenaufnahme in einen Koffer legte. Dann sah er Gesine an. »Nach dem Denkmalschutzgesetz gehört ein wissenschaftlich bedeutender Fund dem Land Nordrhein-Westfalen. Sie können aber mit einem Finderlohn rechnen.«

»Der Balken liegt jetzt frei.« Pechnagel und Edna standen auf. »Wir können ihn herausheben.«

Der Balken war circa dreißig Zentimeter dick und an zwei Seiten bearbeitet. Allerdings stellte sich heraus, dass er länger war als zuerst vermutet.

»Den heben Sie nicht allein an«, bemerkte Sven sarkastisch.

»Das hatte ich auch nicht vor«, antwortete Pechnagel. »Abigail, was meinen Sie, wenn wir ihn hier und dort mit einem Gurt befestigen, dann müssten wir ihn heben können.« Pechnagel deutete mit der Kelle an zwei Stellen des Balkens.

»Ich sehe nach, ob ich das passende Gurtzeug dabei habe«, nickte Abigail und ging zum Bagger.

In einer Kiste, die hinter der Kabine angebracht war, fand sie das Gurtzeug.

Pechnagel begann vorsichtig den Boden unter dem Balken an den vorgesehenen Stellen freizulegen. Sie zogen die Gurte unter den Balken hindurch. Abigail bewegte den Ausleger über den Fund und fuhr den Löffelstiel langsam aus. Sie hatte eine schmale Schaufel mit vier Zahnreihen am Ende montiert. Mit einem kurzen Steuerbefehl, der über einen Lenkhebel, dem sogenannten Sidestick, an die Hydraulik gegeben wurde, schwenkte die Schaufel nach oben. Sie stand jetzt mit den Zähnen zum Himmel gerichtet. Pechnagel legte die Gurte um die Zähne.

»Vorsichtig nach oben«, befahl er.

Abigail nickte und während der Ausleger langsam nach oben fuhr, spannten sich die Gurte.

»Wo planen wir den Balken abzulegen?« fragte der Professor und deutete auf das Gelände. Rund um die Fundstelle hatten sich Pfützen gebildet.

»Reicht der Ausleger bis zur Zufahrt?« fragte Pechnagel. Vom Waldweg bog eine Zufahrt auf die angrenzende Weide.

Abigail schätzte die Entfernung ein, die der Ausleger überbrücken musste.

»Ja, das wird reichen«, nickte sie, »der Professor sollte jedoch zur Seite gehen. Und Sie halten sich bitte links vom Balken auf.«

»Meinen Sie links von mir oder von Ihnen?« fragte Pechnagel nach.

»Links von mir«, rief Abigail.

Pechnagel nickte und begab sich links neben die Schaufel aus Abigails Sicht.

»Dann mal los. Vorsichtig nach oben«, gab er den Befehl.

Abigail betätigte den Sidestick und der Motor des Baggers begann laut aufzuheulen. Die Gurte spannten sich und der Balken löste sich langsam aus dem Schlamm. Als er einige Zentimeter über dem Boden hing, rief Pechnagel: »Stopp!«

Er überprüfte, ob der Balken im Gleichgewicht hing.

»Alles perfekt«, rief er Abigail zu. »Heben Sie ihn auf Brusthöhe an.« Dazu zeigte er mit der flachen Hand auf seinen Brustkorb.

Abigail nickte ihm zu und langsam schwebte der Balken nach oben.

»Das Ding ist ja gewaltig«, bemerkte Gesine.

»Wir sollten zur Seite gehen«, mahnte Sven. »Den will ich nicht auf die Füße bekommen.«

Eine leichte Boe erfasste den Balken. Er begann sich zu drehen. Pechnagel stabilisierte ihn.

»Jetzt darüber«, rief er und deutete zur Weide.

Abigail betätigte den Sidestick. Mit Gefühl drückte sie ihn nach rechts und erwartete, dass der Ausleger ebenfalls nach rechts drehte. Doch stattdessen schwenkte er nach links. Der Balken traf Pechnagel mitten auf die Brust und brachte ihn zu Fall. Dann senkte sich zum Entsetzen der Beteiligten die Schaufel, die Gurte lösten sich und der Balken stürzte auf Pechnagel und zertrümmerte ihm den Brustkorb.

# 2. Das hatte sich ...

Montagmittag

Das hatte sich Hauptkommissar Pfeiffer anders vorgestellt. Ermittlungen in der Natur entsprachen nicht seiner Jobbeschreibung. Wenn er sich mit Insekten und glitschigem Untergrund hätte auseinandersetzen wollen, dann wäre er Förster geworden. Einzig die Fahrt über den verschlammten Weg sorgte für ein wenig Stimmung, die allerdings in den Pfützen am Tatort unterging.

Die beiden Beamten standen hinter ihrem Dienstfahrzeug und blickten auf die Fundstelle. Der Bagger versperrte die Sicht genauso wie der Rettungswagen, der es irgendwie über den Waldweg bis zur Fundstelle geschafft hatte. Ungeachtet der Fahrzeuge, die den Waldweg umgepflügt hatten, waren die Rinnsale entlang des Weges ein deutliches Zeichen eines durchnässten Bodens. Sie ließen darauf schließen, dass es am Tatort nicht besser werden würde. Da die beiden Polizisten nicht das erste Mal im Dschungel des Rothaargebirges unterwegs waren, hatte Holzbaum vorgesorgt.

Der Mann war auf einem Bauernhof groß geworden und wusste mit Naturgegebenheiten umzugehen. Neben seinem Paar Gummistiefel hatte er für seinen Chef ebenfalls ein Paar im Kofferraum ihres Dienstwagens deponiert. Er öffnete den Kofferraum und nahm die zwei Paare heraus.

»Die habe ich seit dem Haubergsfall immer dabei«, erklärte er. »Die müssten passen.«

Pfeiffer nickte und griff sich die Stiefel.

Die feinen Budapester des Hauptkommissars landeten im Kofferraum des Dienstwagens, während die Hosenbeine in den Gummistiefeln verschwanden. Holzbaums schwergewichtiger Körper schwankte einen Augenblick bedrohlich und wäre in den Matsch gefallen, hätte sich der Mann nicht rechtzeitig an der Kofferraumkante festgehalten.

»Du musst abnehmen«, mahnte der wieselartige Pfeiffer und schlitterte den Weg entlang auf den Bagger zu.

An der Fundstelle, die jetzt außerdem noch ein Tatort war, kümmerte sich ein Sanitäter um Abigail, während ein zweiter einen letzten Blick auf Pechnagel warf, der mit zerschmettertem Oberkörper unter einer Plane lag.

Das ausgetretene Blut hatte sich mit dem Boden vermischt. Nur ein Kenner hätte die dunkleren Flecken rund um die Leiche als blutdurchtränkt erkannt. Auf den grauweißen Quarzsteinen leuchteten stattdessen rote Flecken, die selbst ein Laie als Blutspritzer erkennen würde.

»Sie sind die Baggerfahrerin?« fragte Pfeiffer die junge Frau, die benommen auf einer der Raupen des Baggers saß.

»Ja«, nickte Abigail mit unterlaufenen Augen. Eine Manschette kontrollierte ihren Blutdruck am linken Arm.

»Wie konnte das passieren?« Pfeiffer deutete auf die Plane, wo er die Leiche vermutete.

»Ich weiß es nicht«, murmelte Abigail und sofort begann das Blutdruck-Messgerät zu piepen. »Ich hab' nach rechts gesteuert und dann schwenkte der Ausleger nach links.«

»Atmen Sie langsam ein und aus«, bat der Sanitäter und schielte verärgert zu Pfeiffer.

»So?« Der Hauptkommissar hakte ungeachtet ihres momentanen Zustandes nach. »Haben Sie sich versteuert?«

Abigail wandte langsam ihren Kopf in seine Richtung und sah den Polizisten eindringlich an. »Nein, das habe ich nicht.«

Pfeiffer erwiderte den Blick. Dann nickte er und ließ Abigail mit dem Sanitäter am Bagger zurück. Vorsichtig näherte er sich der Plane, die eindeutig das Zentrum des Tatortes darstellte. Zum Glück regnete es nicht mehr. Dennoch nahm er seine Nickelbrille langsam ab, putzte sie, um sie dann bedächtig langsam aufzusetzen. Unter der Plane zeichneten sich die Umrisse eines Balkens und menschlicher Beine ab. Vorsichtig hob er sie an.

»Wieso hat niemand den Balken weggeräumt?« fragte er überraschend laut.

»Wir haben uns nicht getraut«, erklärte Professor von Langendorf.

»So? Und Sie sind?«

»Professor von Langendorf«, stellte er sich vor. »Das ist meine wissenschaftliche Mitarbeiterin Edna Pistorius und die beiden dort sind einheimische Bauern.«

»Sven Kohlhase«, rief der Bauer.

»Gesine Grau. Das ist mein Grundstück«, sagte die Bäuerin.

»Nur bis zum Rand der Plane«, warf Sven ein. »Das hier oben gehört zu meinem Grundstück.«

»Und warum haben Sie sich nicht getraut, den Balken von der Brust des Mannes zu entfernen?« Holzbaum sprach mit fester Stimme, während er sich Notizen machte. Der Hauptkommissar hatte sich leise der Gruppe genähert und genau beobachtet, wie die Menschen auf seinen Chef reagierten.

»Der Mann war sofort tot«, antwortete Gesine. »Das Brustbein hörte man deutlich brechen.«

»Abigail traute sich nicht mehr, den Bagger zu steuern«, berichtete Sven. »Das Ding hat völlig verrückt gespielt«.

»So! Das werden wir genau überprüfen«, brummte Pfeiffer, dann fiel sein Blick auf die Quarzsteine. »Was ist das hier eigentlich?«

»Aller Wahrscheinlichkeit nach handelt es sich um ein Hügelgrab«, antwortete von Langendorf. »Dr. Pechnagel, das ist der Mann dort, war dabei, den Fund zu untersuchen.«

»Ein Hügelgrab!« Pfeiffer schüttelte den

Kopf. »Deshalb kommen Sie mit einem Bagger? Graben Archäologen nicht mehr händisch?«

»Oh, der Bagger ist nicht wegen des Hügelgrabes hier«, erklärte Gesine.

»Nicht?« Pfeiffer sah zu Holzbaum. »Haben wir von der Zentrale irgendwelche Infos erhalten?«

»Nein, Chef«, der Beamte verlagerte sein Gewicht und sofort begannen seine Stiefel im Matsch zu versinken.

»Der Bagger ist hier, um eine beschissene Trasse für ein Bohrgerät zu schaffen«, maulte Sven. »Die wollen hier Probebohrungen machen wegen der Talsperre.«

»Talsperre?« Jetzt wurde es für Hauptkommissar Pfeiffer, der die lokalen Nachrichten mehr im peripheren Bereich seines Interesses ansiedelte, noch verrückter. »Jetzt behaupten Sie gleich noch, dass die Dilldappen hier im Wald hausen.«

Die Anwesenden konnten nicht lachen.

Holzbaum begann unterdessen die Augenzeugenberichte der Beteiligten aufzunehmen. Er sorgte dafür, dass er die Anwesenden einzeln befragen konnte. Pfeiffer informierte die Zentrale und orderte, neben der Standardbesetzung der Spurensicherung, einen zusätzlichen Techniker.

Abigail hatte sich beruhigt und fand den Mut, ihren Chef anzurufen. Anschließend sprach sie mit ihrer Mutter, während der Sanitäter sie mit

Gesten aufforderte, das Geschehene ausführlich zu beschreiben. Damit wollte er einer posttraumatischen Belastungsstörung vorbeugen, erreichte aber erst einmal, dass Abigail schluchzend das Handy voll weinte. Die beiden Hauptkommissare ließen sich von ihr nicht ablenken und wandten sich den drängenden Aufgaben zu, die an einem Tatort zu erledigen waren.

»Wie bekommen wir die Leiche hier weg?« fragte Pfeiffer. »Der Leichenwagen wird es hier nicht rauf schaffen.«

»Bahren wir ihn doch auf der Ladefläche seines Pajeros auf«, schlug von Langendorf vor. »Den Wagen hat er geliebt.«

»Dafür müssen wir ihn aber erst einmal aus dem Schlamm bekommen«, murrte der Beamte.

»Wir haben doch ein paar starke Männer hier«, grinste Gesine. »Die beiden Sanitäter werden sicher helfen.«

»Wir warten, bis die Spurensicherung sich das angesehen hat«, entschied Pfeiffer.

## 2

Tristan Irle gönnte sich eine Pfeife, die er unter dem Vordach der Terrasse rauchte. Die herbstliche Brise wirbelte die Rauchschwaden durcheinander, dass es aussah, als würde sich ein Mini-Zyklon auf der Terrasse bilden. Mitarbeiter des Restaurants verstauten zusammen mit Helga die Tische und Stühle in einem der Kellerräume. Für einen Moment genoss der Detektiv den Geruch des nahen Waldes, dessen Boden mit Laub bedeckt war. Ein paar Eichelhäher flogen über die Heide und verschwanden in einem Streifen voller Haselnussbäume. Tristan fiel auf, wie viele der alten Nadelbäume in den vergangenen Jahren abgeholzt wurden.

Jemand klopfte gegen die Glasscheibe der Terrassentür. Tristan erkannte seine Lebensgefährtin, die ihm zu verstehen gab, dass er hereinkommen solle. Er löschte den Tabak in seiner Pfeife mit einem Pfeifenstopfer und betrat die Gaststätte. Dort stand neben Helga eine Frau, die ihn nervös anschaute.

»Tristan, das ist Karin, eine alte Freundin«, stellte Helga eine adrette Mittfünfzigerin vor. »Sie benötigt deine Hilfe.«

Karin trug einen dicken Pullover unter einer Latzhose, deren Enden in zwei Gummistiefeln verschwanden. Eine Arbeitsjacke hing über der Lehne eines Stuhles im Restaurant.

»Meine Nichte«, begann Karin aufgeregt, »hat etwas Schreckliches getan. Sie hat jemanden getötet.«

Tristan sah Helga entsetzt an. Sein Gesichtsausdruck verriet seine Gedanken.

»Nein, nicht was Sie denken«, beeilte sich Karin zu erklären. »Sie hat niemanden absichtlich ermordet. Es war ein Unfall. Jedenfalls habe ich Abigails Mutter so verstanden. Sie hat mich informiert und gebeten, nach ihrer Tochter zu sehen.«

»Abigail ist die junge Baggerfahrerin, von der ich gesprochen habe«, ergänzte Helga.

»Das alles ist heute Vormittag geschehen. Nicht weit von hier. Die Polizei ist vor Ort und die lassen sie nicht gehen, bevor nicht ein Techniker der Spurensicherung den Bagger untersucht hat.« Karin griff nach ihrer Jacke. »Würden Sie mich bitte begleiten? Sie kennen sich doch mit der Polizei aus. Außerdem ist es nicht weit von hier. Ich fahre direkt durch den Wald zu ihr.«

»Würde nicht schaden, wenn du dir das mal ansiehst«, meinte Helga. »Ich bin ohnehin noch mit anderem Kram beschäftigt.«

»Was ist mit Marlowe?« Tristan blickte durch die offene Gaststättentür auf eine Treppe, die in den ersten Stock führte, wo auf einer Stange ein weißer Kakadu vor sich hin döste.

»Der ist den ganzen Morgen auffällig ruhig. Sollte sich das ändern, komme ich damit klar.« Helga nickte ihrem Freund aufmunternd zu. »Bitte hilf Karin.«

»In Ordnung«, nickte der Detektiv. »Ich hole nur schnell meine Stiefel.«

Karin fuhr einen Pick-up, der in der Einfahrt vor Helgas Pension parkte. Tristan stellte fest, dass dieser Fahrzeugtyp bei Menschen mit landwirtschaftlichem Gewerbe äußerst beliebt zu sein schien. Beim Anblick der matschverschmierten Reifen entschloss sich der Detektiv, die Gummistiefel gleich anzuziehen.

»Gute Entscheidung«, murmelte Karin und bestieg den Fahrersitz.

Da der Wagen fast so hoch aufragte wie ein kleiner Lkw, hievte sich der Detektiv an dem dafür vorgesehenen Bügel auf den Beifahrersitz und war beeindruckt von der Rundumsicht.

»Das ist ja wie in einem Kampfwagen«, staunte er.

»Sie sind in einem Kampfwagen gefahren?« wunderte sich Karin.

»Schon mal was von Wehrpflicht gehört?«

»Das ist aber schon lange her«, erwiderte Karin und startete den Motor, der ein kerniges Blubbern von sich gab. »200 PS! Damit komme ich überall hin. Wir fahren direkt durch den Wald.«

Tristan erschrak, doch Karin meinte es nicht wörtlich. Sie fuhren am alten Forsthaus vorbei und folgten den Waldwegen, die mitten durch das Rothaargebirge führten. Der Detektiv hatte nach einigen Kilometern die Orientierung verloren. Da Karin weiterhin mit hoher Geschwindigkeit über die unbefestigten Wege rauschte, schien sie die Strecke bestens zu kennen. Tristan begann ihr zu vertrauen und es dauerte nicht lange, da führte der Weg aus dem Wald direkt auf eine Weide zu.

Tristan sah mehrere Fahrzeuge am Rand der Weide stehen. Sie waren schneller ans Ziel gekommen, als der Detektiv vermutet hatte.

»Das Land gehört Sven Kohlhase«, sagte Karin in einem bedachten, aber ernsten Tonfall. »Er wird nicht erfreut sein, dass wir hier drüberfahren. Sagen Sie nichts! Sollte er anwesend sein, dann kläre ich das«.

Er war anwesend und wie von Karin erwartet, wurden sie von Sven mit einer Schimpftirade empfangen, kaum dass sie den Pick-up verlassen hatten.

Karin ging gleich auf Sven zu, beruhigte den Bauern und deutete auf Abigail. Tristan hielt sich zurück, doch als plötzlich sein Name laut gerufen wurde, drehten sich alle zu dem Detektiv herum. Pfeiffer hatte den Detektiv erkannt und stapfte unbeholfen auf ihn zu.

»Hauptkommissar Pfeiffer, schön, Sie zu treffen«, rief Tristan so freundlich, wie es der Schreck, den Beamten hier anzutreffen, zuließ.

»Das glaube ich Ihnen nicht«, entgegnete der Polizist, während er fast den Halt im Matsch verloren hätte. »Ich nehme mal an, dass Sie wegen der Kleinen hier sind.«

Tristan verstand nicht, was der Hauptkommissar meinte.

»Na, die junge Baggerführerin«, erklärte Pfeiffer langsam. »Wir haben den Verdacht, dass sie Mist gebaut hat. Nennt man fahrlässige Tötung. Aber vielleicht steckt ja noch mehr dahinter.«

»Wow, Sie legen ja ein beträchtliches Tempo vor«, bemerkte Tristan abfällig.

»Gute Detektive, nicht die Sorte, die sich dafür bezahlen lässt, haben das große Ganze im Blick. Sehen über den Tellerrand hinaus. Verstehen Sie!«

Es war kein Geheimnis, dass Pfeiffer Privatdetektive nicht mochte. Für ihn als Vertreter der Staatsmacht war es unerträglich, dass jemand als Bürger sich anmaßte, die Ermittlungen bei einem Verbrechen zu übernehmen. Der Beamte vergaß schnell und gern, welche Hilfe der Bürger bei der Aufklärung sein konnte.

Tristan schwieg und sah sich ungeachtet Pfeiffers Bemerkung den Tatort an. Karin eilte zu Abigail, die sichtlich mitgenommen der Tante in den Arm fiel. Holzbaum unterhielt sich mit einem älteren Mann, neben dem eine junge Frau stand. Eine Leiche war nirgends zu sehen, was den Detektiv vermuten ließ, dass man diese aus dem Schlamm geborgen hatte. Er fand auch gleich den Ort, an dem man sie zwischengelagert hatte. Es war ein alter Pajero mit offener Heckklappe, aus dem ein paar Beine herauslugten, die man provisorisch bedeckt hatte. Ihm wurde das Ausmaß der chaotischen Lage am Tatort bewusst, als er mehrere Polizeibeamte mit schlammbeschmierten Hosen und Jacken wahrnahm, die sich am Wegrand zu säubern versuchten. Die Anfahrt durch den Wald war von Karin weise gewählt worden.

Für den Detektiv stellte sich die Situation wie folgt dar: Mehrere Polizeiwagen, deren Blaulicht durch den Wald schimmerte, hatten sich auf dem Waldweg quergestellt. Dadurch konnte Pfeiffers Dienstwagen nicht zurücksetzen, was wiederum den Krankenwagen daran hinderte, den Tatort zu verlassen. Der Pajero wurde von einem weiteren Geländewagen sowie einem kleineren Wagen blockiert. Tristan vermutete, dass der große Pick-up der Bäuerin gehörte, während er den kleinen Suzuki den beiden Personen zuordnete, die sich mit Holzbaum unterhielten. Direkt vor der Fundstelle bzw. dem Tatort stand der Bagger, der das Unglück ausgelöst hatte. Ein anderer Geländewagen stand auf der gegenüberliegenden Seite des Tatortes. Er gehörte Sven und wie Tristan und Karin war auch er durch den Wald auf die Weide gefahren. Die Anzahl der Autos, nahm man die Polizeiautos und den Krankenwagen heraus, ergab fast genau die Anzahl an Menschen, die sich am Tatort aufhielten.

Tristan stutzte und fragte sich: »Wie ist Abigail zum Bagger gekommen?«

## 3

Diplom-Ingenieur Viktor Löfler blickte fassungslos auf das Telefon, dessen Hörer er wenige Augenblicke zuvor in die Gabel zurückgelegt hatte. Für ein paar Sekunden verharrte er hinter seinem Schreibtisch, dann atmete er tief ein, sprang auf und rief seiner Kollegin zu: »Ich muss das Haus verlassen. Es hat einen tödlichen

Unfall an der Probebohrstelle gegeben. Die Firma hat gerade angerufen.«

»Du meinst, die Probebohrstelle für die dritte Talsperre?« hakte die Kollegin nach.

»Ja, genau die«, seufzte Löfler, »das hat uns gerade noch gefehlt.«

»Das wird dem Landrat nicht gefallen«, bemerkte sie nachdenklich.

»Nicht nur dem Landrat«, antwortete Löfler. Er zog sich eine Winterjacke über, die an einem Kleiderständer hing. »Das wird den ganzen Kreistag aufmischen.«

»Wen hat es eigentlich erwischt?« fragte sie.

»Oh, das habe ich gar nicht gefragt«, erwiderte Löfler und suchte seine Autoschlüssel.

Das Hauptquartier der oberen Wasserbehörde im Siegerland und Wittgenstein lag in einer Talsenke. Einige Meter weiter floss die Sieg dem Rhein entgegen. Als die ersten Kelten die rohstoffreiche Erde des Siegerlandes entdeckten, nutzten sie das Wasser aus den Quellen, den kleinen Bächen und der Sieg. Der Laubwald speicherte Grundwasser und man war sich nicht zu schade, einige Meter zu laufen, um an das wertvolle Nass zu gelangen. Im Laufe der Zeit entwickelten sich in den Tälern des Rothaargebirges Siedlungen und mit ihnen Fabriken und Werkstätten. Obwohl die Römer es nicht schafften, bleibenden Eindruck im Siegerland zu hinterlassen, waren einige Einheimische clever genug, in Büchern die alte Baukunst der Wasserleitungen aufzuspüren und für das Siegerland zu kopieren. Damit verschwand die Anarchie beim Wasserschöpfen und mit der zentralen Wasserversorgung zog die behördlich überwachte Verteilung in den Alltag der Bewohner ein.

Die für die Verteilung zuständigen Behörden wurden „Wasserbehörden" getauft. Sie sind in Nordrhein-Westfalen dem Ministerium für Umwelt, Landwirtschaft, Natur- und Verbraucherschutz in Düsseldorf unterstellt. Es gibt die oberen Wasserbehörden, die entsprechend den Bezirksregierungen unterstellt sind, während die unteren Wasserbehörden von Landkreisen und Freien Städten kontrolliert wurden. Der Unterschied zwischen oberer und unterer Wasserbehörde lässt sich grob vereinfacht so erklären: Die obere Wasserbehörde kümmert sich darum, dass das Wasser aus Talsperren, Brunnen, Bergwerken und Flüssen in die Leitungen der Städte kommt, während die untere Wasserbehörde dafür sorgt, dass beim Bürger das Wasser aus den Hähnen fließt.

Nun haben die vielen Fabriken und Städte in den vergangenen hundert Jahren allerdings dafür gesorgt, dass sich das Klima veränderte, kurz gesagt, es wurde immer wärmer. Im Siegerland gibt es Menschen, die das nicht als bedrohlich empfinden, da wir in einer Gegend leben, in der verhangener Himmel mit stetigem Regenfall das natürliche Klima darstellt. Die Aussicht, bei 20° Celsius um Mitternacht auf dem Unteren Schlossplatz in Siegen oder dem Schlossplatz in Bad Berleburg an einem Glas Wein zu nippen, während man Straßenmusikern zuhörte, verlockte nicht wenige, dem ganzen Klimawandel etwas Positives abzugewinnen. Wasser, so schien es, gab es bei uns ja genug. Das war ein katastrophaler Irrtum. Denn unter unseren Füßen verbirgt sich eine Erdschicht, die von Fachleuten als „Rheinisches Schiefergebirge" bezeichnet wird. An dieser Bezeichnung ist das Wort *Schiefer* für Laien von Bedeutung.

Als *Säjjerlänner* kommt man mit dem *Zich* jeden Tag in Berührung. Es bedeckt größtenteils unsere Häuser. Die *Dilldappen* müssen es den Ureinwohnern vor langer Zeit überliefert haben, dass Schiefer auf dem Dach eines Hauses dasselbe schön trocken hält. Dummerweise führen die Eigenschaften des Schiefers, die das Wasser bei einem Haus draußen lassen, auch dazu, dass wir im Siegerland keine natürlichen Grundwasserspeicher haben. Bei einer anhaltenden Trockenheit fließt still und leise das Wasser unter unseren Füßen vom höchsten Berg im Siegerland über die Gesteinsschichten des Schiefergebirges in Richtung Rhein. Wenn aus dem Rothaargebirge kein Wassernachschub kommt, trocknen die Bäche und die Brunnen aus. Deshalb haben schlaue Köpfe im letzten Jahrhundert zwei Talsperren im Kreisgebiet geplant und gebaut. Die Versorgung schien sicher, doch die ersten Dekaden im neuen Jahrtausend haben gezeigt, dass man sich nicht sicher sein kann. Wieder setzten sich schlaue Köpfe zusammen. Meteorologen, Agrarwissenschaftler und Wasserbauingenieure kamen zu ähnlichen Ergebnissen: Die Wahrscheinlichkeit einer Wasserknappheit im Kreisgebiet nimmt bei zunehmender Erderwärmung rapide zu. Alle Beteiligten sprachen sich für eine dritte Talsperre aus.

Damit hätte die Planung zum Bau einer dritten Talsperre ihren Lauf nehmen sollen.

Eigentlich!

Doch die Zeiten, in denen Menschen auf Experten hören, ohne gleich alles anzuzweifeln, sind vorbei. Kaum sprach sich herum, dass man ein Gelände für eine dritte Talsperre gefunden hatte, formierte sich der bürgerliche Widerstand. Angeführt von der Öko-Partei begann man das Projekt zu torpedieren. Ausgerechnet ein Nass-Biotop, in dem ein seltener Salamander lebte, wurde als Speerspitze gegen den Bau vorgebracht, da dieses Biotop überflutet werden würde. Die Logik hinter diesem Argument verstand Viktor Löfler nicht. Hatten die Politiker nicht verstanden, dass bei Trockenheit das Biotop absterben, der Salamander das Zeitliche segnen würde, und darüber hinaus der ganze Kreis in einen Wassernotstand stürzen konnte? Der Ingenieur machte die Erfahrung, dass Politik nichts mit gesundem Menschenverstand oder sogar Sachverstand gemein hatte.

Er lernte jedoch schnell dazu und so bewegte er sich nach einigen Monaten auf der politischen Bühne so geräuschlos wie möglich. Es war ihm gelungen, die Genehmigung einer Probebohrung zu erhalten, ohne einen Aufstand herbeizuführen. Sollte die Auswertung der Bohrung zufriedenstellend sein, würde dort der Staudamm entstehen. Der tödliche Unfall traf Löfler, als sei er ein Schlag unter die Gürtellinie. Das ließ sich nicht mehr geräuschlos abarbeiten.

Auf der Fahrt nach Erndtebrück arbeitete sein Gehirn auf Hochtouren daran, irgendwie eine Lösung zu finden, um eine mögliche Verzögerung zu umgehen. Schließlich hatte er am Wochenende schon einmal die Bohrung gerettet, indem er dem zuständigen Archäologen grünes Licht zur Bergung des Fundes gegeben hatte. Es war nichts Ungewöhnliches für den Wasserbauingenieur, mit Archäologen zusammenzuarbeiten. Bei Grabungsarbeiten kam es öfter vor, auf Gegenstände zu treffen, die eine kulturelle Bedeutung innehatten. Löfler hatte die Erfahrung gemacht, dass man am schnellsten die Baustelle wieder freibekam, wenn man den Archäologen tatkräftig unter die Arme griff. Was in den meisten Fällen bedeutete, dass man die Betriebskosten eines Baggers oder die Kosten für ein Grabungszelt übernahm. Im Falle der Probebohrung hatte er dem Archäologen zugesagt, die Ausgrabungskosten zu übernehmen, wenn er die Fundstelle nach zwei Tagen wieder freigeben würde. Ein Kompromiss, der der Wasserbehörde nicht viel kosten würde, da der Bagger ohnehin an der Fundstelle graben sollte. Da diese Abmachung über das Telefon auf gegenseitigem Vertrauen gemacht wurde, hoffte Löfler nun, dass Dr. Alfons Pechnagel keinen Rückzieher machen würde.

Wenn er da schon gewusst hätte, wen das Schicksal dahingerafft hatte, wäre er einem Hirnschlag gefährlich nahegekommen.

## 4

Die Sonne stand in ihrem Zenit, doch sie wärmte nicht mehr. Ein kalter Wind wehte aus Osten durch das Tal. Der Himmel war verhangen. Graue Wolken streckten sich wie eine einzige Masse über den Horizont. Zum Glück regnete es nicht.

Pfeiffer stand neben dem Bagger, den er als Tatwerkzeug sichergestellt hatte. Die Aktion bestand darin, dass er den Zündschlüssel aus der Baggerkabine gezogen und in seiner Manteltasche verstaut hatte. Neben dem Hauptkommissar stand Abigail. Ihre leicht gerötete Gesichtsfarbe beruhigte Tristan, vor einer halben Stunde hätte man die blutleere Haut in Abigails Gesicht als Leinwand verwenden können. Der Detektiv lehnte am Bagger, was Pfeiffer mit zusammengekniffenen Augen missbilligte.

»Ich mache nichts kaputt«, sagte Tristan schnippisch.

»Der ist schon hinüber«, meinte Abigail. Sie wandte sich dem Hauptkommissar zu. »Wann lassen Sie mich die Funktionen überprüfen?«

»Sie besteigen den Führersitz überhaupt nicht«, antwortete Pfeiffer scharf. »Das lassen wir einen Experten machen.«

»Wir stehen uns hier die Beine in den Bauch«, rief Sven, der etwas abseits mit Gesine und dem Professor an Gesines Geländewagen lehnte.

»Können wir nicht weiter an der Ausgrabung arbeiten?« fragte der Professor. »Den Bagger brauchen wir dazu nicht.«

»Ihnen geht das wohl gar nicht unter die Haut, was?« schnaufte Sven und schüttelte den Kopf. »Er war doch Ihr Freund.«

»Wenn wir hier faul rumstehen, wird er auch nicht wieder lebendig«, erwiderte von Langendorf ruhig. »Wir könnten anfangen, den Kessel auszugraben. Dafür muss der Bagger nicht bewegt werden.«

»Wie wollen Sie den denn herausheben?« Gesine schätzte das Gewicht auf knapp fünfzig Kilo. Erde und Geröll hatten sich im Kessel gesammelt. »Bei dem matschigen Untergrund rutschen Sie aus.«

»Vielleicht gibt es noch anderes Zeug zu finden«, meinte Sven. »Der Kessel macht ja nun nicht viel her, Professor. Könnte es Gold geben?«

»He, Leute!« rief Pfeiffer laut. »Niemand

gräbt hier etwas aus. Erst klären wir, was vorgefallen ist.«

»Mensch, das haben wir Ihnen doch alles schon mehrmals dargelegt.« Der Professor schien seine Gelassenheit zu verlieren. »Wenn Ihre Kollegen nicht den Wirtschaftsweg blockiert hätten, könnten wir alle bereits im Warmen sitzen.«

»Wir warten auf den Experten«, sagte Pfeiffer laut und steckte sich eine Zigarette an.

Tristan ging um den Bagger, um sich die Fundstelle anzusehen. Abigail folgte ihm. Karin hatte ihr erklärt, dass er Helgas Freund und Privatdetektiv war, was für die junge Frau ausreichte, um ihm zu vertrauen. Und wie es unter Bekannten üblich war, duzte sie ihn.

»Ich habe zuerst eine dünne Erdschicht abgezogen«, informierte sie den Detektiv. »Das war am Freitag. Dann stieß der Löffel ...«

»... Löffel?« Tristan zog die Augenbrauen hoch.

»... du kannst auch Schaufel sagen«, ergänzte sie, »jedenfalls als ich eine weitere Schicht abtragen wollte, stieß die Schaufel gegen den Kessel. Hab das Ding nur leicht gestreift, sonst wäre er wahrscheinlich beschädigt worden. Jedenfalls ist es vorgeschrieben, bei historischen Funden sofort die Arbeit einzustellen.«

»Dann hast du deinen Chef informiert?« fragte Tristan.

»Ja! Der war nicht begeistert«, grinste Abigail.

»Der hat schon öfter mit dem Landschaftsverband zu tun gehabt. Jedenfalls wurde der für unser Gebiet zuständige Archäologe informiert. Das war Dr. Alfons Pechnagel. Er hat sich den Fund am Freitagabend noch angesehen. Wir haben entschieden, die Ausgrabung am heutigen Tag fortzusetzen.«

»Hatte der Bagger am Freitag schon Fehlfunktionen?« fragte Tristan.

»Nein, der hat präzise die Kommandos ausgeführt.« Sie sah den Detektiv erschreckt an. »Was ist, wenn der Fehler gleich nicht wieder auftaucht?«

Darüber wollte Tristan nicht nachdenken und Abigail sollte es besser auch nicht, deshalb fragte er: »Wie kommen die beiden hierher?«

»Professor von Langendorf und seine hübsche Doktorandin?« Abigail schmunzelte. »Er ist ein Freund von Pechnagel. Sie scheinen öfter zusammengearbeitet zu haben.«

»Dann ist er auch Archäologe?«

»Nein, das bin ich nicht«, sagte der Professor beleidigt. Er hatte sich von hinten an die beiden herangeschlichen. »Ich bin Historiker. Aber es ist korrekt, dass Alfons und ich uns bei unserer Arbeit ergänzt haben.«

»Bitte entschuldigen Sie, wenn ich Sie beleidigt haben sollte«, sagte Tristan freundlich. »Aber was ist der Unterschied zwischen einem Archäologen und einem Historiker?«

»Grob gesagt; Historiker wühlen in Bibliotheken, Archäologen in der Erde«, lächelte der Professor. »Und manchmal kreuzen sich die Wege, dann muss der Historiker dem Archäologen oder umgekehrt mit seiner Fachkompetenz aushelfen.«

»Und wie war es in diesem Fall hier?« Tristan deutete auf die Fundstelle.

»Dieses Gebiet ist interessant, weil hier in der Nähe die „Alte Burg“ liegt. Das ist eine Keltenfestung unweit vom Forsthaus Hohenroth.«

»Ja, diese Stelle ist mir bekannt. Dort sind noch die Umrandungen einer Wehranlage zu sehen«, erklärte Tristan.

»Laienhaft ausgedrückt«, nickte der Professor. »Ich habe mich schon lange gefragt, ob es nicht weitere Spuren der Kelten in dieser Region gibt.«

»Was ich nicht verstehe«, bemerkte Abigail, »wenn Sie sagen, dass Historiker in Bibliotheken wühlen, müssten Sie dann nicht nach alten Schriftrollen suchen?«

»Ich sehe schon, dass eine einfache Erklärung nicht ausreicht«, stöhnte von Langendorf und überlegte, wie er seine Anwesenheit verständlich klarmachen konnte. Schließlich klopfte er sich sachte an die Stirn und sagte: »Mein Interesse gilt dem historischen Bergbau. Nicht dem Abbau von Erzen, wie es die Kelten gemacht haben, sondern dem richtigen Bergbau, also unter Tage. Es hat sich jedoch in der Vergangenheit gezeigt, dass Fundstätten aus der La-Tène-Zeit auffällig oft dort auftraten, wo sich in späteren Jahrhunderten der Bergbau ausgebreitet hat. Sozusagen sind diese Fundstätten Wegweiser zu erzhaltigen Gebieten. Ich betone das, weil meine Forschung im Schwerpunkt die Suche nach unbekannten Bergwerken beinhaltet.«

»Sind nicht alle Bergwerke in Karten aufgezeichnet?« fragte Abigail.

»Die bekannten Bergwerke sind es, aber nicht alle Gänge oder Stollen sind auf diesen Karten vermerkt«, nickte der Professor. »Außerdem gibt es keine belastbaren Aufzeichnungen aus dem Mittelalter und davor. Funde wie dieser hier könnten einen Hinweis auf eine verborgene Grube geben.«

»Das wäre wohl nicht gut, wenn man hier einen Stollen gegraben hätte«, grinste Tristan. »Dann wäre der Standort für eine Talsperre ungeeignet.«

Das laute Fluchen einer Männerstimme hallte durch den Wald. Die kleine Gruppe sah sich nach dem Lärm um, als ein durchtrainierter Mann hinter dem Krankenwagen hervortrat.

»Das ist der zuständige Ingenieur der oberen Wasserbehörde«, sagte Abigail. »Er hat diese Stelle ausgesucht.«

»Dann wird er über den Fund nicht erfreut gewesen sein«, meinte Tristan.

»Viel schlimmer wird ihn Alfons' Tod treffen«, merkte von Langendorf an. »Die beiden hatten einen guten Draht zueinander, was die Arbeit betraf.«

## 5

Viktor Löflers blaue Augen konkurrierten mit dem Eis eines Gletschers, während sein Herzschlag dem eines Kolibris sehr nahekam. Der Ton seiner Stimme klang gedämpft und seine Hände wedelten umher, als wollten sie etwas Imaginäres fangen. Der Wasserbauingenieur regte sich über das Chaos an der Fundstelle auf. Liebend gern hätte er losbrüllen wollen, doch der Schock über die Nachricht, dass Alfons Pechnagel das Unfallopfer war, wirkte wie ein Sedativum.

»Das kann doch alles nicht wahr sein«, flüsterte er. »Wir haben doch noch eben telefoniert.«

»Das war sicher heute Morgen«, sagte von Langendorf. »Unsere Baggerführerin hat unseren Freund nämlich gegen 11 Uhr mit der Schaufel erwischt.«

»Das war nicht die Schaufel«, mischte sich Sven ein. »Das war der Balken, der an der Schaufel hing, der dem Archäologen den Brustkorb zerschmetterte.«

»Leute!« mahnte Pfeiffer, »bitte nicht so pietätlos.«

»Sie sind der Kommissar?« fragte Löfler.

Pfeiffer nickte und deutete auf Holzbaum.

»Mein Kollege.«

Löfler nickte Holzbaum zu.

»Sie sind für diesen Auftrag zuständig?« wollte Pfeiffer wissen.

»Ja, wir sind die ausführende Behörde«, nickte Löfler. »Habe am Freitag erfahren, dass man dieses Hügelgrab gefunden hatte.«

»Sieht gar nicht nach einem Hügel aus«, antwortete Pfeiffer und deutete auf die Fundstelle.

»Die Zeit«, mischte sich der Professor ein. »Sie müssen die Zeit bedenken!«

»Was für eine Zeit?«

»Die Zeit, die verstrich, um den Boden so zu gestalten, wie er heute ist«, erklärte von Langendorf.

»Das waren meine Vorfahren«, brummte Sven. »Die haben mit Hacke und Pflug den Boden bearbeitet.«

»Warum sind Sie alle noch hier?« fragte Löfler, doch die Antwort kannte er schon. Schließlich war er die Hälfte des Weges zu Fuß gegangen, weil mehrere Fahrzeuge den Waldweg blockierten.

»Mann, wir kommen hier nicht weg«, schnaufte Gesine, die sich bis jetzt zurückgehalten hatte.

»Ah, hallo, Frau Grau«, stöhnte Löfler, »Sie sind auch hier. Bei den vielen Leuten verliert man den Überblick.« Er sah Tristan an: »Und wer sind Sie?«

»Tristan Irle, Privatdetektiv«, stellte sich der Detektiv vor.

»Warum sind Sie hier?« wunderte sich der Ingenieur.

»Es ist noch nicht geklärt, ob es sich um einen Unfall oder um Fehlverhalten handelt«, erklärte Hauptkommissar Pfeiffer. »Herr Irle ist hier, um der jungen Dame beizustehen.«

Man sah es Löfler an, dass diese Information eine zu viel war. Er wurde ganz blass im Gesicht.

»Hat jemand etwas zu trinken dabei?« fragte Gesine. »Sven, du vielleicht?«

»Das Zeug ist viel zu schade für den Kerl«, schnaufte der Bauer, ging aber dennoch zu seinem Pick-up und kam mit einem Flachmann zurück.

»Nehmen Sie einen kräftigen Schluck«, sagte er zu Löfler. »Das wird helfen.«

Der Wasserbauingenieur nickte und führte den Flachmann an den Mund.

»Sie scheinen sich ja alle zu kennen«, stellte Tristan fest.

»Der Mann will mein Land unter Wasser setzen, da sollte ich den doch wohl kennen«, knurrte Sven.

»Ich sehe ihn mehr als jemand, der mir ein hübsches Sümmchen für das Land gibt, dass ich eh nicht brauche«, sagte Gesine.

»Dann sind Sie für die Talsperre und Sie dagegen.« Tristan sah die beiden Landbesitzer freundlich an.

»Ich bin auch für eine weitere Talsperre«, wehrte sich Sven, »bloß nicht auf meinem Grund.«

»So funktioniert das aber nicht«, zischte Gesine. »Wie oft sollen wir das noch durchkauen!«

»Ist das mit der Talsperre denn noch relevant?« Der Detektiv blickte zu Löfler. »Ich meine, wenn man diesen Fund hier bedenkt. Vielleicht gibt es noch mehr historisch relevante Zeugnisse.«

Professor von Langendorf, seine Assistentin Edna und die Landbesitzer lachten gleichzeitig.

»Wie kommen Sie denn darauf?« Löfler musterte Tristan abschätzig. Der Schluck aus dem Flachmann weckte seine Lebensgeister.

»Ich dachte ...«

»Natürlich wird dieser Fund den Bau nicht verhindern«, stellte Löfler klar. »Er wird das Projekt verzögern. Also, die Probebohrung und was damit zusammenhängt. Verhindern könnte die Talsperre nur, wenn es technische Probleme oder geologische Komplikationen geben sollte.«

Ein lautes Motorengeräusch drang durch das Tal und lenkte die Aufmerksamkeit der Gruppe auf sich.

»Sie sollten Ihren Männern befehlen, die Polizeiautos fortzuschaffen«, schlug Sven vor und sah Pfeiffer mit einem verschwörerischen Grinsen an. »Das hört sich an, als käme da etwas Großes aus Erndtebrück herauf.«

Der Hauptkommissar sah zu den uniformierten Polizisten.

»Sie müssen Ihre Fahrzeuge wegfahren«, rief er ihnen zu. »Werden Sie das hinbekommen?«

»Solange es bergab geht, ja«, antwortete einer der Beamten.

»Dann los!« befahl Pfeiffer.

»Was ist das für ein Fahrzeug, das da kommt?« fragte Tristan den Bauern.

»Ich vermute, dass es ein Fendt 724 Vario ist«, antwortete Sven. »So einen Traktor hat sich mein Nachbar letztes Jahr zugelegt. Der wird mit dem Weg keine Schwierigkeiten haben.«

»Ein Traktor«, wiederholte der Detektiv.

»Ja! Wir sind hier auf dem Land.« Sven deutete auf die großen Pick-ups. »Die Dinger sind gut für den Alltag, aber ein Traktor fährt auch im Winter bei meterhohen Schneewehen noch über die Straße.«

Den Wartenden war es egal, welches Gefährt den Weg heraufkam. Sie wollten nur weg und je früher der Waldweg wieder befahrbar wurde, desto besser.

Nach einigen Minuten sah man durch die lichten Bäume das grün lackierte Ungetüm heranfahren. Ohne größere Probleme mit dem Untergrund zu haben, lenkte der Fahrer den Traktor durch eine Senke am Wegrand und kam neben Pfeiffers Dienstwagen zum Stehen.

Die Kabinentür wurde aufgestoßen und ein Mann in einem weißen Overall kletterte heraus.

Es folgte der Besitzer des Traktors und anschließend stieg Rudi Bauer, Abigails Chef, aus der hohen Fahrerkabine. Während der Traktorfahrer sich zu Sven gesellte, gingen der Mann im Overall und der Unternehmer direkt auf den Bagger zu.

»Jetzt wird es ernst«, flüsterte Abigail zu Tristan und begrüßte ihren Chef, Rudi Bauer.

Pfeiffer nahm den Mann von der Spurensicherung zur Seite, sprach kurz mit ihm und überreichte den Schlüssel.

Alle Blicke waren jetzt auf den Mann im weißen Overall gerichtet. Er schloss die Baggerkabine auf und hievte sich auf den Sitz. Wenige Augenblicke später startete der Motor des Baggers, dann fuhr der Ausleger aus und schwenkte nach links, dann nach rechts. Mit Entsetzen beobachtete Abigail, dass die Technik den Befehlen des Beamten folgte.

## 6

»Das kann nicht sein!« rief die junge Frau. »Hier stimmt etwas nicht!«

»Beruhig dich, Abigail«, mahnte Rudi Bauer. Der Bauunternehmer hatte die Statur eines Ringers und seine freundlichen Augen sahen Abigail mitfühlend an. »An dem Bagger ist alles in Ordnung, das sieht man doch.«

»Nein, das war es nicht!« beharrte sie energisch.

»Wenn Abigail sich keines Fehlers bewusst ist«, mischte sich Tristan ein, »dann sollten Sie das nicht einfach beiseiteschieben.«

»Das mache ich doch nicht«, erwiderte der Chef, »aber jeder kann sehen, dass der Bagger funktioniert.«

Tristan musste dem Unternehmer recht geben. Der Mann von der Spurensicherung prüfte jede Funktion, die mit dem drehbaren Kabinenaufbau zusammenhing. Einzig das Fahrgestell mit den Raupen steuerte er nicht an, da die Gefahr eines Abrutschens immer noch gegeben war.

Pfeiffer trat an Abigail heran.

»Ich würde Sie jetzt bitten, mir Ihren Baggerschein zu geben.«

»Was?« Abigail trat einen Schritt zurück.

»Wir gehen davon aus, dass Sie fahrlässig gehandelt haben«, erklärte der Polizist. »Sie dürfen bis auf Weiteres keinen Bagger führen.«

»Das kann doch alles nicht wahr sein«, schimpfte Abigail und ging ein paar Schritte von der Gruppe weg.

»Herr Kommissar«, sprach Rudi Bauer den Beamten an und stellte sich vor. »Sie müssen Abigail noch dieses Projekt beenden lassen.«

Pfeiffer verstand nicht, was das bedeuten sollte.

»Ich meine, dass sie diesen Kessel da noch bergen und dann den Bagger zurück auf den Weg fahren muss.«

»Das kann ich nicht erlauben«, antwortete Pfeiffer und wandte sich an den Kollegen der Spurensicherung im Bagger. »Können Sie das nicht übernehmen? So schwer kann das ja nicht sein.«

In dem Moment schrien von Langendorf und seine Mitarbeiterin auf. Der Beamte schien aus Versehen den Raupenantrieb betätigt zu haben. Jedenfalls kippte der Bagger leicht zur Seite, während der Untergrund nachgab.

»Mann! Was macht der da!« schimpfte Rudi Bauer und brüllte Pfeiffer an: »Sehen Sie, was ich meine!«

Der Beamte im Bagger hatte die Gesichtsfarbe seines Overalls angenommen. Vorsichtig schaltete er den Bagger aus und kletterte aus der Kabine.

»Das war knapp«, stöhnte er. »Entschuldigung, bin gegen den Raupenhebel gekommen. Aber eine Fehlfunktion ist zu diesem Zeitpunkt nicht festzustellen.«

Er übergab Pfeiffer die Schlüssel.

Die beiden Kommissare berieten sich, dann zogen sie den Mann von der Spurensicherung hinzu und riefen schließlich Rudi Bauer.

Tristan stand mit Gesine, dem Traktorfahrer und Sven am Rand der Weide. Karin kümmerte sich um Abigail, sie standen neben Pechnagels Pajero. Der Professor, Edna und Löfler begutachteten die Fundstelle, insbesondere das, was man von dem Bronzekessel sehen konnte.

»Was bequatschen die?« fragte Sven den Detektiv.

»Ich denke, sie beraten, ob sie Abigail nochmals in den Bagger lassen, um den Kessel zu bergen«, antwortete Tristan.

»Mann, wenn wir alle anpacken, heben wir das Ding aus dem Schlamm«, meinte Sven, »dann ist das hier schnell zu Ende.«

»So geht das nicht«, sagte Gesine. »Das ist ein bedeutender Fund, da müssen wissenschaftliche Kriterien eingehalten werden, wenn man ihn bergen will. Wir trampeln alles nieder, das will doch keiner.«

»Ihr habt doch den Ingenieur gehört«, maulte Sven. »Dieses Grab wird die Talsperre nicht aufhalten.«

»Vielleicht nicht«, nickte Gesine, »aber vielleicht bringt es mehr Erkenntnisse über das Leben der Kelten.«

»Darauf kann ich verzichten«, brummte Sven, »ich will meine Weiden nicht verlieren.«

Die Beamten schienen zu einem Entschluss gekommen zu sein. Pfeiffer rief nach Abigail. Sie ging verunsichert auf den Hauptkommissar zu. Da alle interessiert waren, wie es nun weiterging, standen sie schließlich alle neben dem Bagger, als Pfeiffer erklärte:

»Frau Müller wird den Bagger nochmals bedienen. Herr Professor von Langendorf, können Sie die Bergung des Kessels leiten?«

»Das ist kein Problem. Alfons hat die meiste

Arbeit ja schon getan«. Der Historiker schien zufrieden.

Pfeiffer wandte sich an Abigail. »Ihr Chef hat sich bereit erklärt, am Kessel zu stehen, wenn Sie ihn langsam aus dem Schlamm ziehen.«

»Gut«, nickte Abigail.

»Na, endlich kommt Bewegung in die Sache«, stieß Sven aus. »Es wird Zeit, ich will nach Hause.«

»Hier hält dich doch keiner«, grinste Gesine. »Du kannst doch über deine Weiden wegfahren.«

»Und dir hier das Feld überlassen! Vergiss es!«

Abigail erhielt von Pfeiffer den Schlüssel. Sie ging auf den Bagger zu und begutachtete den Stand. Der Untergrund war etwas abgetrocknet, allerdings immer noch glitschig, was die Gefahr für ein Wegrutschen nicht verringerte.

»Also, dann los!« rief sie den Leuten zu.

Sie öffnete die Kabinentür, die ihr entgegenschlug, weil der Bagger sich zur Seite neigte. Vorsichtig griff sie nach dem ersten Haltegriff, an dem sie sich in die Kabine hieven wollte, hielt inne und trat zurück.

»Der Beamte von der Spurensicherung, kommen Sie her!«

»Was soll das denn jetzt!« schimpfte Pfeiffer und stampfte in Abigails Richtung.

Tristan eilte ebenfalls sofort zu Abigail. Er kam mit den Beamten gleichzeitig an.

»Sehen Sie!« Abigail deutete auf eine Konsole,

die sich unterhalb des Sidesticks befand, mit dem man die Baggerschaufel lenkte.

»Oh, das ist ungewöhnlich«, schnaufte der Mann von der Spurensicherung. »Das ist mir nicht aufgefallen.«

»Da hat jemand die Konsole geöffnet«, erklärte Abigail. »Sehen Sie die Schrammen?«

»Was ist los?« fragte Pfeiffer aufgeregt, während er seinem Kollegen dabei zusah, wie der sich Latex-Handschuhe überzog.

## 7

Die Kaffeekanne wurde herumgereicht. Tristan, Karin, Abigail und die beiden Kommissare saßen im Restaurant auf dem Giller. Jeder schüttete sich seine Tasse selbst ein. Helga hatte einen Tisch mit Tassen und Kuchentellern gedeckt und stellte gerade eine Torte und einen Marmorkuchen dazu. Sie waren die einzigen Gäste an diesem Montagmittag.

»Wer hätte das gedacht«, sagte Abigail entrüstet, »dass man einen Bagger manipulieren kann.«

»Noch ist das nicht sicher«, entgegnete Pfeiffer. »Die Techniker müssen das noch bestätigen.«

»Was ist das gut, dass du diese Schrammen entdeckt hast«, meinte Karin.

»Herr Pfeiffer, das hätte Ihr Kollege bemerken

müssen.« Abigail hielt ihre Verachtung nicht zurück.

»Da stimme ich ihr zu«, sagte Tristan. Er nahm sich ein großes Stück Torte, was ihm einen warnenden Blick seiner Lebensgefährtin einbrachte.

»Möchte jemand etwas von der Torte?« fragte er daraufhin.

»Ja, bitte«, nickte Holzbaum.

Helga lächelte zufrieden und Tristan reichte seinen Teller an Holzbaum weiter. Sie ging zurück in die Küche.

Abigail legte ihr Handy auf den Tisch. Es zeigte ein Foto, auf dem eine kleine Platine vollgestopft mit elektronischen Bauteilen zu sehen war. Vier Kabel, zwei weiße und zwei rote, waren an das Bauteil gelötet und mit Kabeln verbunden worden, die zum Sidestick gehörten.

»So ein Teil habe ich noch nie gesehen. Sicher hat es dafür gesorgt, dass der Bagger verrückt gespielt hat.« Abigail nahm sich ein Stück Marmorkuchen.

»Wir sollten jetzt keine voreiligen Schlüsse ziehen«, mahnte Pfeiffer.

»Das aus Ihrem Mund zu hören«, grinste Tristan.

»Frau Müller, Sie sollten sich nicht so sicher fühlen. Es ist ja nicht geklärt, ob Sie nicht doch das Teil eingebaut haben. Schließlich waren Sie die Letzte, die am Freitag den Bagger benutzt hat.« Pfeiffer nippte an seiner Tasse.

»Warum sollte ich das tun?« Abigail schüttelte den Kopf.

»Das Ganze ist schon etwas merkwürdig«, meinte Holzbaum und griff nach einer Kuchengabel. »Wenn das Teil die Steuerung des Baggers stören sollte, dann fragt man sich doch, was bezweckt man damit?«

»Man kann jemanden damit töten«, meinte Karin.

»Das wissen wir nicht. Spekulationen helfen nicht weiter«, sagte Tristan. »Möchte noch jemand ein Stück Torte?«

Da sich keiner meldete, nahm er sich selbst ein großes Stück.

»Irle hat recht. Wir warten ab, was die Techniker über das Teil sagen können«, nickte Pfeiffer.

»Was passiert jetzt mit dem Bagger?« fragte Karin.

»Der wird jetzt spurentechnisch untersucht. DNA und so weiter«, antwortete Holzbaum mit vollem Mund.

»Dafür müssen Sie ihn aber aus dem Wald bekommen«, meinte Abigail mit einem Lächeln.

»Nicht unbedingt«, erklärte Pfeiffer. »Die Jungs können die Kabine auch vor Ort untersuchen.«

»Jetzt, wo der Waldweg wieder frei ist, können die Kollegen mit ihrem fahrbaren Labor einiges herausfinden«, ergänzte Holzbaum.

»Der Traktor hat gute Arbeit geleistet«, sagte Karin. »Bauer Heupel, dem der Traktor gehört, lässt sich das bestimmt anständig bezahlen.«

Ohne die Hilfe des Traktors als Abschleppdienst wäre der Stau auf dem Waldweg nicht aufgelöst worden. Zum Schluss hatte es sogar der Bestatter mit seinem Auto zum Unglücksort geschafft. Der Pajero wurde auf ein gesichertes Gelände verbracht, während man den Bagger nicht bewegen wollte, solange nicht klar war, was noch an der Steuerung manipuliert worden war. Abigails Chef hatte sich bereit erklärt, den Bagger zusammen mit den Beamten der Spurensicherung zu untersuchen.

»Der Kessel steckt aber immer noch in der Erde«, meinte Karin.

»Was für ein Kessel?« fragte Helga, die sich erst jetzt zu ihnen setzte.

Abigail erzählte ihr, was seit Freitag alles geschehen war. Wie der Archäologe den Fund einschätzte und wie es dann zu dem Unfall gekommen war.

»Wenn man den Bagger manipuliert hat, dann kann man doch von Mord sprechen. Oder, Herr Pfeiffer?« Helga nahm sich eine Tasse und schüttete sich Kaffee ein.

»Ja, das kann man«, nickte der Hauptkommissar, der eine Schachtel Zigaretten aus seiner Manteltasche fischte. »Was die Angelegenheit nur noch mysteriöser macht.« Er stand auf. »Ist die Terrassentür offen?«

»Ja, den Aschenbecher finden Sie neben dem Geländer«, erklärte Helga.

»Wenn man Pechnagel umbringen wollte«, überlegte Holzbaum laut, »dann hätte man sich doch eine einfachere Methode ausdenken können als eine so komplizierte!«

»Da stimme ich Ihnen zu. Aber spekulieren hilft nicht weiter.« Tristan genoss das Stück Torte.

Helga fand die Frage nach dem Mörder nicht so spannend wie Fragen nach dem Hügelgrab. »Man ist sich aber sicher, dass es sich um ein Hügelgrab aus der La-Tène-Zeit handelt?«

»Dieser Professor von Langendorf geht davon aus«, nickte Tristan, dann fragte er Abigail: »Hat dir Pechnagel etwas zu diesem Professor gesagt?«

»Nur, dass sie bei einigen Projekten zusammenarbeiten«, antwortete sie. »So spartanisch, wie die ausgerüstet waren, arbeiten die nicht oft im Dreck.«

»Wie meinst du das?«

»Pechnagel hat ihnen das Werkzeug geliehen. Der Professor und seine Mitarbeiterin hatten nur Gummistiefel dabei. Er betonte, dass er Historiker sei und kein Archäologe.«

»Diese Akademiker mit ihren feinen Unterschieden!« Karin nahm sich ebenfalls ein Stück Marmorkuchen.

»Der Bagger stand das ganze Wochenende an der Weide?« Tristan sah zu Abigail. »Diese Stelle liegt abgelegen, da hätte man in Ruhe diese Platine anbringen können.«

»Ja«, nickte Abigail, »aber diese Person hätte wissen müssen, dass dort der Bagger steht.«

»Richtig«, warf Holzbaum ein. »Jemand, der dort regelmäßig vorbeischaut oder über einen besonderen Fund informiert wurde.«

»Damit wären alle verdächtig, die heute an der Fundstelle anwesend waren«, stellte Tristan fest.

# 3. Der Himmel zog ...

Montagnachmittag

Der Himmel zog sich zu und Paul Scherz verlor seinen Humor. Nicht, dass der Fraktionsvorsitzende der Öko-Partei im Kreistag mit Humor gesegnet wäre. Nein, die Nachricht von einem bedauerlichen Unfall während einer Baumaßnahme, die zur Planung einer neuen Talsperre gehörte, traf den gestandenen Politiker, als habe er sechs Richtige im Lotto getippt. Er war schockiert und erregt zugleich. Schockiert, weil das zu seiner politischen Gesinnung passte, die die Weltuntergangsstimmung fütterte, und erregt, weil sich ihm eine Gelegenheit bot, den politischen Gegnern eine Breitseite zu verpassen. Scherz saß im Büro der Kreisfraktion und begann Notizen in ein kleines Büchlein zu schreiben.

Sein Handy klingelte. Ein kurzer Blick auf das Display ließ ihn das Gespräch annehmen.

»Hallo, Sven, hab schon gehört, was passiert ist«, sagte er zufrieden. »Was kannst du mir sagen?«

Der Bauer informierte den Politiker über die Geschehnisse des Vormittags und teilte das Wichtigste erst zum Schluss mit.

»Was? Mord?« Scherz kritzelte Ausrufezeichen in sein Büchlein. »Ich habe ja schon über den Buschfunk Bescheid erhalten, dass etwas Bedauerliches passiert sei. Das wird ja immer besser!«

Sven ließ sich ausgiebig über das Chaos aus, das an der Fundstelle des Grabes geherrscht hatte und beendete dann das Gespräch. Der Politiker saß einen Moment nachdenklich an seinem Schreibtisch. Er hatte in einer halben Stunde einen Termin mit dem Landrat. Diese Gelegenheit wollte er politisch nutzen, hastig notierte er sich einige Gedanken in sein Büchlein, dann brach er auf.

Eigentlich sollte das Treffen mit Landrat Robert Fischer und anderen Fraktionsvorsitzenden dazu dienen, die Finanzmittel zu verteilen, die der Kreis für spezielle soziale Aktionen Vereinen zur Verfügung stellte. Die Sitzung fand im Kreisgebäude statt. Scherz parkte sein Auto in der Tiefgarage auf dem reservierten Parkplatz und eilte zum Fahrstuhl. Dort traf er auf seinen Kollegen von den Christdemokraten.

»Haben Sie gehört, dass es einen tödlichen Unfall im Zuge der Baumaßnahmen zur Vorbereitung der Probebohrung gegeben hat?«

»Ja, habe ich«, antwortete Scherz und fragte: »Hätten Sie etwas dagegen, wenn ich dies gleich zum Thema machen würde?«

Der Kollege war einverstanden. Es war immer gut, Verbündete zu haben. Mochten die großen Bosse in Berlin so tun, als seien sich die Parteien spinnefeind, auf kommunaler Ebene musste man Kompromisse mit dem schließen, der die eigenen Ziele voranbrachte.

Die anderen Teilnehmer warteten bereits, und so zögerte man nicht lange und Landrat Fischer eröffnete die Sitzung.

Scherz wartete, bis das Protokoll erfüllt war und grätschte dann in die Eröffnungsrede des Landrates.

»Verzeihen Sie, Landrat Fischer, aber bevor Sie weiterreden, möchte ich auf das bedauerliche Geschehen heute Morgen an der Baustelle zur Vorbereitung der Probebohrstelle zu sprechen kommen.«

»Ich denke nicht, dass das Thema in diese Sitzung passt«, erwiderte Fischer und hoffte, dass es die anderen Teilnehmer ähnlich sahen. Leider irrte er sich.

»Ja, bitte, äußern Sie sich dazu«, bat der Fraktionsvorsitzende der Christdemokraten, unterstützt durch hastiges Kopfnicken der anderen Teilnehmer.

Fischer kannte die Herrschaften gut genug, um zu wissen, dass eine Konfrontation unumgänglich war.

In den vergangenen Jahrzehnten wurde unsere Debattenkultur weichgespült. Politiker aus der Vergangenheit, wie Herbert Wehner, verwendeten Beschimpfungen wie „Dreckschleuder“ oder „Sie sind ein Schwein“. Franz-Josef Strauß sagte über Genscher: „Der Genscher ist eine armenische Mischung aus marokkanischem Teppichhändler, türkischem Rosinenhändler, griechischem Schiffsmakler und jüdischem Geldverleiher und ein Sachse." Mehr Stereotypen hätte man in einem Satz nicht unterbringen können. Heute würde ein Politiker bei der Verwendung dieser Zitate einen Sturm der Empörung ernten. Fatal an dieser Veränderung ist, dass damals mit einer harschen Beschimpfung klargemacht wurde, was man von seinem Gegenüber hielt. Die Fronten waren sozusagen geklärt und auf die Befindlichkeiten des Beleidigten pfiff man. Heutzutage wird auf die Befindlichkeit geachtet, was vordergründig nach mehr Benehmen aussieht. Leider hat sich der Mensch in den vergangenen Jahrzehnten nicht verändert. Er beleidigt immer noch seine Gegner, bloß heute klingt das schmieriger und wirkt hinterhältig. „Es ist anzuerkennen, wie engagiert Sie die Sache vertreten, die in ihrer Substanz so verfault ist wie der Irrglaube, man könne das Morgenland befriedigen oder gar befrieden. Migration ist Zucker, der einer Gesellschaft so hilfreich ist, wie bei der Bekämpfung von Krebszellen." Einen Strauß oder einen Wehner musste man nicht mögen, aber damals hätte niemand einen von ihnen als schleimig bezeichnet. Die meisten von uns begrüßen es, wenn die Aussagen klar und direkt sind. Die Synapsen im Gehirn arbeiten langsamer, wenn man höflich jemanden als Borstentier bezeichnet, statt ihn gleich ein „Schwein" zu nennen. Allerdings könnte das heute zu einer Anzeige wegen Beleidigung nach dem Strafgesetzbuch führen.

Der Landrat Fischer gehörte bereits zu der Generation von Politikern, die sich in der Öffentlichkeit in ihrer Sprache benehmen konnten. Dennoch plante er nun einen Vernichtungsschlag gegen Scherz, nicht rhetorisch, sondern auf Fakten basierend.

»Herr Scherz, ich weiß nicht, inwieweit es den anderen Teilnehmern bekannt ist, dass Sie ein finanzielles Interesse an dem Gebiet haben, in dem die „mögliche Talsperre" entstehen soll. Den hier Anwesenden dürfte Ihre Zusammenarbeit mit Bauer Sven Kohlhase und die Vorbereitung zur Gründung einer Bürgerinitiative ebenfalls unbekannt sein, da Sie großes Engagement aufwenden, um eine solche Verbindung zu verheimlichen.

Also erklären Sie mir, warum sollte ich Ihnen und den anderen hier im Raum etwas zu einem Ereignis sagen, von dem ich erst vor einer halben Stunde gehört habe?«

Die Anwesenden sahen zu Scherz, der für einen Augenblick die Sprache verloren hatte. Doch man wurde nicht Fraktionsvorsitzender in einem Kreistag, wenn man sich nicht wehren konnte. Er atmete einmal tief ein und antwortete: »Meine persönlichen Interessen decken sich mit den Idealen unserer Partei. Dazu muss ich nicht Stellung nehmen. Aber Sie planen die Vernichtung eines Biosphärenreservats.«

»Soweit ich mich erinnere, ist ein Biosphärenreservat eine von der UNESCO initiierte

Modellregion, in der nachhaltige Entwicklung in ökologischer, ökonomischer und sozialer Hinsicht exemplarisch verwirklicht werden soll.

Kann sich jemand der Anwesenden daran erinnern, wann die UNESCO das Tal für die geplante Talsperre als solches ausgeschrieben hat?«

»Sie wissen ganz genau, was ich damit sagen will!« Scherz' Stimme peitschte durch den Raum.

»Beruhigen Sie sich«, mahnte der Landrat. »Man hat nämlich den Eindruck, als seien Sie bereit, mit allen Mitteln die dritte Talsperre zu verhindern. Was die Frage aufwirft, ob Sie etwas mit dem tödlichen Unfall zu tun haben?«

## 2

Dr. Marie Schröder lenkte ihren alten Ford die Gillerbergstraße hinunter. Sie hoffte, dass die gesuchte Pension nicht noch kilometerweit im Wald lag. Zu ihrer Überraschung endete die Fahrt so abrupt, wie sie vor einer Stunde in Olpe begonnen hatte. Dr. Schröder gehörte dem Landschaftsverband Westfalen-Lippe an und war neben dem verstorbenen Pechnagel eine weitere Archäologin, die für diesen Verband tätig war. Der Leiter des Büros hatte sie gleich losgeschickt, nachdem er über den Tod seines Mitarbeiters informiert worden war. So bedauerlich der Verlust eines Menschen auch war, der drohende Verlust von Artefakten oder einem Bodendenkmal wog schwerer, als in einem Anfall von Trauer die Arbeit liegenzulassen. Um wie viel geringer wäre unser Wissen über die Ägypter, hätte sich Howard Carter von Schicksalsschlägen entmutigen lassen? Das Grab des *Tutanchamun* läge womöglich immer noch unter dem Wüstensand. Leider gehörte Montanarchäologie nicht zu den Fachgebieten Dr. Schröders. Sie war auf Stadtarchäologie spezialisiert, was bedeutete, dass sie vom Neolithikum (Steinzeithöhlen) bis zur Neuzeit (Siedlungen) so ziemlich jede Epoche drauf hatte. Sollte man im Rothaargebirge statt eines Rennofens, Siedlungsspuren, wie ein Hügelgrab, gefunden haben, dann würde sie damit umzugehen wissen.

Sie parkte den Ford am Straßenrand und suchte den Eingang zum Restaurant. Im Gastraum saßen mehrere Personen bei einer Tasse Kaffee zusammen, was die Archäologin mit einem Lächeln quittierte.

»Guten Tag«, grüßte sie laut. »Ist einer von Ihnen zufällig Hauptkommissar Pfeiffer?«

Pfeiffer sah sich nach ihr um und stand auf.

»Ja, das bin ich«, antwortete er.

»Mein Name ist Dr. Marie Schröder. Ich wurde geschickt, um den Fund des Hügelgrabes zu sichern.«

»Sie waren eine Kollegin von Dr. Pechnagel?« fragte Tristan. Er stand auf und ging auf Marie zu. »Mein Name ist Tristan Irle, Privatdetektiv.«

»Privatdetektiv?« staunte sie. »Was ist an der Grabungsstelle geschehen?«

»Hat man Sie nicht informiert?« wunderte sich der Hauptkommissar.

»Mir wurde lediglich mitgeteilt, dass Alfons verunglückt sei und jemand schnellstens die Fundstelle sichern sollte.« Dr. Marie Schröder blickte in die Runde. Die Betroffenheit in den Gesichtsausdrücken der Anwesenden war nicht zu übersehen.

»Was ist genau geschehen?« fragte sie.

Tristan berichtete der Archäologin, was sich am Vormittag ereignet hatte, dann stellte er die anderen Personen vor.

»Warum sollte jemand einen Bagger manipulieren?« Marie schüttelte den Kopf. »Das alles ergibt doch keinen Sinn!«

»Wir haben Experten, die an der Sache arbeiten«, meinte Pfeiffer, der sichtlich angetan war von Dr. Marie Schröder. »Wollen Sie sich nicht setzen?«

»Nein, danke«, wehrte sie ab. »Ich würde jetzt lieber den Fundort inspizieren. Wenn ich Ihren Bericht richtig verstanden habe, Herr Irle, dann steckt der Bronzekessel immer noch in der Erde.«

»Das ist korrekt«, nickte der Detektiv. »Wir wollten keinen Fehler bei der Bergung begehen. Außer dem Historiker Professor von Langendorf war kein Experte anwesend.«

»Berthold von Langendorf war ebenfalls am Fundort«, sagte sie nachdenklich.

»Ja, zusammen mit seiner Assistentin Edna

Pistorius«, ergänzte Werner Holzbaum, der sein Notizbuch gezückt hatte.

»Ich kenne Edna, sie promoviert bei von Langendorf. Aber sein Fachgebiet ist mehr der historische Bergbau, weniger die Erzgewinnung«, sagte Marie nachdenklich. »Sein Buch über die Stollen der Nazis hat in Fachkreisen auf der ganzen Welt für Aufsehen gesorgt.«

»Worüber genau hat er geschrieben?« fragte Tristan.

»Kennen Sie den Film *Monuments Men – Unglaubliche Helden* aus dem Jahr 2014?«

»Nein, der sagt mir nichts«, antwortete der Detektiv.

»Es geht um Kunstschätze, die von den Nazis in ganz Europa geraubt wurden. Die Helden des Films planen diese aufzuspüren und den rechtmäßigen Eigentümern zurückgeben.«

»Das ist ja eine schöne Hollywood-Geschichte«, nörgelte Pfeiffer.

»Oh nein, das ist keine Erfindung aus Hollywood, der Filmstoff beruht auf wahren Gegebenheiten. Kennen Sie den „Hainer Stollen"?«

Der Hauptkommissar schüttelte den Kopf.

»Der „Hainer Stollen" liegt unter dem Burgberg in Siegen und konnte seinerzeit beheizt werden. Dort lagerten die Nazis einen großen Teil der geraubten Kunstschätze. *Die Monuments Men* spürten sie dort auf, während die Bevölkerung von Siegen keine Ahnung hatte. Das ist verbriefte Geschichte, die der Professor mit seinem Buch um zahlreiche Ereignisse und Fakten erweiterte.«

»Was hat das mit dem Hügelgrab zu tun?« warf Pfeiffer ein.

»Alfons war Experte auf dem Gebiet der Erzgewinnung in der La-Tène-Zeit«, erklärte Marie. »Er hatte immer die Hoffnung, in einem intakten Hügelgrab Metallgegenstände zu finden, die er auf ihre Legierung untersuchen konnte. Warum er den Professor hinzugezogen hat, ist mir allerdings rätselhaft.«

»Das lässt sich klären«, meinte Tristan und seine grauen Zellen speicherten diesen Hinweis ab.

»Könnte ich mir die Fundstelle jetzt ansehen?« fragte Marie.

»Natürlich«, nickte Pfeiffer. »Die Wege sind mittlerweile passierbar. Fahren Sie selbst oder kann ich Sie mitnehmen?«

»Ich folge Ihnen in meinem Pkw«, lächelte Marie.

»Ich komme mit«, sagte Abigail laut.

»Warum?« Pfeiffer sah die junge Baggerführerin missmutig an.

»Weil der Kessel immer noch im Matsch steckt«, antwortete sie entschlossen. »Ich gehe davon aus, dass der Bagger seine Geheimnisse offenbart hat.«

»Wenn es Ihnen nichts ausmacht, begleite ich

Abigail«, mischte sich Tristan ein. »Schließlich hegen Sie ja immer noch einen Verdacht gegen sie, Herr Pfeiffer.«

»Ich glaube kaum, dass Ihr alter Borgward den Waldweg hinaufkommt«, grinste der Hauptkommissar.

»Oh, ich werde meinem Oldtimer doch nicht diese Tortur antun«, erwiderte der Detektiv. »Helga, darf ich mir deinen kleinen Lastenbären ausleihen?«

»Du weißt, wo der Schlüssel hängt«, antwortete die Pensionsbesitzerin mit einem Lächeln.

Karin verabschiedete sich. Pfeiffer und Holzbaum stiegen in ihren Dienstwagen, während Marie den Polizisten folgte. Tristan und Abigail nahmen in Helgas Panda Platz. Der kleine Fiat hatte Allrad und kraxelte die Berge hoch wie eine Gams.

»Kennst du den Weg durch den Wald?« fragte Tristan.

»Ja, ich bin hier zu Hause«, nickte Abigail.

»Dann lotse mich.« Tristan startete den Wagen und statt dem anderen zu folgen, lenkte der Detektiv den Panda in die andere Richtung.

Sie erreichten die Fundstelle nach einer Viertelstunde. Tristan parkte den Panda auf dem Waldweg neben dem Laborwagen der Spurensicherung, der es dank Allradantrieb den Berg hinauf geschafft hatte. Das Chaos am Tatort, das noch am Vormittag herrschte, war durch Absperrbänder und weniger Fahrzeuge in einer typisch behördlichen Weise geregelt worden. Die beiden stiegen aus und gingen zur Fundstelle.

Abigails Chef, Rudi Bauer, Olaf, ein Mechaniker der Baufirma, und mehrere Beamte, teils in Zivil, wuselten um den Bagger, den man nicht bewegt hatte. Über dem freigelegten Hügelgrab lag eine Plane, die am Rand das NRW-Wappen aufgedruckt hatte.

Abigail grüßte ihren Chef, der überrascht seine Mitarbeiterin ansah.

»Was machst du denn hier?«

»Vielleicht benötigt man meine Hilfe«, antwortete sie und fragte: »Was habt ihr herausbekommen?«

»Olaf hat mit den Technikern der Polizei einen Funkschalter aus der Steuerkonsole des Baggers entfernt«, antwortete Bauer. »Das Teil war ein einfacher Relais-Schalter, der die Funktionen von links und rechts vertauschte.«

»Wie funktioniert so etwas?« fragte Tristan.

»Olaf, kannst du das dem Detektiv erklären?« bat der Unternehmer.

Der Techniker montierte im Bagger letzte Teile der Konsole und kletterte dann langsam aus der Kabine.

Abigail stellte Tristan vor, der seine Frage wiederholte.

»Also, der Schalter funktioniert wie eine Weiche«, begann Olaf zu erklären. »Ein Relais leitet den Steuerbefehl um, wenn es über den

Funkschalter aktiviert wird. Dazu hat man auf der Platine mehrere elektronische Teile verbaut. Das Design war so gewählt, dass man lediglich zwischen die originalen Kabel die Platine stecken musste.«

»Woher wusste derjenige, welches Kabel für die Steuerung benötigt wurde?« Tristan erinnerte sich an den Kabelsalat, den sein Oldtimer hinter dem Armaturenbrett verbarg. Er wollte sich gar nicht ausmalen, wie viele Kabel ein Bagger benötigte.

»Haben Sie schon mal was vom Internet gehört«, lächelte Olaf.

Tristans Verhältnis zu Computern konnte man als angespannt bezeichnen, aber mit dem Internet konnte der Detektiv etwas anfangen.

»Wir haben hier einen Bagger aus amerikanischer Produktion, der schon etwas älter ist«, berichtete Olaf freundlich, »und anders als wir datenbesessenen Deutschen stellen US-Hersteller auch schon mal Schaltpläne über Sidesticksteuerungen eines älteren Baggers ins Internet. Das entlastet die Telefonhotline der Unternehmen und gibt uns Mechanikern die Chance, selbst eine Lösung zu finden.«

»Dann musste der Verbrecher nur ein wenig Technikverständnis aufbringen«, staunte der Detektiv.

»Hier hat sich jemand Gedanken gemacht, die über ein *wenig Technikverständnis* hinausgehen«, brummte Olaf. »Echt teuflisch!«

## 3

Die Ankunft von Pfeiffers Dienstwagen, gefolgt von Maries Ford, lenkte die Aufmerksamkeit auf die Neuankömmlinge. Die stiegen zeitgleich aus und gingen sofort zu den jeweiligen Kofferräumen der Pkw. Wieder wurden die Straßenschuhe durch Gummistiefel getauscht.

»Wer ist das denn?« fragte Abigails Chef.

»Das ist die neue Archäologin«, erklärte Abigail. »Deshalb bin ich nochmals hergekommen.«

»Was will sie?«

»Ich denke, sie will das Hügelgrab begutachten. Wo ist der Ingenieur von der Wasserbehörde?« Tristan sah sich nach dem Mann um.

»Oh, der hat gleich nach Ihnen den Tatort verlassen und ist nach Siegen zurückgefahren«, antwortete der Unternehmer. »Er hat mir aber versichert, für die zusätzlichen Kosten, die hier entstehen, aufzukommen. Mehr will ich nicht.«

Marie und Holzbaum traten an das Hügelgrab, während Pfeiffer sich beim Techniker der Spurensicherung informierte.

»Das ist ungewöhnlich«, sagte Marie.

»Was genau?« fragte Holzbaum.

»Die Lage des Grabes in der Senke«, antwortete sie.

»Guten Tag. Ich bin Rudi Bauer, mir gehört der Bagger«, stellte sich Abigails Chef der

Archäologin vor. »Das ist unser Mechaniker, Olaf.«

»Ist der Bagger wieder einsatzbereit?« fragte Marie.

»Ja, wenn Sie wünschen, können wir den Kessel bergen«, nickte Bauer. »Abigail, du bist bereit?«

»Ja, Chef«, nickte sie.

»Dann helfen Sie mir mal, die Plane beiseitezunehmen«, lächelte Marie freundlich und nahm eine Ecke der Plane in die Hand.

Wenig später lag die Plane zusammengefaltet am Rand der Weide. Die Archäologin trat näher an das Hügelgrab heran, bückte sich, um den Quarzsteinring genauer zu begutachten, dann stand sie auf und rief nach Pfeiffer.

Der eilte mit einem Gang zur Fundstelle, den er aus einem Actionfilm der 80er abgeschaut haben musste. Dabei ignorierte er den schlammigen Untergrund und rutschte aus. Mit einem kurzen Aufschrei, dem ein Klatschen folgte, landete er auf seinem Po.

»So eine Scheiße!« schimpfte er und versuchte wieder auf die Beine zu kommen.

Niemand lachte laut, aber ein Grinsen huschte über das eine oder andere Gesicht.

»Scheiße! Das sagen Sie mal laut!« Marie hatte Pfeiffers Missgeschick nicht gesehen. Sie kniete vor dem Quarzsteinkreis und hielt einen der Steine in der Hand. »Das ganze Grab ist eine Fälschung!«

»Was?« Pfeiffer schlitterte vorsichtig neben die Archäologin. »Habe ich Sie richtig verstanden, das da ist eine Fälschung?«

»Ja, sehen Sie sich die Steine an, die sind maschinell gebrochen worden.« Marie deutete auf eine Kante des Steins. »So eine Kante findet man nicht in der Natur.«

»Und die alten Kelten werden keine Maschinen dafür eingesetzt haben«, meinte Tristan.

»Richtig«, nickte Marie. »Außerdem stimmt die Lage des Grabes nicht. Man hätte es weiter oben am Hang angelegt. Ich verstehe nicht, warum Alfons das nicht aufgefallen ist!«

»Vielleicht, weil er zu sehr auf den Kessel fixiert war?« Tristan sah auf den Rand des Bronzekessels, der aus der Erde ragte.

Marie, die nun alle Vorsicht fallen ließ, trat in den Kreis und beugte sich zum Kessel. Sie rieb mit einer Bürste, die sie aus ihrer Jacke fischte, an dem Metall.

»Der könnte aus der Zeit vor Christus stammen«, murmelte sie. »Ich müsste das Material untersuchen. Der Rest ist aber ganz sicher eine Fälschung.«

»Warum macht sich jemand die Mühe, so einen Aufwand zu betreiben?« fragte Holzbaum.

»Und warum gerade an der Stelle, an der man eine Probebohrung angesetzt hat?« ergänzte Tristan.

Marie trat ein paar Schritte zurück und antwortete: »Die einzige Erklärung, die mir spontan einfällt, wäre, dass Alfons dem Kessel eine Provenienz geben wollte. Man sollte ihn finden. Hätte er das Grab dort oben angelegt, wo es sinnvoll gewesen wäre, hätte man es erst in einigen Jahren gefunden. Also dann, wenn die Bauarbeiten beginnen würden. Wenn er dem Kessel aber zeitnah eine Provenienz geben wollte, war es hier der richtige Ort. Sie müssen wissen, dass der Kessel enorm an Wert gewinnt, wenn man ihn einem Fundort zusprechen kann.«

»Das bedeutet, dass Sie Dr. Pechnagel als Schöpfer dieses Fake-Grabes bezeichnen«, stellte Pfeiffer fest.

»Die Toten soll man ehren«, antwortete Marie. »Aber diesen Steinkreis hätte ein Student im zweiten Studienjahr als Fälschung erkannt. Und dann die Lage! Alfons wird das ebenfalls gesehen haben. Also ja, er hat es entweder gebaut oder aber gesehen, dass es eine Fälschung war.«

»Dann können wir den Kessel jetzt problemlos ausbaggern?« fragte Abigail.

»Ja, wir werden keine Artefakte finden. Da bin ich mir ganz sicher«, murmelte Marie. »Was soll hier noch mal entstehen?«

»Ein Staudamm, wenn der Untergrund es zulässt«, antwortete Abigail. »Aber zuerst die Trasse.«

»Dann werden noch Probebohrungen gemacht?« Marie sah entlang der Weide.

»Ja, für das Bohrgerät wollte ich am Freitag die Trasse anlegen«, erklärte Abigail. »Es soll einige Meter weiter oben auf der Weide aufgestellt werden.«

»Das ist alles sehr mysteriös«, meinte Holzbaum.

»Das mag schon sein, aber das lösen wir heute nicht«, rief Rudi Bauer. »Abigail, ab in den Bagger und hol den Kessel da raus, damit wir hier endlich fertig werden. Der Bagger wird andernorts gebraucht.«

»Dr. Schröder, wie wollen Sie den Bronzekessel transportieren?« fragte der Detektiv. »Ihr Ford hat keinen Platz im Kofferraum.«

»Vielleicht können wir helfen«, bot Pfeiffer an, dessen Anzug samt Mantel mit Schlamm beschmutzt war. Er wandte sich an die Kollegen der Spurensicherung. »Jungs, habt ihr noch Platz in eurem fahrbaren Labor?«

Marie blickte zu dem Van, der mit offenen Türen den Blick auf eine stattliche Laboreinrichtung freigab.

»Das wäre prima! Ist das da ein laserbasiertes Materialanalysegerät?« rief sie aufgeregt.

»Das neueste Modell. Die Isotope können sich da nicht verstecken«, antwortete der Techniker stolz. »Es steht Ihnen zur Verfügung, wenn Sie wollen.«

Das ließ sich die Archäologin nicht zweimal sagen. »Ich werde darauf zurückkommen.«

Abigail setzte sich in ihren Bagger und achtete darauf, dass niemand dem Ausleger zu nahe stand. Der Mechaniker Olaf versprach ihr, dass alles richtig funktionieren würde, doch sie beharrte auf einem Abstand zwischen Personen und Ausleger. Erst als alle Beteiligten weit genug weg standen, startete sie den Bagger, lenkte den Ausleger samt Schaufel zum Kessel und baggerte diesen frei. Zum Schluss schwenkte sie den Ausleger zur Seite und stellte den Bagger ab. Jetzt ging Marie, unterstützt von Pfeiffer und Tristan, zum Kessel. Da dieser randvoll mit Erde gefüllt war, wollte keiner der Beteiligten die Bandscheiben malträtieren. Also wurden Gurte um das Teil gespannt und ausgelegt. Abigail wollte nicht den Fehler des Vormittags wiederholen und ließ niemanden in die Nähe der Schaufel kommen. Sie legte sich die Gurte zu zwei Schlaufen. Der Abstand der Schlaufen entsprach dem Abstand der zwei äußeren Zähne an der Schaufel. Zurück im Bagger griff sie mit den Zähnen das Gurtzeug auf und hievte den Kessel samt Inhalt aus dem Boden. Die Männer von der Spurensicherung hatten einen Karren organisiert, auf den sie den Kessel vorsichtig abließ. Die Aktion wäre eine tolle Wette für „Wetten dass..?“ gewesen, würde diese Sendung noch existieren.

## 4

»Und was jetzt?« fragte Abigail, die zufrieden aus dem Bagger stieg.

Hauptkommissar Pfeiffer beriet sich mit dem Chef der Spurensicherung und entschied dann: »Herr Bauer, Sie müssen den Bagger noch einen Tag da stehen lassen. Wir untersuchen das ganze Gelände nochmals, um mögliche Spuren zu finden.«

Auch wenn die Aussichten durch die heftigen Regenfälle gering waren, noch brauchbare Hinweise zu finden, stimmte der Bauunternehmer der Entscheidung zu.

»Was ist mit den Steinen? Könnten sie ein Hinweis sein?« Tristan sah sich den hellen Quarzstein an.

»Den finden Sie ein paar Täler weiter in einem Steinbruch«, erklärte Marie. »Der bringt niemanden auf eine Spur. Der Aufbau eines Hügelgrabes würde Rückschlüsse auf den Erbauer liefern. Doch die Mühe, ein Hügelgrab richtig nachzubauen, haben sich die Betrüger gar nicht gemacht. Die haben ein paar alte Balken in den Steinring gelegt und darunter den Bronzekessel vergraben.«

»Das bedeutet, dass Pechnagel involviert gewesen war«, sagte Pfeiffer nüchtern.

»Ja, aber so primitiv dieses Grab nachgeahmt wurde, es muss dennoch eine gewisse Anstrengung aufgebracht werden. Das hätte Pechnagel bei seiner Arbeitsbelastung nicht nebenher schaffen können.« Marie schüttelte den Kopf. »Er hatte einen Partner.«

»Sven Kohlhase hätte die Mittel und die Zeit,

so etwas zu bauen«, überlegte Tristan.

»Dilldappen werden das Grab wohl nicht gebaut haben«, meinte Abigail. »Sven war die ganze Zeit gegen die Probebohrung. Er hätte es ungestört bauen können, da stimme ich Tristan zu.«

»Wann wurde diese Stelle als Bohrstelle festgelegt?« fragte der Detektiv.

»Wir haben den Auftrag vor drei Wochen erhalten«, antwortete Rudi Bauer.

»Die Zeit würde ausreichen, um das Grab zu bauen«, meinte die Archäologin. »Allerdings schien es ja zugewachsen zu sein, was darauf schließen lässt, dass es schon länger als drei Wochen da liegt.«

»Wie meinen Sie das?« Pfeiffer klopfte sich die ersten Schlammstücke aus dem Mantel, die getrocknet waren.

»Nun ja, ein gewisses Maß an Planung ist trotz der Einfachheit der Fälschung nötig. Die Quarzsteine mussten gesammelt werden, der Durchmesser des Grabes musste festgelegt werden, Balken mussten zugeschlagen werden und zum Schluss musste die Position des Kessels festgelegt werden. Wenn dies alles geklärt war, begann die eigentliche Arbeit. Man musste die Fälschung so platzieren, dass man sie nicht erkennt. Soll heißen: eine Grasdecke und Gestrüpp, eben eine Oberfläche, wie sie hier in der Umgebung natürlich ist. Abigail, Ihnen ist am Freitag nichts aufgefallen?«

»Nein, es begann zu regnen, was mich etwas ablenkte, aber die Oberfläche sah für mich natürlich aus«, antwortete die Baggerführerin.

»Sie sehen, Alfons hätte diesen Sven anleiten müssen, doch – wie gesagt – Alfons arbeitete die letzten Wochen an einem anderen Projekt«, sagte Marie. »Er hätte hiermit bereits vor Monaten beginnen müssen.«

»Es könnte eine dritte Person im Spiel sein«, warf Holzbaum ein. »Dieser Professor, der hat doch sicherlich genauso viel Ahnung.«

»Möglich«, nickte die Archäologin. »Aber Professor von Langendorf würde das Risiko, an so einer Täuschung beteiligt zu sein, nicht eingehen. Seine Reputation wäre für immer zerstört, würde es herauskommen. Das wäre beruflicher Selbstmord. Ich habe einen Lehrauftrag an der Uni Siegen. Ich kann Ihnen versichern, dass man dort auf Reputation mehr Wert legt als auf volle Bankkonten.

Aber das Rätsel müssen Sie jetzt allein lösen. Ich würde nun das Angebot von der Spurensicherung annehmen und den Kessel untersuchen.«

»Sie wollen den Kessel hier draußen untersuchen?« wunderte sich Tristan.

»Nicht den ganzen Kessel«, lächelte Marie. »Nur ein paar Späne.«

Die Archäologin ging zum Karren, zückte ein Taschenmesser aus ihrer Hosentasche und kratzte ein paar Späne am Rand des Kessels ab.

»Das reicht aus?« wunderte sich der Hauptkommissar.

»Vollkommen«, nickte Marie.

Während Olaf und Abigail den Bagger sicherten, in dem sie die Kabine abschlossen und ein paar Sicherungen entfernten, damit niemand das Gerät starten konnte, telefonierte Bauer mit Viktor Löfler. Tristan begleitete die Archäologin und die Beamten zum Laborwagen. Dort hatte einer der Techniker das Gerät bereit gemacht.

Marie reichte dem Mann vorsichtig die Späne, die in ein Behältnis verbracht wurden. Dann begannen einige Vorarbeiten, bis schließlich die Proben der eigentlichen Analyse unterzogen wurden.

»Was genau untersuchen Sie jetzt?« Tristan fand die Technik faszinierend.

»Um eine erste Einschätzung über die Echtheit und das Alter des Kessels vornehmen zu können, untersuchen wir die Zusammensetzung der antiken Bronze. Diese Bronze setzt sich aus Kupfer und Zinn zusammen. Aber nicht aus irgendwelchem Kupfer und Zinn.«

Sie lächelte den Detektiv verschwörerisch an.

»Wissen Sie, Fälscher haben schon immer alte Figuren und Statuen nachgegossen. Was sie dabei gerne übersahen, war, darauf zu achten, aus welchem Ursprungsort das Material stammte, das sie verwendeten. Jedes Kupfer und Zinn besitzt so etwas wie einen Fingerabdruck. Wenn dieser Kessel alt ist, dann sollte das verwendete Kupfer und Zinn aus zwei bekannten Abbaugebieten stammen. Das Zinn sollte aus Cornwall in England und das Kupfer aus Mitterberg in Österreich stammen.«

Sie nahm ihr Handy in die Hand und öffnete eine App.

»Das hier zeigt ein Graph an, der Kupfer aus Mitterberg darstellt. Und das ist ein Graph, der Zinn aus Cornwall darstellt. Wenn die Analyse identisch ist, dürfte der Kessel auch echt sein.«

Das Gerät piepste laut und wenig später zeigte ein Bildschirm das Ergebnis an.

»Oh, das hätte ich jetzt nicht vermutet«, murmelte die Archäologin.

»Was ist?« Pfeiffer sah zwar die Graphen, doch richtig einordnen konnte er das Bild nicht.

»Wie es aussieht, ist der Kessel echt«, antwortete Marie überrascht.

## 5

Tristan Irle parkte Helgas Panda neben der Pension. Abigail war von ihrem Chef in die Firma mitgenommen worden. Die Polizisten hatten sich in die Kreispolizeibehörde nach Weidenau zurückgezogen und Dr. Marie Schröder war auf dem Weg ins Büro des Landschaftsverbandes in Olpe. Der Kessel wurde in die Asservatenkammer der Polizei verbracht.

Der Detektiv betrat nachdenklich das Restaurant. Helga stand hinter der Theke und räumte

Gläser ein. Der Gesichtsausdruck ihres Freundes sagte ihr, dass etwas passiert sein musste. Sie ließ die Gläser stehen und begrüßte Tristan mit einem liebevollen Kuss.

»Na, was ist passiert?« fragte sie.

»Oh, wo soll ich anfangen«, stöhnte er und setzte sich. »Das Hügelgrab ist eine Fälschung und der Kessel nicht.«

»Okay«, antwortete Helga und gesellte sich zu ihm. »Dann erzähl mal.«

»Dr. Schröder stellte „sozusagen" auf den ersten Blick fest, dass das Hügelgrab eine Fälschung war. Was die Frage aufwarf, warum Pechnagel es nicht bemerkt hat«, Tristan blickte zum Kaffeeautomaten. »Ist die Maschine an?«

Helga nickte und Tristan stand auf, um sich eine Tasse Kaffee zu machen.

»Da das Grab eine Fälschung war, mussten wir nicht mehr vorsichtig vorgehen. Bei dem Kessel war sich die Archäologin nicht sicher, also haben wir ihn vorsichtig geborgen.« Tristan nahm sich eine Tasse, stellte sie unter die Düse des Automaten und drückte eine Taste. Der Automat begann die Bohnen zu mahlen und wenig später schoss heißer Kaffee in die Tasse. »Abigail hat den Bagger bedient, war aber besorgt und hat darauf geachtet, dass niemand der Schaufel des Baggers zu nahe kam. Sie hat das großartig gemacht.«

»Na, nichts anderes hätte ich von ihr erwartet. Was wurde aus dem Kessel?« fragte Helga.

»Die Spurensicherung war mit einem mobilen Labor vor Ort, das die Archäologin benutzen durfte. Sie analysierte ein paar Metallspäne und konnte so feststellen, dass die Bronzelegierung aus dem Material bestand, das einem Kessel, der über zweitausend Jahre alt sein soll, entsprach.«

»Das hört sich doch gut an, aber du klingst, als hättest du Sodbrennen«, meinte Helga.

»Das passt alles nicht zusammen«, stöhnte der Detektiv. »Dr. Marie Schröder vermutet hinter der Fälschung des Grabes den Versuch, dem Kessel eine Provenienz zu geben. Das erhöht den Wert des Kessels.«

»Also ein aufwendiger Betrugsversuch«, stellte Helga fest. »Es geht um Geld?«

»Ja, wahrscheinlich«, nickte Tristan. »Aber woher kommt der Kessel? Wenn das Teil echt ist, also wirklich vor zwei-, dreitausend Jahren gefertigt wurde, muss er ja irgendwo gefunden worden sein. Er wurde sicher nicht von Dilldappen ausgegraben und Pechnagel vor die Haustür gestellt.«

»Was denkt Pfeiffer über den Fall?«

»Du kennst den Hauptkommissar doch«, lächelte der Detektiv. »Er wartet ab, was sich ergibt. Außerdem scheint er mehr von der attraktiven Dr. Marie Schröder fasziniert zu sein als sich um den Fall zu kümmern.«

»Ist Abigail aus dem Schneider?«

»Momentan kann ich das nicht sagen«, seufzte Tristan. »Diese eingebaute Platine wird von der Polizei untersucht. Es steht aber fest, dass dieses Teil über einen Funkschalter die Steuerbefehle des Baggers störte.«

»Dann muss die böse Person am Tatort gewesen sein.« Helga sah ihren Freund aufmunternd an. »Das ist doch eine gute Nachricht.«

»Diese Sender haben eine Reichweite von ein-, zweihundert Metern«, erklärte er. »Da reicht es aus, sich im Gebüsch zu verstecken.«

»Aber das glaubst du doch nicht«, sagte Helga überzeugt. »Du denkst, dass es einer aus der Gruppe war, die heute Morgen an der Fundstelle anwesend waren.«

»Pechnagel hätte das Hügelgrab allein nicht nachbauen können, meint Marie, da der Mann in der letzten Zeit stark eingespannt war und keine Auszeiten hatte. Außerdem bedurfte es einer ausgefeilten Logistik, um das Material an die Fundstelle zu befördern. Ohne Hilfe hätte das der Archäologe nicht schaffen können. Aber mit Sven Kohlhases Unterstützung hätte man das Grab bauen können. Dem Bauern gehört das angrenzende Land und er besitzt Maschinen, um die Erdarbeiten auszuführen. Er hätte auch gewusst, wann er dort ungestört arbeiten konnte.«

»Was wäre sein Motiv?« fragte Helga.

»Er ist gegen den Bau der Talsperre«, antwortete Tristan. »Doch wie ich heute gelernt habe, würde das Grab, wäre es echt gewesen, den Bau nicht aufhalten. Was das Motiv doch sehr schwach werden lässt.«

»Also bliebe nur der Versuch, den Kessel aufzuwerten, indem man ihm ein Hügelgrab zuwies«, sagte Helga und sah zu ihrem Freund. »Siehst du nicht die Zusammenhänge?«

»Welche Zusammenhänge?« wunderte sich der Detektiv.

»Na, der Ort, der Zeitpunkt und die Probebohrung!« antwortete Helga.

Tristan nippte an seiner Tasse, dann zog er die Augenbrauen nach oben.

»Oh, ja! Wie konnte ich das übersehen?« grinste er. »Du bist gut geworden, Helga!«

Ein weißer Kakadu flatterte in die Gaststube, drehte einen Kreis und landete dann auf einem der Tische, was Helga gar nicht gerne sah.

»Marlowe, runter da!« schimpfte die Pensionsbesitzerin.

Der Kakadu sträubte seinen Kamm und krächzte:

»Endlich kam der Star, der letzte / Matador, der Größten einer! / Durch die Blutarena hetzte / er den Stier wie vor ihm keiner!«

»Runter vom Tisch!« befahl Helga und Marlowe flatterte auf Tristan zu.

Der Detektiv streckte seinen rechten Arm aus und der Kakadu landete auf ihm. Dann kletterte er den Oberarm hinauf und setzte sich auf die Schulter.

»Solltest du das nicht Pfeiffer mitteilen«, schlug Helga vor.

»Ich muss ohnehin nach Hause«, nickte Tristan. »Dann kann ich auch gleich noch in der Wache vorbeischauen.«

»Grüß Erich von mir. Er hat sich die letzten Tage rar gemacht. Geht es ihm nicht gut?«

»Ich werde ihn grüßen und mal nachfragen«, sagte Tristan und kraulte Marlowe die Brust. »Dann wollen wir mal nach Hause fahren.«

## 6

Die Parkplätze hinter dem Kreispolizeigebäude an der Weidenauer Straße waren alle belegt, was Pfeiffer dazu zwang, seinen Dienstwagen verkehrswidrig an der Seite des Parkplatzes abzustellen. Ihm gefiel das nicht, aber als Hauptkommissar der Mordkommission war es ihm ein Graus, den Wagen auf dem öffentlichen Parkplatz neben dem Gebäude zu parken. Als ob er ein Besucher sei!

Um nicht die gesamte Pkw-Flotte der Kreispolizeibehörde mit seiner Aktion lahmzulegen, bat er Holzbaum auszusteigen, damit er das Auto möglichst nah an die Begrenzungsmauer zum Nachbargrundstück lenken konnte. Ein kurzer Blick auf die Ausfahrt des Parkplatzes stimmte ihn zufrieden, es war genügend Platz, sodass andere Fahrzeuge an seinem vorbeifahren konnten.

Holzbaum hatte sich abgewöhnt, zu solchen Aktionen etwas zu sagen. Pfeiffer war erstaunlich beratungsresistent, wenn es um Handlungen im öffentlichen Straßenverkehr ging. Seine Polizeimarke schützte ihn bei den meisten seiner Verstöße vor nachhaltigen Konsequenzen. Und wenn doch mal was mit der Marke nicht wegzuwischen war, halfen ihm die Umstände, seinen Kopf aus der Schlinge zu ziehen. Also sah er sich das Gezirkele mit den Vorderreifen gelassen an und atmete erleichtert auf, als sein Partner den Pkw verließ und sie ins Büro gehen konnten.

»Ihr werdet erwartet«, rief ihnen ein Kollege im Foyer zu. »Flender dampft aus allen Öffnungen. Was habt ihr jetzt wieder angestellt?«

»Nichts!« antwortete Pfeiffer und schüttelte den Kopf.

Wilhelm Flender, Polizeidirektor und leidenschaftlicher Jäger, leitete die Kreispolizeibehörde seit Jahren. Seine stattliche Erscheinung, die durchaus als ein Synonym seiner Willenskraft verstanden werden konnte, sowie ein politisches Gespür gegenüber dem amtierenden Landrat machten ihn im Kreisgebiet zu einem scharfen Schwert der Exekutive. Ihn als Gegner zu haben versprach das Karriereende, sollte man Polizist sein, oder einen Aufenthalt im Gefängnis, hatte man das Gesetz allzu frei interpretiert. Auf dem Radar des Polizeidirektors zu erscheinen, versprach nichts Gutes. Den beiden Kommissaren zog sich deshalb der Magen zusammen. Außerdem verunsicherte sie die Tatsache, dass beide keine Ahnung hatten, was den Polizeidirektor aufgebracht haben könnte.

»Was haben wir falsch gemacht?« fragte Holzbaum, der fieberhaft überlegte, welche gesetzwidrigen Handlungen sie begangen haben könnten.

»Wir haben nichts falsch gemacht«, brummte Pfeiffer, als sie den Fahrstuhl betraten, der sie in den obersten Stock befördern würde, wo Flenders Büro lag. »Also atme durch, wir werden gleich erfahren, was den Boss aufregt.«

Holzbaum nickte und wenig später standen sie vor Flenders Sekretärin, die sie gleich zu dem Polizeidirektor durchwinkte.

Flenders Büro konnte man als politisch unkorrekt bezeichnen. An den Wänden hingen präparierte Jagdtrophäen, die vielleicht noch in den Achtzigern als Ausdruck einer weidmännischen Leidenschaft hätten verstanden werden können. Heute im neuen Jahrtausend, in dem ein fehlendes Sternchen oder das falsche Pronomen Menschen zum Weinen brachte, war das Interieur eine einzige Kampfansage an die Woke-Bewegung. Was Flender am Popo vorbeiging, da die gleichen Menschen, die ihn für das Abschießen eines Bambis verurteilten, auch die Ersten waren, die ihn herbeiriefen, wenn ein Haufen Jugendlicher mit Kapuzenshirt in der Nähe ihrer teuren SUV herumlungerten, weil sie Kratzer im Lack ihrer Autos befürchteten.

Der Polizeidirektor saß hinter einem mächtigen Schreibtisch, der eindeutig nicht zu den Büromöbeln gehörte, die die Behörden normalerweise einkauften. Umweltschützer wären in Ohnmacht gefallen beim Anblick des verarbeiteten Tropenholzes.

»Ah, da sind Sie ja«, schnaufte Flender wie ein Stier kurz vor seinem Angriff. »Was hat Sie so lange in Erndtebrück aufgehalten, dass Sie erst zur Kaffeestunde das Hauptquartier besuchen?«

Pfeiffer hätte gern mit einer Frage nach dem „Hauptquartier" geantwortet, doch Flenders eiskalter Blick, der durch die klaren, blauen Augen des Direktors verstärkt wurde, ließ ihn schweigen.

»Wie ich in einem persönlichen Gespräch mit Landrat Fischer erfahren habe«, Flenders Stimme nahm einen samtweichen Ton an, der furchteinflößender rüberkam, als hätte er sie angeschrien, »ist es zu einem Mord an der geplanten Probebohrstelle für den Staudamm einer dritten Talsperre gekommen.«

»Das ist korrekt, Herr Flender«, nickte Pfeiffer, dem seine genetisch veranlagte Aufsässigkeit gegenüber Autoritäten genügend Mut gab, um nicht wie ein verängstigtes Häschen vor dem Fuchs zu stehen. »Allerdings sind die Umstände, die zu diesem Mord geführt haben, nun sagen wir, mysteriös. Und wenn ich das Wort „mysteriös" verwende, dann soll das was heißen.«

»So!« Flender fixierte den Hauptkommissar und fragte: »Was genau ist denn an dem Fall *mysteriös*?«

»Als Erstes die Mordwaffe«, antwortete Pfeiffer selbstbewusst. »Es wurde ein Bagger manipuliert.«

»Dann haben Sie auch einen Baggerführer«, meinte Flender.

»Baggerführerin«, korrigierte Pfeiffer. »Sie ist höchstwahrscheinlich unschuldig.«

»So!« Der Polizeidirektor brummte das Wort, als wollte er damit einen Countdown einleiten.

Holzbaum, dem auffiel, dass Flenders Geduld endlich war, ergänzte: »Das Opfer Dr. Alfons Pechnagel täuschte höchstwahrscheinlich die Behörden, um eigene Interessen zu verfolgen. Um keine weiteren Verzögerungen zu verursachen, haben wir den Tatort weitgehend freigegeben.«

»Weitgehend?« Flender zog seine buschigen Augenbrauen nach oben.

»Der Bagger und seine Umgebung sollen noch einmal genauestens untersucht werden«, antwortete Pfeiffer.

»Dann kann ich dem Landrat mitteilen, dass die Probebohrung zeitnah stattfinden kann?« Flender schien mit der Entwicklung des Gesprächs zufrieden zu sein.

»Ja, das können Sie«, lächelte Pfeiffer, der schon glaubte, damit aus dem Schneider zu sein.

»Schön! Eine Sache wäre da noch«, Flender atmete langsam ein. »Mein ständiger Schachgegner, Tristan Irle, ist auch am Tatort gesehen worden. Was hat der Privatdetektiv mit dem Fall zu schaffen?«

Der Polizeidirektor und der Privatdetektiv gehörten zu den zwei besten Schach-Amateurspielern im Kreisgebiet und stießen, mehr als für ihre Bekanntschaft gut war, in Turnieren regelmäßig im Finale aufeinander. Momentan lag Flender in der Statistik mit einem Sieg vor dem Detektiv, doch das nächste Turnier stand bevor, was die Situation ändern könnte.

»Er kam der jungen Baggerführerin zu Hilfe«, erklärte Pfeiffer, »da sie höchstwahrscheinlich aber aus dem Schneider ist, hat er mit dem Fall nichts mehr zu tun.«

»So!«

»Äh, es sei denn, Sie wünschen es«, beeilte sich Pfeiffer zu sagen.

»Nein, das tue ich nicht«, schimpfte Flender, »leider sieht der Landrat das anders. Es war die einzige Sache, die ihn etwas beruhigte, als er das ganze Ausmaß der Bergungsaktion erfuhr. Also arbeiten Sie mit Irle zusammen, auch wenn es weh tut. Verstanden!«

»Wir können etwas aushalten«, bemerkte Holzbaum.

»Übrigens, wo steckt Ihr Jungkommissar Affolderbach?«

»Er ist bei einer Weiterbildung«, antwortete Pfeiffer, »er steht uns dieses Mal nicht zur Verfügung.«

»Gut, dann sehen Sie zu, dass Sie mit dem

Technikkram klarkommen und sprechen Sie sich mit Irle ab.« Flender stand auf, was das Zeichen für das Ende des Gesprächs war.

Die beiden Hauptkommissare verließen das Büro und sprachen erst miteinander, als sie im Fahrstuhl standen.

»Meinte er das ernst mit der Zusammenarbeit?« fragte Pfeiffer.

»Ich glaube ja«, nickte Holzbaum.

»Das ist bestimmt eine Falle«, stöhnte der Hauptkommissar.

»Wenn etwas schiefgehen sollte, können wir das Irle zuschreiben«, antwortete Holzbaum, es sollte aufmunternd klingen, tat es aber nicht.

## 7

Hinter der Marienkirche in Siegens Altstadt lag ein gepflasterter rechtwinkliger Hof, der von einer Seite durch das Kirchenschiff und von der anderen Seite von alten Fachwerkhäusern eingerahmt war. Zwei Zugänge führten über die Untere Metzgerstraße und die Zaungasse in die Ruheoase mitten in der Altstadt. Eines der Fachwerkhäuser gehörte Tristan Irle, das er in mehreren Jahren immer wieder renoviert und saniert hatte. Eine kleine Treppe führte zu einer massiven Eichenhaustür. Neben der Treppe stand eine kleine Holzbank, die von zwei Blumentöpfen der XXL-Sorte flankiert wurde. Gegenüber dem Haus befanden sich der Nebeneingang der Marienkirche sowie einige Parkplätze. Dort stellte der Detektiv gerade den Motor seines Oldtimers ab. Das Borgward-Cabriolet würde in den nächsten Tagen in einer angemessenen Garage abgestellt und für den Winterschlaf vorbereitet werden. Was ihn daran erinnerte, sich um ein Winterauto zu kümmern.

Marlowe, der Kakadu, saß auf einer Stange, die zwischen den beiden Vordersitzen angebracht war. Tristan reichte ihm seinen rechten Arm, an dem der Vogel sogleich hinaufkletterte. Dann stieg er aus, was mit geschlossenem Verdeck und einem großen Haustier auf dem Arm eine gewisse Geschicklichkeit und Biegefähigkeit der Wirbelsäule voraussetzte. Schließlich stand er neben seinem Pkw, schloss ihn ab und ging in Richtung Haustür. Aus dem Kirchenschiff waren Orgeltöne zu hören, was bedeutete, dass der Organist übte und sein langjähriger Freund und Diakon der Marienkirche, Erich Roth, nicht weit entfernt sein musste. Der Detektiv überlegte einen Augenblick, ob er in der Kirche nach ihm sehen sollte, wurde jedoch von einer heranbrausenden, anthrazitfarbenen Limousine mit Hagener Kennzeichen abgelenkt.

»Pfeiffer«, raunte Tristan, blieb stehen und dachte: ›Eine Fahrt gespart.‹

Der Dienstwagen parkte neben dem Oldtimer und ein nachdenklich blickender Hauptkommissar stieg aus. Ihm folgte auf der Beifahrerseite Werner Holzbaum, der sich über den Anblick des weißen Kakadus freute.

»Sie mögen mich heute wohl ganz besonders«, sagte Tristan in einem sarkastischen Ton.

»Nicht weniger als sonst auch«, erwiderte Pfeiffer mit einem Lächeln, das Mephisto gefallen hätte.

»Ich nehme an, Sie wollen zu mir?« fragte der Detektiv und ging auf seine Haustür zu.

»Die Beichte benötige ich erst am Sonntag wieder.« Der Hauptkommissar deutete auf das Kirchenschiff. »Holzbaum, benötigst du die Absolution?«

»Nein, danke«, antwortete der übergewichtige Holzbaum. Er umrundete das Auto, ging auf Tristan zu und streckte seinen rechten Arm aus. Marlowe, der Holzbaum eindeutig mehr mochte als Pfeiffer, spreizte seinen Kamm, legte seinen Kopf zur Seite, als frage er sich, soll ich oder soll ich nicht zu ihm rüberfliegen. Holzbaum blieb geduldig und plötzlich stieß Marlowe sich von Tristans Arm ab und flatterte dem Beamten entgegen.

»Der hackt dir noch die Augen aus«, brummte Pfeiffer und steckte sich eine Zigarette an. »Um es kurz zu machen: Wir haben Befehl, Sie in die Ermittlungen einzubeziehen.«

Tristan runzelte die Stirn. Wenn der Hauptkommissar so schnell mit der für ihn nervigen Dienstanweisung herausrückte, keine Schimpftirade losließ und genüsslich eine Zigarette rauchte, dann begannen Tristans graue Zellen nach einer Falle zu suchen.

»Jetzt schauen Sie nicht so, als wäre der Teufel hinter Ihnen her«, erklärte Pfeiffer spöttisch, »die Bosse haben erkannt, dass Ihre Mitarbeit jedem nützlich sein kann.«

Der Detektiv fragte sich, wen der Beamte mit „jedem“ meinte.

»Flender hat darauf bestanden«, ergänzte Pfeiffer. »Hat uns das persönlich aufgetragen.«

»Dann muss der Landrat aber mächtig unter Druck stehen«, antwortete Tristan.

»Quatsch!« Pfeiffer wedelte mit der Zigarette. »Der Boss will nur Personalkosten sparen. Sie kosten den Steuerzahler keinen Cent. Da kann die Behörde doch nur gewinnen, egal ob Ihre Arbeit etwas bringt oder nicht.«

»Das gefällt mir nicht«, seufzte Tristan.

»Sie können natürlich auch ablehnen«, grinste Pfeiffer.

Doch beide wussten, dass eher die Hölle einfror, als dass Tristan den Fall den zwei Beamten allein überließ.

Sie gingen zu Tristans Haustür, die er mit einem lauten Knarren öffnete.

»Die Angeln sollten mal geschmiert werden«, meinte Holzbaum, der Marlowe liebevoll an der Brust kraulte.

»Kommen Sie rein«, antwortete der Detektiv und hängte seine Strickjacke in der Diele auf.

Marlowe flatterte von Holzbaums Arm ins Wohnzimmer, wo sich eine Kletterstange mit Fressnapf befand.

Pfeiffer betrat das Haus als Letzter. Die beiden Polizisten kannten das alte Fachwerkhaus mit seinen niedrigen Decken und freiliegenden Querbalken. Ein Zeichen, dass sie viel zu oft mit dem Detektiv zusammenarbeiteten.

»Möchte jemand was zu trinken?« fragte Tristan und ging von der Diele durchs Wohnzimmer in die Küche.

»Nein, danke«, antwortete Pfeiffer, der im Wohnzimmer stehen blieb und sich die Bücher ansah, die gegenüber einer Reihe Sprossenfenster die ganze Wand bedeckten. »Die haben Sie alle gelesen?«

»Ja! Außer natürlich die Nachschlagewerke«, rief Tristan aus der Küche. »Will wirklich keiner von Ihnen einen Kaffee?«

Kopfschütteln war die Antwort der Polizisten.

»Na gut«, stöhnte der Detektiv, füllte die Kaffeemaschine, stellte sie ein und ging ins Wohnzimmer. »Also?«

Pfeiffer setzte sich auf ein Sofa, das die Mitte des Raumes einnahm. Holzbaum wählte einen von vier Esszimmerstühlen, die neben der Kletterstange um einen Tisch standen. Tristan drehte einen von zwei Lesesesseln um, die vor einem Kamin platziert waren. Der Kamin war an der Stirnwand des Wohnzimmers eingebaut.

Links neben dem Kamin lagen Holzscheite und rechts stand ein Schachbretttisch, auf dem filigrane Schachfiguren aufgestellt waren. Bevor sich Tristan setzte, nahm er einen Tabakbeutel vom Kaminsims.

»Wir fragen uns«, begann Pfeiffer, »was hinter dem Mord an Pechnagel stecken könnte. Welches Motiv der Mörder hatte?«

»Wenn wir das Opfer betrachten, dann könnte man vermuten, dass jemand nicht wollte, dass der Kessel in Umlauf kommt«, antwortete Tristan.

»Warum dann der ganze Aufwand?« Holzbaum zog sein Notizbüchlein aus der Jacketttasche.

»Sie wundern sich, warum jemand einen solchen Aufwand betreibt und ein Hügelgrab fälscht?« Tristan zog eine Pfeife aus dem Tabakbeutel und begann sie mit Tabak zu stopfen.

»Ja«, antwortete Holzbaum.

»Die Theorie von Dr. Schröder scheint brauchbar«, meinte der Detektiv.

»Sie meinen, Pechnagel wollte mit der Aktion dem Kessel mehr Wert verleihen?« Der Hauptkommissar schüttelte den Kopf.

»Eine vernünftige Erklärung, die den Aufwand rechtfertigen könnte«, antwortete Tristan.

»Aber woher hat er den Kessel?« Holzbaum blickte zur Kletterstange, auf der Marlowe einen

Keks verspeiste. Die Krümel fielen erstaunlich treffsicher in eine Schale zurück.

»Das ist die Schlüsselfrage«, nickte Tristan und steckte den Tabak in der Pfeife an. »Weshalb das Mordmotiv sein könnte, dass man entschieden hat, den Kessel nicht zu verkaufen. Was uns leider nicht weiterhilft, weil es doch unlogisch wäre, wenn es ums Geld geht, einen „echten Kessel" nicht zu verkaufen.«

»Es sei denn, das Teil ist gestohlen«, meinte Pfeiffer.

»Dann hätte man doch versucht, den Kessel unauffällig zu verkaufen«, warf Holzbaum ein. »Aber ihn mit einem Hügelgrab in Verbindung zu bringen wäre alles andere als unauffällig.«

»Warum hat dieser Professor nicht erkannt, dass es sich bei dem Grab um eine Fälschung handelte?« wunderte sich Pfeiffer.

»Er ist Historiker«, erinnerte Holzbaum. »Er durchwühlt die Bibliotheken und nicht die Erde.«

»Wenn er mit Pechnagel öfter gearbeitet hat, sollte man den Professor mal fragen, warum ihm das nicht aufgefallen ist«, meinte Tristan.

»Der bückt sich doch nicht nach Steinen«, schnaufte Pfeiffer.

»Aber zurück zu dem Kessel. Woher stammt der?« Tristan blies einige Rauchkringel in die Luft. Holzbaum hustete demonstrativ, was den Detektiv aber nicht irritierte. »Haben Sie Pechnagels Wohnung durchsucht?«

»Nein, noch nicht«, antwortete der Hauptkommissar.

»Hat sich noch keiner gefragt, warum das Hügelgrab genau an der Stelle auftaucht, an der man eine Probebohrung durchführen will?« Holzbaum blickte gedankenverloren auf die Bücherwand. »Ich meine, diese Fälschung baut man nicht in einer Stunde, dazu gehört Planung. Wenn dies Absicht war, dann hätte der Erbauer wissen müssen, wann die Probebohrung angesetzt werden sollte.«

»Sven Kohlhase musste von dem Termin gewusst haben«, sagte Tristan. »Außerdem hätte er die nötigen Maschinen, um Erde zu bewegen.«

»Der Bauer will die Talsperre nicht«, ergänzte Holzbaum, der in seinem Notizbuch blätterte.

»Helga machte mich auf etwas aufmerksam.« Tristan zog kräftig an seiner Pfeife, was den Tabak aufglühen ließ. »Der Ort für das Hügelgrab wurde ausgewählt, weil die Probebohrung dort stattfinden sollte. Die Fälschung wäre nach wenigen Tagen offiziell zerstört worden. Wir sollten den Ingenieur fragen, wer alles von dem Termin wissen konnte?«

»Die Fälschung wäre also zerstört worden«, nickte Pfeiffer. »Aber die Aufmerksamkeit wäre dem Fund schon sicher gewesen.«

»Ja, und damit hätte der Kessel eine schöne Geschichte zu seiner Herkunft bekommen«, ergänzte Holzbaum. »Was ihn sicherlich richtig wertvoll machen würde. Zumal niemand mehr das Grab als Fälschung hätte entlarven können.«

»Was wir noch nicht angesprochen haben, ist die Manipulation der Baggersteuerung«, erinnerte Tristan. »Da muss man gewisse Fähigkeiten mitbringen.«

»Das ist die verrückteste Geschichte, die uns im Siegerland begegnet ist«, stöhnte Pfeiffer, »da würde ich lieber auf Dilldappen-Suche gehen, als dieses Knäuel zu lösen. Welches Motiv soll der Mörder haben?«

»Das gilt es herauszufinden«, antwortete Tristan und blies einen großen Rauchkringel ins Wohnzimmer.

# 4. Der Wind rüttelte ...

Dienstagvormittag

Der Wind rüttelte an den Fensterläden des Fachwerkhauses. Tristan blickte besorgt nach draußen, wo die ersten Blätter die Zaungasse entlang wehten. Drinnen in der Küche duftete es nach frischem Kaffee und Brötchen. Erich Roth, der Diakon der Marienkirche, saß auf der Eckbank und folgte Tristans Blick.

»Die Scharniere sind noch in Ordnung«, sagte er in einer schönen Baritonstimme. »Der Wind wird die hölzernen Läden nicht abreißen.«

»So wie das klappert, bin ich mir nicht sicher«, antwortete der Detektiv und stellte Wurst und ein paar Marmeladengläser auf den Tisch.

»Sind die von Helga?« fragte Erich und nahm ein Glas in die Hand.

»Sie sind aus Lützel«, erwiderte Tristan. »Helga hat die Marmelade von ihren Freundinnen geschenkt bekommen.«

»Diese Landfrauen sind schon etwas Besonderes.« Erich stellte das Glas zurück. »Wann macht sie Winterpause?«

»Seit der Schnee nicht mehr im November auf dem Gillerberg sicher fällt, sodass man Skifahren kann, ist Helga dazu übergegangen, die Pension in den nächsten Tagen zu schließen. Das Restaurant bleibt bis Weihnachten auf, dann macht sie ein paar Wochen zu.«

Tristan nahm die Kaffeekanne aus der Maschine und schenkte seinem Gast und sich ein. Dann setzte er sich auf einen der beiden Küchenstühle und begann zu frühstücken.

»Habe in den Radio-Nachrichten gehört, dass ein Hügelgrab gefunden wurde«, begann Erich und nahm sich ein Brötchen. »Es hat dort einen Unfall mit Todesfolge gegeben?«

»Ja, ich war vor Ort«, nickte der Detektiv. »Aber das Hügelgrab ist eine Fälschung. Hat man das auch in den Lokalnachrichten gebracht?«

»So? Eine Fälschung? Nein, das hat man nicht erwähnt«, wunderte sich der Diakon. »Wie geht das denn? Ich meine, wie fälscht man ein Grab?«

»Oh, ganz einfach, wenn man die richtigen archäologischen Kenntnisse und Maschinen hat«, erklärte Tristan. »Viel spannender ist die Frage, warum das Opfer, das war nämlich der zuständige Archäologe, das nicht erkannte.«

»Oh, oh! Wenn du so die Augenbrauen hochziehst, dann stinkt da was gewaltig«, brummte Erich.

»Na, riechen tut der ganze Fund nach einem Betrugsversuch«, stöhnte Tristan. »Ein alter Bronzekessel wurde gefunden, der nach den ersten Analysen über dreitausend Jahre alt sein soll.«

»Das macht ihn wertvoll?« Erich sah seinen langjährigen Freund neugierig an.

»Ja, weshalb die *jetzt* zuständige Archäologin den Verdacht hegt, dass das Hügelgrab dem Kessel einen Herkunftsort und so etwas wie eine Geschichte verleihen sollte.«

»Das ergibt Sinn«, nickte der Diakon. »Allerdings fragte ich mich, weshalb man das für einen Kessel veranstaltet, der nachweislich echt sein soll? Ich meine, irgendwo muss der Kessel ja ausgegraben worden sein!««

»Er könnte illegal ausgegraben worden sein«, antwortete Tristan. »Mit dem gefälschten Hügelgrab hätte man ihn legal machen können.«

»So etwas wie Geldwäsche«, grinste Erich. »Nur, dass man keine Eisdiele betreibt, um das Drogengeld in einen legalen Umlauf zu bringen, sondern ein Hügelgrab fälscht, irgendwo im Rothaargebirge.«

»So ungefähr«, nickte Tristan. »Es gibt da nur ein paar Ungereimtheiten.«

»Nur ein paar?« Erich schüttelte den Kopf. »Sag jetzt nicht, der Unfall war gar kein Unfall, sondern Mord.«

»Du sagst es!« Tristan nippte an seiner Tasse Kaffee. »Aber, wenn du die Mordwaffe erfährst, dann wird es noch verrückter.«

»Du machst es spannend.« Erich schüttelte den Kopf. »Sag jetzt nicht, dass es ein Kochlöffel war.«

»Kochlöffel? Wie kommst du darauf?«

»Na, wegen des Kessels«, antwortete Erich überzeugt.

»Nein, es war ein Bagger.« Tristan berichtete,

wie man die Steuerung der Baumaschine manipuliert hatte. »Dass man die Schaltpläne im Internet findet, erklärt, wie man die Steuerung verändern kann, aber warum soll man es so kompliziert gestalten?«

»Es scheint, als ob der Mörder oder die Mörderin nicht an der eigentlichen Tat beteiligt sein wollte«, überlegte Erich laut. »Das Gewissen der Person soll wohl so beruhigt werden. Schließlich kann sie sich einreden, mit den eigenen Händen keinen Mord begangen zu haben.«

»Das bedarf aber einer verqueren Denkweise«, meinte der Detektiv. »Die Person musste das Geschehen verfolgen, um zum richtigen Zeitpunkt die Steuerung zu manipulieren. Sie war also anwesend und wusste ganz genau, was die Manipulation bewirkte.«

»Das grenzt den Täterkreis ein«, sagte Erich nachdenklich. »Ist schon länger her, dass man es dir so einfach gemacht hat.«

»Was!« schnaufte Tristan, als wäre er ein Teekessel. »Es gibt keinen Hinweis auf ein Motiv!«

»Was ist mit dem Kessel? Ist das kein Motiv?« Erich schüttelte den Kopf.

»Es ist ein Ansatz«, erklärte der Detektiv. »Aber wer hätte einen Grund, den Archäologen umzubringen?«

»Na, such eine Person, die durch den Tod dieses Archäologen einen Vorteil hat. Zum Beispiel, um einen lästigen Mitwisser loszuwerden, damit der Gewinn nicht geteilt werden muss.«

»Ja, nichts Leichteres als das«, Tristan nippte erneut an seiner Tasse.

Das Telefon im Wohnzimmer klingelte. Der Detektiv stand auf und ging ins Wohnzimmer. Marlowe saß auf seiner Kletterstange und zermalmte mit seinem Schnabel eine Nuss.

Tristan behielt ihn im Auge und nahm den Hörer ab.

»Irle«, sagte er deutlich.

»Schröder, guten Morgen, Herr Irle«, antwortete Marie Schröder, die Archäologin am anderen Ende der Leitung. »Hätten Sie Zeit, in einer Dreiviertelstunde in Großenbach einzufallen?«

»Soll ich Ihnen bei einer Eroberung helfen?« antwortete er mit einem Schmunzeln.

»Nein, aber so verkehrt ist Ihr Vergleich gar nicht. Diese Dorfbewohner machen immer den Eindruck, als wäre ich die Vorhut einer Invasion«, erklärte sie. »Schaffen Sie es?«

»Ja, wo wollen wir uns treffen? Und was gibt es in Großenbach?« fragte der Detektiv.

»Wir treffen uns vor dem Gasthof. Er liegt an der Hauptstraße, es gibt nur einen«, erklärte sie. »Dann werden wir uns die Werkstatt von Pechnagel ansehen.«

Das verblüffte Tristan. »Was für eine Werkstatt?«

»Das sehen Sie dann.« Die Archäologin gab sich geheimnisvoll, als wollte sie den Detektiv motivieren. »Es wird sich lohnen, das verspreche ich.«

»Werden die Kommissare auch da sein?« hakte er nach.

»Oh, an die habe ich gar nicht gedacht«, erwiderte sie überrascht.

»Gut, lassen Sie es dabei. Ich bin pünktlich.« Der Detektiv legte auf und ging in die Küche zurück.

»Erich, ich muss dich verlassen. Frühstücke in Ruhe zu Ende. Und könntest du auf Marlowe aufpassen?«

»Kein Problem«, nickte Erich. »Eine Klasse aus der Grundschule kommt heute vorbei, da wird Marlowe eine gute Unterstützung sein.«

»Kinder?« Tristan schüttelte den Kopf. »Du bist mutig.«

»Quatsch, in all den Jahren habe ich noch nicht erlebt, dass Marlowe nicht mit den Kleinen klarkommt. Die Kinder haben mehr Respekt vor dem Kakadu als der vor ihnen.«

»Wie du meinst«, nickte Tristan und schaltete die Kaffeemaschine aus.

»Wo musst du hin?«

»Nach Großenbach, dort hatte das Opfer eine Werkstatt«, berichtete der Detektiv.

»Denk daran, dass die L 719 bei Walpersdorf gesperrt ist«, mahnte der Diakon.

# 2

Erichs Hinweis sparte dem Detektiv Zeit. Er startete den alten Motor seines Borgwards und fuhr langsam die Löhrstraße hinauf bis zum Marburger Tor. Dort bog er in Richtung Schleifmühlchen ab. Ohne Erichs Hinweis wäre er in Richtung Walpersdorf gefahren, was ihn in eine Sackgasse geführt hätte. So wählte er einen Weg, der ihn ohne einen Umweg nach Großenbach leitete. Er folgte der Hainer Hütten Straße zur großen Kreisel-Baustelle, doch statt nach rechts setzte er den Blinker links, um nach Kaan-Marienborn zu gelangen. Den Siegener Stadtteil verließ er, um weiter nach Deuz zu fahren. Hinter Feuersbach kämpfte sich der Oldtimer die Deuzer Höhe hinauf. Oben angekommen rollte der Borgward den Berg hinab, was die angestiegene Temperatur des Motors abkühlte. Der Detektiv ließ Deuz links liegen und steuerte auf Salchendorf zu. Sein Ziel lag weiter im Osten, kurz vor Hainchen verließ er die Wetzlarer Straße und bog auf die L 722 ab. Wieder begann ein Anstieg, der durch eine schmale Straße und engen Kurven für den Oldtimer eine Herausforderung wurde. Tristan musste ständig schalten und den Motor mit viel Geschick auf Touren halten. Schließlich erreichte er die Eisenstraße und lenkte den Oldtimer in Richtung Lahnquelle. Da die tausend Jahre alte Eisenstraße auf den Höhenzügen des Rothaargebirges angelegt war, brummte der Vierzylinder des Borgward leise vor sich hin, während Tristan die Straße im Auge behielt. Er passierte die Lahnquelle und nach wenigen Minuten erschien rechts die Siegquelle. Kurz dahinter bog er rechts ab, um in das Dorf Großenbach zu gelangen.

Die Gaststätte „Zur Siegquelle" lag wie angekündigt direkt an der Hauptstraße. Dr. Marie Schröder wartete bereits auf den Detektiv. Tristan parkte neben ihrem Wagen und stieg aus.

»Guten Morgen«, grüßte er freundlich. »Ich hoffe, die Fahrt hierher lohnt sich.«

»Keine Sorge, Herr Irle«, lächelte Marie verschwörerisch, »ich denke, das wird sie. Folgen Sie mir, ich fahre vor.«

Sie stieg in ihren Ford und düste erschreckend schnell die schmale Hauptstraße hinunter. Der Detektiv hatte den ersten Gang noch nicht eingelegt, da war sie schon außer Sichtweite.

»Zum Glück kann man sich in dem Dorf nicht verfahren«, stöhnte Tristan und folgte Marie.

Nach einigen hundert Metern sah er ihren Wagen am Rand stehen. Die Archäologin stand vor einem Haus, das im typischen Siegerländer Fachwerkstil gebaut war. Der Detektiv lenkte den Oldtimer neben den Ford und stieg aus.

»Ist das Pechnagels Haus?« fragte er die Archäologin.

»Nein, das ist das Haus von den Schmieds«, antwortete Marie und führte den Detektiv um das Haus herum auf ein Gebäude zu, das früher einmal eine Scheune gewesen sein musste. »Das ist Pechnagels Experimentierwerkstatt. Er hat sie von den Schmieds gepachtet.«

Tristan bemerkte einen ordentlich gestapelten Holzberg.

»Das müssten etliche Festmeter Holz sein«, sagte der Detektiv.

»Oh ja«, nickte Marie. »Wussten Sie, dass Alfons im Land einer der anerkanntesten Experimental-Archäologen war?«

»Nein, das wusste ich nicht«, antwortete Tristan. »Hat das eine Bedeutung?«

»Sehen Sie selbst.« Marie schob eines der beiden Scheunentore auf. »Die Schmieds haben mir aufgeschlossen.«

Tristan nickte und blickte in eine Werkstatt, die nach einer Schmiede aussah.

»Verstehen Sie jetzt, warum die Inhaber Schmied heißen«, grinste Marie. »Die waren früher mal Schmiede, was dieses Gebäude erklärt.«

Sie deutete auf eine mittelalterliche Esse mit einem riesigen Luftabzug, die im hinteren Teil der Schmiede eingebaut war. Neben der Feuerstelle standen Kohlesäcke und weitere Holzstapel. »Alfons hat seine eigenen Werkzeuge geschmiedet und gegossen. Sehen Sie mal dahin.«

»Ist das ein Rennofen?« Tristan ging auf den Lehmofen zu. »Warum steht das Teil auf einem Karren?«

Marie erklärte ihm, dass Alfons weiter oben im Tal eine Stelle genehmigt bekommen hatte, an dem er einen Rennofen betreiben durfte. Doch Alfons hatte wenig Zeit, also baute er den Ofen aus Lehm in seiner Schmiede sozusagen vor. Mit dem Karren, der eine moderne Anhängerkupplung besaß, wurde der Ofen dann an die genehmigte Stelle befördert und vor Ort fertig gebaut. Nach dem Schmelzvorgang zerstörte er den Ofen und da er hauptsächlich aus Lehm bestand, blieb keinerlei Umweltbelastung zurück, da er das geschmolzene Erz und die Schlacke für seine Experimente weiter verwendete.

»Warum zeigen Sie mir das?« wollte Tristan wissen.

»Ich denke, dass er den Kessel selbst gegossen hat«, antwortete Marie und ging auf eine Werkbank zu, neben der ein Stapel Steine lag. »Wissen Sie, ich erinnerte mich, dass vor einigen Monaten ein Kollege ein Telefonat aus England angenommen hatte, das für Alfons bestimmt war. Der Kollege fragte mich, ob wir dort etwas bestellt hätten, da die Frau am Telefon eine Lieferadresse benötigte. Ich konnte damals nicht weiterhelfen, aber mir fiel das Gespräch gestern auf dem Heimweg wieder ein. Das weckte in mir den Verdacht, dass trotz Analyse mit dem Bronzekessel etwas nicht stimmen könnte. Dem bin ich heute in der Früh nachgegangen.«

Sie nahm zwei Erzbrocken in die Hand.

»Das hier ist Zinnerz und das hier ist

Kupfererz. Ich vermute, dass er sich das Erz aus den ursprünglichen Abbaugebieten Cornwall und Österreich besorgt hat, um den Kessel zu fälschen.

Wenn er das originale Erz benutzt hat, dann werden die Analysen die gleichen Isotope aufweisen, die für die Echtheit des Metalls sprechen.

Das Erz lasse ich noch untersuchen, wenn es identisch mit dem Kessel ist, hätten wir einen Hinweis. Wir könnten dann nach der Gussform fahnden. Die muss er gebaut haben, was mich vermuten lässt, dass es Beweise dafür in Alfons' Wohnung geben wird.«

»Pfeiffer könnte sich darum kümmern«, antwortete Tristan und nahm einen Erzbrocken in die Hand. »Wenn Sie recht haben, dann würde das erklären, warum er den Aufwand mit dem gefälschten Grab betrieben hat. Niemand würde die Analysen hinterfragen, wenn ein Fundort bestätigt würde. Weshalb sollte man ihn aber deswegen töten?«

Marie zuckte mit den Schultern.

»Wenn Dr. Pechnagel nicht gestorben wäre, dann wäre von dem hier doch nichts herausgekommen«, überlegte Tristan laut.

»Ja, das wäre wohl unentdeckt geblieben«, stimmte Marie ihm zu. »Es hätte keinen Grund gegeben nachzuforschen. Außerdem wäre das Grab spätestens in ein paar Tagen der Trasse gewichen, die die Bohrleute benötigen. Damit wäre das Fake-Grab sozusagen begraben worden. Den Kessel hätte er getrost von jedem Labor der Welt analysieren lassen können. Die Labore hätten die gewünschten Ergebnisse geliefert, da die Bronze mit Zinn aus Cornwall und Kupfer aus Österreich geschmolzen wurde. Außerdem hat er die gleiche Methode des Schmelzens benutzt, die die alten Kelten auch nutzten. Siehe den Rennofen. Die Analyse hätte ihm die gewünschte Expertise gebracht. Alfons war ein Meister in seinem Fach. Aber der Mann legte auf Geld keinen großen Wert.«

»Wie meinen Sie das? War er reich?«

»Nein, ich meine damit, dass ihm seine Arbeit alles bedeutete. Wenn ihn etwas interessierte, dann war es Anerkennung.«

»Sie denken also nicht, dass er den Kessel teuer verkaufen wollte?« Tristan legte den Erzbrocken zurück.

»Nein, das glaube ich nicht.« Sie sah nachdenklich auf den Rennofen. »Es müsste für ihn etwas Wertvolleres herausspringen als profanes Geld.«

»Was sollte das sein?« Tristan sah sie fragend an.

»Das ist die Eine-Million-Frage«, lächelte Marie. »Wissen Sie was, Sie sollten mit Professor von Langendorf sprechen. Der Professor hatte eine gute Beziehung zu Alfons. Außerdem ist der Mann gut vernetzt.«

»Vernetzt? Wie meinen Sie das?«

»Von Langendorf ist ein leidenschaftlicher Sondengänger«, erklärte Marie mit einem Lächeln, das einen Hauch von Spott in sich trug. »Da ähnelte er Alfons sehr, der bei seinen Gängen immer wieder auf kleine Artefakte stieß. Man benötigt eine Erlaubnis in NRW. Alfons gab Kurse zum Erlangen dieser Erlaubnis. Funde müssen gemeldet werden, was nicht immer befolgt wird. Die beiden Männer engagierten sich in der Community der Sondengänger, um alle Mitglieder von der Notwendigkeit einer ordentlichen Meldung zu überzeugen. Leider landen Funde dennoch auf dem Schwarzmarkt. Um was dagegen zu unternehmen, muss man die richtigen Leute kennen. Sie verstehen?«

Der Detektiv nickte. In was für eine Geschichte war er dieses Mal geraten?

## 3

Die Hauptkommissare Pfeiffer und Holzbaum standen vor dem Kreispolizeigebäude an der Weidenauer Straße und blickten auf einen roten Streifen, der sich wie ein glühender Lavafluss entlang des Gebäudes in Richtung Zentrum wälzte.

»Was zum Teufel haben die hier gemacht?« fluchte Pfeiffer, der die Straßenarbeiter liebend gern sofort verhaftet hätte, die den roten Streifen unbarmherzig weitertrieben.

»Die richten hier eine Fahrradspur ein«,

antwortete Holzbaum. »Wie es scheint, dürfen auch noch Busse die Spur benutzen.«

»Welches kranke Gehirn denkt sich das aus?« Pfeiffers Stimme klang weinerlich. »Eine zweispurige Hauptstraße so zu kastrieren und einen Verkehrsinfarkt heraufzubeschwören.«

»Viel gefährdeter sind die Radfahrer, wenn wir mit Blaulicht aus dem Parkdeck auf die Straße schießen und den Radweg queren müssen«, bemerkte Holzbaum.

Pfeiffers Handy klingelte. Noch völlig geschockt von der neuen Verkehrssituation griff er in seine Manteltasche.

»Pfeiffer, was gibt es?« knurrte er. »Guten Morgen, Herr Landrat.«

Holzbaum zog die Augenbrauen zusammen.

»Jawohl!« Pfeiffer nickte, obwohl das der Boss der Kreispolizei nicht sehen konnte. Dann legte er auf.

»Das war mal was Neues«, stöhnte Pfeiffer.

»Was wollte Fischer?«

»Du wirst es nicht glauben, er hat uns einen Hinweis gegeben«, antwortete Pfeiffer und sein Blick verriet, dass eine rote Fahrradspur weniger Entsetzen auslöste als der persönliche Anruf des Landrates.

»Bitte etwas genauer«, forderte Holzbaum.

»Wir sollen uns einen gewissen Paul Scherz genauer ansehen.« Pfeiffer rückte seine Nickelbrille zurecht. »Da scheint es ein Motiv zu geben.«

»Motiv?« Holzbaum schüttelte den Kopf. »Wenn du weiter so kryptisch redest, bringe ich dich zum Arzt.«

Pfeiffer blickte nochmals zu den Bauarbeitern, dann ballte er die Fäuste, atmete tief ein und meinte: »Dieser Scherz sitzt im Kreistag und scheint eigene Interessen an dem Gebiet zu haben, das für die Talsperre gedacht ist.«

»Das hat der Landrat mitgeteilt«, schnaufte Holzbaum. »Ich rate mal, die beiden sind in unterschiedlichen Parteien.«

Pfeiffer zuckte mit den Schultern. »Hat er nicht erwähnt. Komm, lass uns den Mann mal überprüfen.«

Sie eilten ins Gebäude und suchten ihr Büro auf. Nach einigen Eingaben in den Computer, der die polizeieigenen Datenbanken sowie diverse Suchmaschinen abfragte, hatten sie ein Dossier über den Mann erstellt.

Paul Scherz war Anfang fünfzig, studierter Biologe mit Anstellung an einem Berufskolleg, Mitglied der Öko-Partei und öffentlicher Unterstützer der „Letzten Generation". Er war verheiratet und scheinbar kinderlos. Als Hobbys waren Spaziergänge, Gartenarbeit und Fahrradfahren zu finden. Außerdem fanden die Beamten einige Äußerungen, die darauf schließen ließen, dass er individuelle Mobilität am liebsten verbieten würde, wenn die Verkehrsmittel mit Verbrennermotoren angetrieben wurden.

Die Aura des Politikers strahlte auf dem Papier das aus, was Pfeiffer nicht leiden konnte. Der typische Oberlehrer, der den anderen den Spaß verbieten wollte, weil er sich moralisch auf der richtigen Seite wähnte. Vor langer Zeit gab es schon mal eine solche Gruppe von Priestern. Was „Martin Luther" so auf die Palme brachte, dass er gleich mal das ganze System zertrümmerte.

Der Hauptkommissar hegte den Verdacht, dass man bei diesem Typ Mensch nur lange genug suchen musste, dann fand man Beweise, die ihn auf einer Kreuzfahrt in der Südsee zeigten.

»Okay, was unternehmen wir jetzt?« Holzbaum, der das ausgedruckte Dossier zusammenfaltete, sah seinen Chef tatenfreudig an.

»Wir werden uns mit dem Bauleiter der Wasserbehörde unterhalten«, sagte Pfeiffer und schaltete den Computer aus. »Mal sehen, was der Mann über den Politiker zu sagen hat.«

»Warum gerade Löfler?« wunderte sich Holzbaum.

»Ich habe da so ein Bauchgefühl«, lächelte der Hauptkommissar.

»Oh je«, stöhnte Holzbaum. »Das hat uns in der Vergangenheit nicht immer geholfen.«

»Ach, du Schwarzseher!« Pfeiffer zog eine Schachtel Zigaretten aus seiner Jacketttasche. »Überleg mal, wenn dieser Scherz etwas gegen den Bau der Talsperre hat, dann wird dieser Wasserbauingenieur sicher wissen warum. Außerdem ist das Büro der oberen

Wasserbehörde nur ein paar Meter von hier entfernt.«

Eine kurze Fahrt später parkte der Polizist seinen Dienstwagen vor dem Hauptgebäude der Behörde. Ingenieur Viktor Löfler trafen die Beamten in seinem Büro an. Der verantwortliche Mann für die Planung einer dritten Talsperre im Kreisgebiet nahm das Auftauchen der Kommissare erstaunlich gelassen. Die Nachricht, dass es sich bei dem Fund an der Probebohrstelle um eine Fälschung handelte, befreite den Ingenieur von mentalem Stress, sodass er mit neuem Elan an die Sache heranging. Die Grabfälschung schleuderte selbst den bedauerlichen Tod des Archäologen aus dem Einflussbereich der Behörde. Löfler hätte es nie für möglich gehalten, dass die Ereignisse des Vortags so schnell an Einfluss verloren. Jedenfalls, was seine Planung betraf. Er fragte deshalb, noch bevor die Beamten Platz nehmen konnten: »Wie lange werden Sie die Arbeiten an der Trasse für die Probebohrung noch behindern?«

Pfeiffer, der mit dieser Frage so viel anfangen konnte, als habe man ihn nach dem Rezept von Guacamole gefragt, blickte hilfesuchend zu seinem Partner.

Holzbaum lächelte und antwortete: »Noch sind die Arbeiten der Spurensicherung nicht abgeschlossen. Sobald wir von den Kollegen Bescheid bekommen, können Sie die Trasse anlegen.«

»Schön zu hören«, nickte Löfler, »möchten Sie einen Kaffee, Wasser?«

»Nein, danke«, erwiderte Pfeiffer. »Wir sind hier, weil wir Informationen zu einem Kreistagsmitglied benötigen.«

»Lassen Sie mich raten, Sie wollen etwas über Paul Scherz hören«, seufzte Löfler.

»Sie haben richtig geraten«, nickte Pfeiffer mit einem Lächeln, das Jäger aufsetzen, wenn die Beute in der Falle sitzt.

## 4

Das engagierteste Vorhaben des Siegener Bürgermeisters war es, aus der Rubensstadt eine Universitätsstadt zu machen. Alle Ortsschilder trugen bereits den Zusatz „Universitätsstadt", aber das war dem Bürgermeister nicht genug. Mit Ausdauer und Unterstützung des Steuerzahlers wanderten Fakultäten vom Haardter Berg hinunter in die Innenstadt. Das Untere Schloss war bereits von der Universität eingenommen worden. Weitere Gebäude, in denen vormals Geschäfte und Unternehmen beheimatet waren, kamen dazu. Was das Ganze für einen Vorteil für die Bürgerschaft Siegens haben würde, ließ sich nicht absehen. Studierende hatten gewöhnlich nicht die Kaufkraft, wie sie bei der arbeitenden Bevölkerung zu finden war. Das schien die Verantwortlichen nicht zu stören, sie trieben das

Vorhaben voran, was sich in den neu eingeführten Fahrradspuren deutlich zeigte.

Tristan musste zweimal hinsehen, um zu verstehen, wo er sich mit seinem Oldtimer einreihen musste, um von der Weidenauer Straße auf die B 62 abzubiegen. Er umfuhr den Haardter Berg, um am Eichenhang auf den Wilhelm-von-Humboldt-Platz zu wechseln, der ihn schließlich über die Hölderlinstraße auf den Parkplatz hinter der Universität führte. Der Detektiv kannte sich auf dem Campus aus. Es war nicht das erste Mal, dass er den „Bildungshügel" besuchte. Durch die jahrelangen Umbauten hatte sich jedoch einiges auf dem Campus Adolf-Reichwein-Straße verändert. Die Eingänge und Schleichwege waren davon jedoch nicht betroffen.

Er parkte den Oldtimer zwischen zwei heruntergekommenen Kleinwagen. Es erfreute ihn, dass bei den Studierenden das motorisierte Gefährt, mag es auch in die Jahre gekommen sein, immer noch einen hohen Stellenwert besaß. Auf dem Weg zur Uni hatte er mit von Langendorfs Sekretärin gesprochen, die ihm den Rat gegeben hatte, möglichst vor 11 Uhr vorbeizukommen.

Er sah auf die Uhr und beeilte sich, ins Gebäude zu gelangen. Die Beschilderung half ihm, den Weg zu Professor Berthold von Langendorfs Büro zu finden. Auf dem Flur begegnete er der Doktorandin Edna.

»Hallo, Herr Irle«, grüßte sie freundlich. »Was führt Sie in die Uni?«

»Guten Morgen, Frau Pistorius«, erwiderte der Detektiv.

»Nennen Sie mich Edna«, antwortete sie. »Die Nachnamen sind am Campus nicht so angesagt.«

»Wie Sie wünschen, Edna. Ich möchte zu Professor von Langendorf.«

»Dann folgen Sie mir«, sie deutete den Flur hinunter. »Ich wollte ebenfalls zum Prof.«

»Wie lange arbeiten Sie schon für ihn?« fragte Tristan, während sie langsam den Flur entlanggingen.

»Ich bin jetzt im zweiten Jahr hier«, antwortete sie. »Meine Dissertation ist fast fertig.«

»Was behandeln Sie in Ihrer Arbeit?«

»Ich beschäftige mich mit den Anfängen der Montanindustrie, also genauer mit der historischen Entwicklung der Eisengewinnung in Siegerland und Wittgenstein. Professor von Langendorf hat mit seiner spektakulären Arbeit über die „Gold-Stollen" darauf hingewiesen, dass diese Siegerländer Bergwerke mehrere hundert Jahre und älter sein können. Da setzt meine Arbeit an. Ich suche nach den Überresten alter Stollen und untersuche sie, soweit es etwas zu untersuchen gibt.« Sie grinste verlegen und blieb vor einer Tür stehen. »So, hier ist es.«

Sie klopfte an und öffnete gleich die Tür.

»Professor, ich habe den Detektiv Tristan Irle im Schlepptau«, sagte sie zu zu ihrem Chef von Langendorf.

Der Historiker saß hinter seinem Schreibtisch, auf dem sich eine Anzahl von Büchern stapelte. Eine Bronzeskulptur von fast 30 Zentimetern Höhe stand an einem Ende des Schreibtisches, während auf der gegenüberliegenden Seite eine antike Schreibtischlampe ein warmes Licht abgab. Von Langendorf blickte auf und benötigte einen Augenblick, um den Schritt zurück aus seiner Gedankenwelt ins Büro zu machen. Dann veränderte sich sein Gesichtsausdruck und ein freundliches Lächeln begrüßte den Detektiv.

»Kommen Sie herein.« Er wedelte mit den Händen. »Edna, wenn Sie so freundlich wären.« Sein Zeigefinger deutete auf einen Stuhl vor dem Schreibtisch, auf dem sich Fachzeitschriften türmten.

Edna verstand die Geste und packte sich den Zeitschriftenstapel, um ihn in einer anderen Ecke des Büros abzulegen.

»Kommen Sie, Herr Irle, setzen Sie sich. Äh, das war doch Ihr Name, richtig!« Der Professor stand auf und reichte Tristan die Hand.

»Ja, Herr Dr. von Langendorf«, antwortete der Detektiv und setzte sich. »Eine schöne Skulptur haben Sie da.«

»Ja, danke. Sie war ein Geschenk«, erklärte der Professor. »Da konnte sogar der Maschinenbau mal etwas Gescheites für die Uni beitragen.«

Tristan verstand nicht.

»Na, sie haben ein paar Stangen Bronze

gespendet, die sie sonst für Maschinenbaukram verwenden.«

»Ich lasse Sie allein«, sagte Edna und nickte dem Professor kurz zu. »Wir sprechen uns dann später…«

»In Ordnung«, antwortete der Professor.

Edna schloss die Tür.

»Wie kann ich Ihnen weiterhelfen?« fragte von Langendorf.

»Hat man Sie informiert?« Tristan formulierte seine Frage absichtlich schwammig. Er wollte von Langendorfs Reaktion beobachten.

»Worüber?«

»Das Hügelgrab war eine Fälschung«, erklärte der Detektiv.

Der Professor lehnte sich langsam zurück und fixierte Tristan mit seinen grünen Augen. Sofort änderte sich sein Gesichtsausdruck und der Detektiv spürte, wie von Langendorfs scharfer Verstand sozusagen aus der Scheide gezogen wurde.

»Sie haben einen drolligen Sinn für Humor«, sagte der Professor schließlich.

»Leider ist das kein Scherz«, seufzte Tristan laut. »Dr. Marie Schröder vom Landschaftsverband Westfalen-Lippe hat das festgestellt. Sie fragt sich natürlich jetzt, warum das ihr Kollege Dr. Alfons Pechnagel nicht erkannt hat.«

Von Langendorf beugte sich vor und antwortete: »Sie kennen den Unterschied zwischen Historikern und Archäologen?«

Tristan nickte. Den Unterschied hatte man ihm jetzt zur Genüge erklärt.

»Sie waren dabei«, sprach von Langendorf leise weiter, »es regnete und das Wasser verwandelte den Boden in eine matschige Masse. Ich selbst habe mir die Überreste des Grabes gar nicht genau angesehen. Wir haben uns auf den Kessel konzentriert. Wenn das wirklich wahr ist, was Sie da gerade behauptet haben, dann bin ich genauso entsetzt wie Sie.«

Der Detektiv blickte den Professor einen Augenblick prüfend an. Von Langendorf wirkte überrascht und seine verengten Augen ließen darauf schließen, dass er ein wenig wütend war. Tristan nutzte diesen Gefühlsausbruch und fragte: »Hätte Pechnagel einen Grund gehabt, Sie zu betrügen?«

»Wieso sollte mich der Mann betrügen?« Die Stimme des Professors wurde laut.

»Wie ich gehört habe, waren Sie öfter mit ihm auf Sondengängen unterwegs«, erklärte Tristan. »Außerdem sollen Sie sich gegen illegale Funde ausgesprochen haben. Vielleicht sah Pechnagel das anders und wollte Sie täuschen.«

»Sie meinen, der Kessel ist ebenfalls eine Fälschung?« schloss er sofort aus Tristans Andeutung.

Der Detektiv schaltete seine grauen Zellen einen Gang höher. Vom Bronzekessel war bis jetzt nicht die Rede gewesen, doch er spürte, dass von Langendorf diesem Umstand Bedeutung beimaß.

»Im Moment werden Analysen gemacht«, antwortete der Detektiv. »Wenn es eine Fälschung wäre, hätte es dann eine Auswirkung auf Sie?«

Der Professor blickte den Detektiv erneut aus seinen grünen Augen an. Dieses Mal war die Wut deutlich zu sehen. Er klopfte mit dem Zeigefinger auf ein Blatt Papier, das vor ihm auf seinem Schreibtisch lag.

»Es wäre eine Blamage für mich«, sagte er in einem scharfen Tonfall. »Das hier ist ein Kommentar für eine Fachzeitschrift, der die historische Bedeutung des Bronzekessels bewertet. Den habe ich heute Morgen abgeschickt. Ja, Herr Irle, es hätte Auswirkungen auf meine Reputation, wenn Pechnagel diesen Kessel gefälscht haben sollte!«

## 5

Der Wasserbauingenieur lehnte sich in seinem Stuhl zurück, blickte einen Augenblick gedankenversunken auf eine Karte, die an der Wand hinter den beiden Polizisten hing und sagte: »Wissen Sie, diese gewählten Volksvertreter sind schon etwas Besonderes.«

Pfeiffer schielte irritiert zu seinem Kollegen.

»Man muss ihnen Hochachtung entgegenbringen, denn sie setzen sich für das Allgemeinwohl ein. Sie sorgen dafür, dass es rundläuft und das sich keine Gangster in den Verwaltungen breitmachen.« Löfler machte eine Pause, die nur mehr zur Verwirrung der Beamten führte. »Paul Scherz ist mit Eifer bei der Sache. Natürlich versucht er seine Ideologie durchzusetzen. Die Ideologie kann man mit einem Satz zusammenfassen: *Alles, was gut für die Biene ist, machen wir.* Ich betone das, weil der Mensch darin nicht vorkommt.«

»Inwieweit hat Ihre Aussage etwas mit dem Fall zu tun?« fragte Holzbaum.

»Warten Sie, ich komme gleich auf den wichtigsten Teil«, antwortete Löfler.

»Das wäre nützlich«, brummte Pfeiffer.

»Zurück zu Paul Scherz«, stöhnte Löfler. »Seine Partei hat etwas gegen eine dritte Talsperre, weil die ihrer Meinung nach unnütz ist und durch andere Maßnahmen ersetzt werden könnte.

Die gewählten Kreistagsmitglieder haben natürlich jedes Recht, anderer Meinung als die Fachleute zu sein. Sie müssen nicht den sachlichen Argumenten folgen, die von Experten erarbeitet wurden. Die gewählten Vertreter könnten ja sogar mehr wissen als die Fachleute. Was im Fall des Standortes der dritten Talsperre sogar der Fall ist.«

»So?« staunte Pfeiffer. »Sie machen mich neugierig.«

»Wissen Sie, dass die Bergkämme des Rothaargebirges hervorragende Standorte für Windkraftanlagen sind?«

»Das kann man sich doch denken«, antwortete Holzbaum. »So wie da oben der Wind weht.«

»Genau«, nickte Löfler und stand auf.

Er ging an einen Büroschrank und holte einen Ordner heraus. Zurück an seinem Schreibtisch öffnete er ihn und schlug eine Seite auf, die eine Karte enthielt.

»Das ist der Höhenverlauf des Rothaargebirges«, erklärte er. »Die schraffierten Stellen sind bei einer früheren Untersuchung als mögliche Standorte für Windkraftanlagen markiert worden.«

Die beiden Hauptkommissare sahen sich die Karte genau an.

»Hier wollen sie die Probebohrung machen.« Holzbaum deutete mit dem Zeigefinger auf die Stelle.

»Richtig«, nickte Löfler. »Das hier bildet das Tal ab, das wir für eine mögliche Talsperre vorsehen.« Der Ingenieur sah die beiden Beamten an. »Fällt Ihnen etwas auf?«

Pfeiffer rückte seine Nickelbrille zurecht, aber kopfschüttelnd antwortete er: »Ich erkenne hier gar nichts!«

»Hier oben am Bergkamm wäre eine gute Stelle für einige Windkrafträder. Das Land gehört Bauer Sven Kohlhase.«

»Na, das ist doch mal eine Information, die uns weiterhilft«, lächelte Pfeiffer.

Holzbaum blickte nachdenklich auf die Karte und fragte: »Ich habe noch nicht verstanden, was Paul Scherz gegen eine Talsperre in dieser Gegend haben könnte.«

»Nun, Scherz will die Bienen retten«, antwortete Löfler. »Das Tal enthält Wasserläufe, weshalb es ja für eine Talsperre geeignet ist. Da, wo Wasser zur Genüge vorhanden ist, entstehen oft Biotope. So auch in diesem Tal. Scherz benutzt diese Biotope als Argument gegen den Bau einer Talsperre. So weit, so gut. Aber er unterstützt den Bau von Windkraftanlagen, wie erwähnt, während er den Bau der Talsperre boykottiert.«

»Warum kann nicht beides gebaut werden?« wunderte sich Pfeiffer. »Ich meine, eine Talsperre liegt im Tal und die Windräder stehen auf dem Gipfel.«

»Sehen Sie sich das Geländeprofil genau an, dann erkennen Sie, wie hinterhältig dieses Argument ist.« Der Ingenieur lehnte sich langsam zurück und erklärte: »Herr Pfeiffer, um die Anlagen zu bauen, muss man einen Weg anlegen, der den tonnenschweren Lasten standhält. Auf der Seite, an der wir die Talsperre planen, steigt das Gelände sanft an. Ideal für eine Zufahrt. Auf der anderen Seite fällt das Gelände steil ab.

Um dort einen Weg anzulegen, muss man tief in die Taschen greifen, was die Gesamtplanung teuer macht. Baut man also diese Windkrafträder, dann zerstört man durch den Bau der Zufahrtsstraßen die Biotope, was Scherz sicher weiß, aber für sich behält.«

»Aber es dauert doch noch Jahre, bis Sie so weit wären«, warf Holzbaum ein.

»Das ist korrekt«, nickte Löfler. »Aber Sie übersehen dabei, dass diese Windkrafträder später wieder abgebaut werden müssen. Wie will man die Anlagen entsorgen, wenn plötzlich die Zufahrt unter Wasser steht?«

»Der Mord an Pechnagel hat also auf die Planung beider Projekte keinen Einfluss«, überlegte Holzbaum laut. »Was für einen Grund könnten Paul Scherz oder Sven Kohlhase haben, den Archäologen zu töten?«

»Das kann ich Ihnen nicht beantworten«, seufzte Löfler. »Ich habe Pechnagel gemocht. Er war ein kompetenter Ansprechpartner. Jedenfalls war das mein Eindruck, egal, was das jetzt mit dem gefälschten Grab zu tun hat.«

»Könnte Pechnagel mit den beiden, Kohlhase und Scherz, gemeinsame Sache gemacht haben?« Pfeiffer spielte mit seiner Zigarettenschachtel. Ein Zeichen, das ihm das Gespräch zu wenig handfeste Hinweise geliefert hatte.

»Was sollte er für einen Grund haben, mit denen zusammenzuarbeiten?« wunderte sich Löfler. »Pechnagel war kein Freund von Windkraftanlagen, da der Bau mehr natürliche Fläche zerstört, als die Dinger es seiner Meinung nach wert waren.«

»Wenn das Hügelgrab echt gewesen wäre, wie würden Sie weiter vorgehen?« Holzbaum hatte sein Notizbuch gezückt, was Pfeiffer ein abfälliges Stöhnen entlockte.

»Nun, das habe ich doch schon gestern erwähnt«, antwortete Löfler. »Wir würden den Archäologen einige Tage Zeit geben, um den Fund zu untersuchen. Wertvolle Artefakte würden sichergestellt und danach würde die Trasse weitergebaut werden.«

»Das heißt, dass dieser ganze Aufwand mit dem gefälschten Grab maximal zwei Wochen Verzögerung verursacht hätte.« Holzbaum notierte sich das.

Löfler nickte und sagte: »Das Grab hätte auf keinen Fall den Bau verhindert.«

## 6

Während in Siegen die Ermittlungen bei Polizei und Privatdetektiv in einer Sackgasse zu enden drohten, inspizierte Sven Kohlhase die Weide nahe der geplanten Probebohrung. Der Bagger stand an der Stelle, an der man ihn am gestrigen Morgen abgestellt hatte. Ihm gefiel das nicht, aber ändern konnte er auch nichts. Der Bauer sah auf die Uhr und stöhnte laut.

»Wo bleibt er denn?« schimpfte er. »Als ob ich nichts Wichtigeres zu tun hätte.«

Ein Motorgeräusch breitete sich im Tal aus.

»Na, endlich«, brummte Sven und sah zum Waldweg, wo ein Pkw langsam auf den Bagger zufuhr.

Paul Scherz stellte sein Fahrzeug ab und stieg aus. Sven erwartete den Politiker am Rand der Weide.

»Hallo, Sven«, grüßte Scherz, »musste das Treffen sein?«

»Ja, Paul, das musste sein«, nickte Sven. »Hast du da deine Finger mit im Spiel?«

Der Bauer deutete auf das gefälschte Grab.

»Was soll diese dumme Frage?« Scherz schien beleidigt zu sein. »Natürlich nicht.«

»Du willst mir also sagen, dass Pechnagel das allein geplant hat?« Sven schüttelte den Kopf. »Das glaube ich nicht.«

»Warum nicht? Der Mann war ein cleveres Kerlchen«, antwortete Scherz.

»Na, so clever wohl nicht, sonst würde er noch leben«, erwiderte Sven. »Die Polizei wird unseren kleinen Plan herausfinden. Das ist nicht gut. Ich habe mit dem Mord nichts zu schaffen.«

»Du hast Angst, in die Ermittlungen einbezogen zu werden«, grinste Scherz.

»Ja, du solltest dich auch sorgen«, warnte Sven.

»Quatsch, was haben die denn schon in der Hand«, erwiderte Scherz. »Wir setzen uns doch nur gegen den Klimawandel ein. Dass wir dabei einen kleinen Gewinn einfahren können, ist doch für alle gut.«

»Es ist mein Land, vergiss das nicht«, knurrte Sven.

»Nein, das werde ich nicht.« Scherz sah zu dem Bagger. »Aber du solltest auch nicht vergessen, dass ich die Investoren vertrete.«

»Ich denke, das wird sowieso nichts mehr geben mit dem Windpark«, meinte Sven.

»Gib nicht so schnell auf. Noch sind die in der Planungsphase der Talsperre, da kann noch so viel schiefgehen.« Scherz klang zuversichtlich. »Du hast hier ein wunderschönes Stück Erde, das sollte nicht ertränkt werden.«

»Wenn uns das Wasser ausgeht, vertrocknet es«, erwiderte Sven.

»Das Wasser wird uns nicht ausgehen«, meinte Scherz. »Die Experten irren sich.«

Sven blickte einen Augenblick ins Tal, dann fragte er: »Was hat eigentlich Gesine zu deinem Plan gesagt?«

»Sie hat sich dazu direkt nicht geäußert«, antwortete Scherz. »Ich denke, sie wartet ab.«

»Sie war Pechnagel gegenüber immer sehr skeptisch eingestellt«, meinte Sven. »Könnte sie dem Archäologen geholfen haben, das Grab zu fälschen?«

»Ich dachte, das wärst du gewesen?« wunderte sich Scherz.

»Nein, das war ich nicht!« Sven sah verärgert zu Scherz. »Wieso glaubst du, dass ich Pechnagel hätte helfen sollen?«

»Vielleicht hat er dich irgendwie bestochen?«

»Vorsicht!« Svens Augen verengten sich.

»Entschuldige«, Scherz hob beide Hände abwehrend in die Luft. »So ein Kessel soll ja mehrere hunderttausend Euro wert sein. Vielleicht wolltest du dir etwas dazuverdienen.«

»Das Ding lag auf Gesines Grundstück«, entgegnete Sven.

»Du denkst, sie hat ihm geholfen, das Grab zu bauen?« fragte Scherz, als sei ihm das vollkommen egal.

»Man muss mit einem Bagger umgehen können«, antwortete Sven nachdenklich. »Außerdem sollte man wissen, wo man diese Granitsteine findet.« Er deutete auf den Steinring.

»Ein paar alte Balken sollte man auch haben«, meinte Scherz, der zu dem Balken blickte, der am Wegrand lag. »Seit wann steht der Bagger denn schon da?«

»Erst seit Freitag«, antwortete Sven, »aber das ist unwichtig.«

»So?«

»Ja, denn um das Grab so zu bauen, dass es in seiner Umgebung nicht auffällt, muss man es vor Monaten fertiggestellt haben.«

»Du hast jemanden gesehen?«

»Vielleicht«, antwortete Sven mit einem gemeinen Lächeln.

# 7

Tristan nahm Marlowe im Kirchenschiff der Marienkirche entgegen. Sofort kletterte er auf Tristans Schulter und wippte mit dem Oberkörper.

»Gab es besondere Vorkommnisse?« fragte der Detektiv.

»Nein, der Racker war artig«, antwortete der Diakon. »Und bei deinen Ermittlungen hast du Fortschritte gemacht?«

»Nein, nur mehr Fragen sind aufgekommen«, stöhnte Tristan, was Marlowe mit einem plötzlichen Zitat kommentierte.

»Lang bleibst du überhaupt nicht munter. / Das Alter kommt und zieht dich krumm / Und stößt dich rücksichtslos hinunter / Ins dunkle Sammelsurium.«

»Woher hat er das jetzt wieder?« wunderte sich Erich mit einem breiten Grinsen in seinem Römergesicht.

»Keine Ahnung.« Tristan schüttelte den Kopf. »Jedenfalls ist nach dem Besuch klar, dass Pechnagel die Fähigkeiten besaß, einen Bronzekessel zu fälschen. Und zwar ziemlich gut.«

»Das sollte Pfeiffer erfahren«, meinte Erich. »Du weißt, dass die Behörden bei der Recherche besser aufgestellt sind.«

»Was meinst du mit Recherche?«

»Den Schwarzmarkt im Kunsthandel«, erklärte der Diakon.

»Ich denke nicht, dass er den Kessel auf dem Schwarzmarkt verkaufen wollte. Zwar hegte Dr. Marie Schröder den gleichen Verdacht, aber dann hätte er sich die Mühe mit dem Hügelgrab sparen können. Warum so einen Aufwand betreiben, wenn man ihn anonym verkaufen will?«

»Es wird einen Grund geben, warum der Archäologe das Grab gefälscht hat«, meinte Erich. »Du wirst das noch herausbekommen.«

»Dein Wort in Gottes Ohr«, erwiderte der Detektiv und verabschiedete sich.

Tristan verließ das Kirchenschiff. Draußen zeigte der Herbst sein nasses Gesicht. Es regnete und der Wind trieb den Regen durch den Hof. Der Detektiv beeilte sich, ins Haus zu gelangen, doch die alte Eichenhaustür klemmte. Als er endlich die Tür aufgeschoben hatte, flog Marlowe durch den Spalt ins Innere.

Tristan folgte seinem Haustier ins Wohnzimmer. Dort hatte sich Marlowe auf der Kletterstange niedergelassen und untersuchte seinen leeren Fressnapf. Der Detektiv füllte ihn mit Futter, was der Kakadu mit einem leisen Krächzen begrüßte.

Die Außentemperaturen waren seit Wochen stetig gesunken, was er nun im Haus spürte. Er ging zum Kamin, legte Reisig und ein Holzscheit in die Feuerstelle und zündete sie an. Wenig später leckten Flammen am Holz und wärmten das Wohnzimmer. Gegenüber der Kaminwand zwischen Küchen- und Wohnzimmer-Eingang stand ein alter Sekretär. Das Möbel passte zu dem viktorianischen Sofa und war gerade groß genug, um ein Notebook und ein Schnurtelefon hinter der zu klappbaren Schreibtischplatte zu verstecken. Gewöhnlich stand die Schreibtischplatte offen, sodass der Detektiv jederzeit an das Telefon gelangen konnte. Seit er vermehrt Anrufe auf sein Handy erhielt, blieb der Sekretär öfter geschlossen. Für Notizen und Schreibarbeiten nutzte er ihn weiterhin und so klappte er die Platte herunter, zog einen Stuhl vom Esstisch heran und setzte sich.

Er nahm einen Block aus einem Fach und suchte in einer Schublade nach einem Stift, als es an der Haustür klopfte.

»Es ist offen!« rief er in die Diele.

Die Haustür wurde knarrend aufgeschoben.

»Die muss neu eingestellt werden«, hörte er eine Männerstimme sagen.

»Beeil dich, es ist nass«, erwiderte eine andere Stimme.

Marlowe erkannte die Stimmen und sträubte seinen Kamm. »Solange wir Menschen auf Erden leben, / hat es schon immer Polizei gegeben!«

Wenig später meldeten sich Pfeiffer und Holzbaum aus der Diele. Wassertropfen liefen über die langen Mäntel der beiden Beamten und hinterließen Flecken auf dem Boden der Diele.

Tristan stand auf und begrüßte die Polizisten.

»Legen Sie ab und hängen Sie die Mäntel dort auf«, er zeigte auf einen gusseisernen Bügel, der als Garderobe diente.

»Danke«, stöhnte Pfeiffer, während er den Mantel auszog. »Wir wurden von einem Schauer erwischt.«

»Kein Problem«, meinte der Detektiv. »Möchten Sie einen Kaffee?«

»Das wäre nicht schlecht«, nickte Holzbaum und schüttelte sich. »Es ist frisch geworden.«

»Kommen Sie rein, im Kamin brennt ein Feuer«, lächelte Tristan.

Während die beiden Hauptkommissare sich in je einen der Lesesessel vor dem Kamin setzten, bediente Tristan die Kaffeemaschine.

»Was führt Sie zu mir?« rief er aus der Küche.

»Es ist nett, dass Sie höflich fragen«, erwiderte Pfeiffer laut, »aber wir wissen doch beide, dass wir wegen des Falles hier sind.«

»Dann kann ich davon ausgehen, dass es Neuigkeiten gibt?« Tristan schaltete die Maschine an und ging ins Wohnzimmer.

»Sven Kohlhase und der Fraktionssprecher der Öko-Partei haben etwas gegen den Bau einer Talsperre«, erklärte Pfeiffer.

»Sie wollen einen Windpark auf Svens Land bauen«, ergänzte Holzbaum. »Mit dem Bau einer Talsperre wären diese Pläne obsolet.«

Tristan stellte sich neben den Kamin und griff nach einem Tabakbeutel.

»Okay«, nickte er und fragte: »Wie passt Dr.

Alfons Pechnagel in die Gleichung?«

Pfeiffer blinzelte dem Detektiv missmutig zu, doch als er sah, dass Tristan begann, eine Pfeife zu stopfen, zog er eine Zigarettenschachtel aus seinem Jackett. Er hielt sie hoch und der Detektiv nickte. Erleichtert zündete sich der Hauptkommissar einen Glimmstängel an.

»Wir haben keine Ahnung«, antwortete Pfeiffer, während er gleichzeitig einen tiefen Zug nahm.

»Ich habe heute Pechnagels Werkstatt besucht«, erläuterte Tristan. »Es könnte sein, dass sich Dr. Schröder bei Ihnen meldet, um einer Hausdurchsuchung beizuwohnen.«

»So?« Pfeiffer blies eine Rauchwolke in Richtung Kamin.

»Es besteht der begründete Verdacht, dass Pechnagel den Bronzekessel selbst gegossen hat«, erklärte der Detektiv. »Sie will nach Beweisen in Pechnagels Wohnung suchen.«

»Wenn Pechnagel den Kessel gefälscht hat, genauso wie das Grab, was sollte man dann für ein Motiv haben, den Mann umzubringen?« Holzbaum schüttelte den Kopf und schielte zur Kaffeemaschine, dessen Kaffee mittlerweile durchgelaufen war. Der Detektiv verstand Holzbaums Hinweis und ging in die Küche.

»Eins ist sicher, der Kessel wäre als antikes Fundstück eine Menge wert«, rief Tristan, während er ein paar Tassen auf ein Tablett stellte. »Niemand hätte dem Archäologen die

Fälschung nachweisen können, wenn die Sache ruhig und ohne Aufsehen über die Bühne gegangen wäre.«

Der Detektiv kam mit der Kaffeekanne zurück, stellte sie auf dem Esstisch ab und holte das Tablett mit Tassen. Die beiden Kommissare standen auf und setzten sich an den Tisch.

»Beim Bau des Hügelgrabes musste er Hilfe gehabt haben«, meinte Holzbaum.

»Wir haben Sven Kohlhase in Verdacht«, ergänzte Pfeiffer. »Er hätte ein Interesse daran, dass die Talsperre nicht gebaut wird.«

»Nur wissen wir, dass dieser Fund den Bau niemals aufgehalten hätte«, warf der Detektiv ein.

»Ja, das wurde von Löfler bestätigt«, nickte Holzbaum. »Deshalb sind wir keinen Deut schlauer als heute Morgen.«

»Hat jemand von Ihnen mit der Grundbesitzerin gesprochen?« fragte Tristan. »Gesine Grau gehört doch genauso viel Land wie Sven, das zur Talsperre gehören soll.«

»Sie ist aber nicht gegen den Bau«, erwiderte Pfeiffer, »das hat sie gestern mehrmals laut ausgesprochen.«

Tristan nickte und eine seiner grauen Zellen ließ einen Gedanken wachsen. »Was ist, wenn es gar nicht um die Talsperre geht?«

»Wie meinen Sie das?« Pfeiffer suchte nach einem Aschenbecher, in dem er den Zigarettenstummel entsorgen konnte. »Um was sollte es denn sonst gehen?«

Tristan deutete auf den Kaminsims, auf dem ein Aschenbecher stand.

Der Beamte stand auf, während der Detektiv die Pfeife stopfte und seinen Gedanken formulierte: »Wir gehen immerzu davon aus, dass man die Talsperre verhindern will. Deshalb vermuten wir, dass die Grabfälschung dazu gedacht war, den Bau aufzuhalten. Was aber wäre, wenn man nur einen Ort und eine Gelegenheit suchte, um den Bronzekessel an einer glaubwürdigen Stelle auszugraben, um ihn dann der Öffentlichkeit zu präsentieren? Gesine Grau wusste genau, wann und wo die Erdarbeiten für die Trasse stattfinden sollten. Das hätte Löfler ihr mitteilen müssen, es ist noch ihr Land. Sie hätte Pechnagel helfen können.«

»Als Mörderin käme sie aber dann nicht in Betracht«, stöhnte Pfeiffer. »Schließlich gehen wir doch alle davon aus, dass man mit dem Kessel Kasse machen wollte.«

»Da könnte der Gedankenfehler liegen«, sagte Tristan und legte den Tabakbeutel zur Seite. »Dr. Schröder glaubt nicht daran, dass Pechnagel den Kessel verkaufen wollte.«

»So, was soll der Mann denn damit vorgehabt haben?« Pfeiffer schüttelte den Kopf.

»Sie vermutet, dass Pechnagel der ganzen Welt beweisen wollte, wie gut er in seiner Arbeit als Experimental-Archäologe war«, antwortete Tristan. »Wie kann man das besser beweisen, als alle Welt an der Nase herumzuführen.«

»Wenn er nicht vorhatte, den Kessel zu Geld zu machen«, überlegte Pfeiffer laut, »dann könnte ein Partner das vielleicht nicht so gut aufgenommen haben.«

»Und wenn er überzeugt war, dass Pechnagel die Welt täuschen konnte«, sagte Holzbaum nachdenklich, »dann wäre die Aussicht auf einen fetten Gewinn durch den Verkauf des Kessels immer noch möglich, da der Landbesitzer an dem Artefakt finanziell beteiligt würde.«

»Fassen wir zusammen«, Tristan zündete seine Pfeife an. »Gesine Grau hilft Pechnagel, ein Hügelgrab zu bauen, das auf ihrem Grund entstehen soll. Sie macht das mit der Aussicht auf einen Gewinn. Doch dann erfährt sie, dass Pechnagel nicht vorhat, den Kessel zu Geld zu machen und tötet ihn.«

## 8

Allein saß Tristan in seinem Wohnzimmer und betrachtete das langsam herunter brennende Feuer im Kamin. Marlowe hatte den Fressnapf geleert und hockte schläfrig auf seiner Stange. Die Beamten hatten das Haus verlassen und waren auf dem Weg zu Pechnagels Wohnung. Der Detektiv blies kleine Rauchkringel in die Luft und dachte nach.

Ihm schien seine Schlussfolgerung nach einigen Überlegungen nicht mehr so schlüssig. Gesine musste doch damit rechnen, dass nach

Pechnagels Tod jemand das Hügelgrab als Fälschung entlarven konnte. Sie hatte vermutlich ja selbst beim Bau geholfen. Wenn sie Pechnagel wirklich loswerden wollte, dann hätte sie warten sollen, bis das Grab den Erdarbeiten für die Probebohrung geopfert worden wäre. Danach hätte man keinen Grund mehr gehabt, an der Echtheit des Bronzekessels zu zweifeln. Es gab nur einen Grund, warum Gesine es dennoch gewesen sein könnte: Wenn sie durch den plötzlichen Tod des Archäologen einen Vorteil für sich sah. Doch zuvor musste Tristan beweisen, dass Gesine zu der Tat fähig gewesen wäre. Schließlich gehörten ein gewisses technisches Verständnis und Fertigkeiten dazu, den Sidestick zu manipulieren.

Er entschloss sich, die Landwirtin im Nebenberuf aufzusuchen. Dabei würde er einen Abstecher zur Ginsberger Heide machen, um Helga zu treffen. Marlowe ließ sich widerstandslos in den Oldtimer verfrachten, sodass der Detektiv wenig später den Giersberg hinauffuhr, um über Dreis-Tiefenbach nach Netphen zu fahren. Der Kakadu saß auf seiner Stange, die zwischen den Vordersitzen angebracht war. Das Verdeck war geschlossen und die alten Scheibenwischer hatten Mühe, die Regentropfen von der Windschutzscheibe zu schieben. So fuhr er langsam die B 62 entlang in Richtung Erndtebrück.

Gesine Grau besaß einen Hof, der etwas außerhalb von Erndtebrück lag. Die Stadt war mit ihrer Bebauung schon nahe an ihr Gehöft herangerückt, doch noch lag eine großflächige Wiese zwischen den Einfamilienhäusern und ihren Wirtschaftsgebäuden. Der Detektiv hatte die Adresse per Telefon von Holzbaum erhalten, bevor die Kommissare zu Pechnagels Wohnung aufgebrochen waren. Als er nun auf den Hof zufuhr, bemerkte er, dass eine stattliche Anzahl an Traktoren vor der Scheune parkte. Die Landwirtschaftsmaschinen konnten unmöglich alle Gesine gehören.

Tristan parkte den Oldtimer zwischen zwei Traktoren, deren hintere Reifen so hoch waren, dass man einen Wohnwagen dahinter verstecken konnte. Der Regen hatte nachgelassen und so entschloss sich der Detektiv, Marlowe auf den Arm zu nehmen. Nach ein paar Metern, in denen er in Richtung Scheunentor ging, hatte der Kakadu genug und flatterte davon.

»Wenn das nicht der Privatdetektiv mit seinem Haustier ist!« rief Gesine, die aus dem Scheunentor trat. Sie blickte dem weißen Vogel kurz nach und fragte: »Man hat ja schon viel gehört, aber es ist doch etwas anderes, den Kakadu in natura zusehen. Kommt der wieder?«

»Ja, er wird mich im Auge behalten und spätestens, wenn ich zum Auto gehe, kommt er angeflogen«, antwortete Tristan und sah sich demonstrativ um. »Schön haben Sie es hier. Und so viele Traktoren?«

»Danke, aber wegen des Kompliments sind Sie doch nicht hier«, lächelte Gesine. Sie trug eine Latzhose und schweres Schuhwerk sowie eine Arbeitsjacke. In ihrer Hand hielt sie zwei Handschuhe.

»Nein«, gestand der Detektiv. »Frau Grau, ich hätte ein paar Fragen an Sie.«

»So?« Gesine bat Tristan in die Scheune. »Kommen Sie, ich habe noch etwas zu reparieren.«

Er folgte ihr in die Scheune. Dort standen weitere Traktoren, doch diese Maschinen waren teilweise auseinandergenommen worden. Es lagen Motorabdeckungen neben Kotflügeln und Auspuffanlagen. Ein Schweißgerät mit Schutzgas stand neben einem Werkzeugwagen.

»Das ist eine Werkstatt«, stellte Tristan fest.

»Heu oder Vieh wird hier schon lange nicht mehr untergebracht«, erklärte Gesine. Sie zog die Handschuhe an und nahm einen Schraubenschlüssel in die Hand. Dann ging sie auf einen Traktor zu, der eindeutig aus dem letzten Jahrhundert stammte und neben den anderen wie ein Babytraktor wirkte. »Ich repariere hier alle möglichen Landwirtschaftsmaschinen. Das bisschen Landwirtschaft betreibe ich nur noch wegen der Förderung, die die EU und das Land bereitstellen. Das ist billiges Geld, auf das ich nicht verzichten will.«

»Sie sind also Mechanikerin«, sagte Tristan.

»Ja, habe von der Pike auf gelernt und meinen Meister gemacht«, erklärte Gesine und begann an dem Babytraktor zu schrauben. »Es macht bei all den Hobby-Landwirten, die wir im Kreisgebiet haben, mehr Sinn, sich auf die Reparatur und Wartung zu spezialisieren.«

»Ihr Nachbar Kohlhase sieht das anders«, sagte Tristan.

»Ja, aber auch er hat sein Mähwerk bei mir in der Wartung«, grinste Gesine.

»Deshalb ist Ihnen der Landverlust durch den Bau einer Talsperre egal«, stellte Tristan fest.

»Ja, die bezahlen anständig für das Land und ich brauche die erhaltene Förderung nicht zurückzuzahlen.« Gesine hatte die Schraube gelöst und legte sie auf einen Wagen. Sie sah den Detektiv direkt an und fragte: »Also, Herr Irle, was wollen Sie von mir?«

»Ich habe mich gefragt, ob Sie dem Archäologen Pechnagel beim Bau des Hügelgrabs geholfen haben?«

Gesine legte den Schraubenschlüssel aus der Hand, zog einen Lappen aus ihrer Arbeitshose und antwortete: »Herr Irle, was sollte ich für einen Grund haben, dem Archäologen bei der Fälschung eines Grabes zu helfen?«

»Um einen Gewinn aus dem Verkauf des Bronzekessels zu erhalten.« Tristan beobachtete Gesine, die sich entspannt die Hand abwischte.

»Sehen Sie die vielen Maschinen hier auf dem Hof? Ich habe volle Auftragsbücher und würde mich bestimmt nicht an einer illegalen Sache beteiligen, die mein Geschäft gefährden könnte.«

»Ja, das klingt vernünftig«, musste Tristan zugeben. »Wissen Sie, es ist ein Rätsel, warum man gerade den Archäologen umgebracht hat.«

»So?« Gesine grinste den Detektiv freundlich an. »Ihnen ist doch bekannt, dass die ganze Gegend von der Alten Burg über Hohenroth bis hinunter nach Hilchenbach und Erndtebrück immer schon bergbaumäßig bewirtschaftet wurde.«

»Ich verstehe nur nicht, was das mit Pechnagels Tod zu tun haben könnte«, gestand der Detektiv.

»Dann sollten Sie mal die Leute fragen, die hier an einem Wochenende mit ihren Sonden durch den Wald streifen.«

# 5. Dicke Regenwolken schlichen ...

Dienstagnachmittag

Dicke Regenwolken schlichen von Westen heran wie ein Vorhang, der den Himmel verdunkelte. Tristan verließ die Scheune, als die ersten Tropfen fielen. Marlowe flatterte vom Dach des Nachbargebäudes auf den Detektiv zu. Tristan streckte den Arm aus und der Kakadu landete auf ihm. Nach wenigen Schritten standen die beiden vor dem Oldtimer. Tristan beeilte sich, die Autotür zu öffnen. Dicke Tropfen klatschten bereits auf das Verdeck und bevor das Federkleid des Kakadus nass wurde, saß Marlowe auf seiner Stange im Inneren des Borgward.

Gesine beobachtete die Szene aus ihrer umgebauten Scheune und winkte dem Detektiv kurz zu, als er den Hof verließ. Nachdenklich steuerte Tristan das Auto durch Erndtebrück in Richtung Giller.

Was sollte er von diesem Besuch halten?

Ihm war gleich nach dem Betreten der Werkstatt klar geworden, dass die Mechanikerin die Fähigkeiten besaß, den Schalter zur Manipulation des Sidesticks in den Bagger einzubauen. Etliche der Traktoren auf dem Hof und in der Werkstatt stammten aus den USA, was einen geübten Umgang mit Ersatzteillieferungen und Informationsbeschaffung vermuten ließ. Der Detektiv war sich sicher, dass Gesine das Puzzlestück war, das die praktische Ausführung des perfiden Mordplans darstellte. Ihm schien die Wahrscheinlichkeit sehr hoch, dass sie auch bei dem Bau des Grabes mitgeholfen hatte. Was im Dunklen lag, war ihr Motiv. Es kam ihm vor, als würde er das Puzzle mit dem Motiv auf der Rückseite zusammenfügen, nur geleitet von den Ausstanzungen der einzelnen Teile.

Tristan erreichte den Ort Lützel, wo er von der B 62 auf die Gillerbergstraße abbog. Der Straße folgte er, bis Helgas Pension mit Restaurant auftauchte. Er parkte den Oldtimer in der Einfahrt, wartete einen Augenblick, bis ein Regenschauer nachließ und stürmte dann in die Gaststube.

Helga stand hinter der Theke und kontrollierte die Zapfanlage. Sonst war niemand im Restaurant.

»Hallo, Helga, Überraschung« grüßte Tristan seine Freundin und gab Marlowe einen Schubs.

Der Kakadu flog einen Halbkreis und landete auf einer Stuhllehne. Helga beäugte Marlowe und schüttelte den Kopf, als er die Lehne mit dem Schnabel bearbeiten wollte.

»Lass das!« sagte sie scharf, woraufhin der Kakadu sein Federkleid zu putzen begann.

Tristan war zu Helga hinter die Theke getreten und gab ihr einen Kuss. »Verzeih den Überfall. Ich war in Erndtebrück zur Recherche.«

»Es geht hoffentlich immer noch um den Mord an diesem Archäologen«, sagte Helga scharf. »Und nicht um irgendwelche schönen Frauen.«

»Ja«, erwiderte der Detektiv vorsichtig. »Wie kommst du denn darauf, dass ich mich mit anderen Frauen treffen würde?«

»Wir leben hier zwar am Rand des Siegerlandes, aber auch Wittgenstein besitzt schon Handyfunkmasten«, erklärte sie in einem Tonfall, der jeder Grundschullehrerin zur Ehre gereicht hätte. »Man hat dich auf dem Hof von Gesine gesehen.«

Helga stellte die geputzten Gläser zurück in den Schrank und legte das Tuch beiseite.

»Ja, dort war ich wegen einiger Fragen, die zu klären waren«, berichtete er. »Ich habe den Eindruck, dass sie, also Gesine, etwas mit dem Fall zu tun hat.«

»Na, das will ich dir mal glauben«, schmunzelte sie und wechselte das Thema so geschickt wie es nur Verhörspezialisten können. »Hast du schon was zu Mittag gegessen?«

»Nein, bin den ganzen Vormittag unterwegs gewesen«, erklärte er.

»Komm, wir gehen nach oben, dann wärme ich uns etwas auf und du kannst mir den Stand der Dinge erzählen.« Sie blickte zu Marlowe. »Außerdem bekomme ich den Racker aus der Gaststube.«

Der Detektiv nickte zufrieden und schnappte sich anschließend sein Haustier.

Helgas Wohnung befand sich im ersten Stock,

wo auch die Gästezimmer lagen. In die Wohnung gelangte man über eine Treppe. Der kleine Flur am Ende der Treppe führte auf der einen Seite zu den Gästezimmern und auf der anderen zu Helgas Wohnungstür. Da momentan kein Gast eingecheckt hatte, stand die Wohnungstür offen, was Marlowe nutzte und sich von Tristan löste, um gleich zu seiner Stange zu fliegen, die Helga für ihn eingerichtet hatte. Sie stand neben dem Eingang zur Küche und der Fressnapf war stets mit einem Keks gefüllt.

»Was gibt es denn Gutes?« fragte Tristan, als sie an Marlowe vorbei in die Küche gingen.

»Wir haben noch etwas Gulasch übrig«, antwortete sie und ging zum Kühlschrank, wo sie zwei Tupperdosen herausnahm. In der einen befand sich der Gulasch, in der anderen bewahrte sie geschälte Kartoffeln auf.

Tristan setzte sich an den Küchentisch und begann ausführlich zu berichten, während Helga die Kartoffeln in einen Topf mit Wasser und den Gulasch in einen anderen Topf schüttete. Sie stellte den Herd an und hörte ihrem Freund zu.

Zuerst teilte der Detektiv ihr mit, dass die Polizei ihn auf Bitten des Landrates zu der Ermittlung eingeladen hatte, was bei Helga ein Stirnrunzeln hervorrief. Es folgte Dr. Marie Schröders Verdacht, dass der Bronzekessel möglicherweise gefälscht war und dass Pechnagel eine eigene Experimentierwerkstatt betrieb. Dann erzählte er von Pfeiffers und Holzbaums

Besuch und dass die Beamten zwei weitere Verdächtige ausfindig machen konnten. Schließlich kam er zu der Stelle, die ihn nach Erndtebrück zu Gesine Grau führte.

»Also! Wenn ich das richtig verstanden habe, dann dürften dieser Paul Scherz und Sven Kohlhase doch aus dem Schneider sein, wenn du Gesine als Hauptverdächtige siehst.« Helga stand am Herd und rührte den Gulasch langsam um. In dem zweiten Topf kochten die Kartoffeln. »Wie sagst du so gerne: Suche den, der die Möglichkeiten, den Sachverstand und ein Motiv hat.«

»Gesine hätte die Möglichkeiten, den Sachverstand wird sie auch haben, aber das Motiv?« Tristan schüttelte den Kopf. »Sie ist nicht gegen den Bau der Talsperre, außerdem scheint sie mit ihrer Werkstatt gut zu verdienen. Pfeiffer kann das noch überprüfen, aber ich sehe überhaupt kein Motiv für einen Mord!«

»Was ist mit den anderen?« Helga schaltete den Herd ab. »Die beiden Unileute zum Beispiel?«

»Der Professor und seine Assistentin Edna waren vor Ort, weil sie über die Anfänge des Bergbaus forschen.« Tristan stand auf und nahm zwei Teller und Geschirr aus dem Schrank, während Helga die Kartoffeln abschüttete.

»Welche Beziehung gibt es denn zwischen dem Opfer und den Unileuten?« hakte Helga nach.

»Der Professor und das Opfer gehörten einer Sondengängergruppe an«, antwortete Tristan und suchte nach einem Untersetzer, auf dem der Topf mit dem Gulasch abgestellt werden konnte. »Außerdem sollen sie sich bei der Beurteilung von Fundstücken geholfen haben. Edna, die Doktorandin, forscht zu den Anfängen des Bergbaus im Siegerland. Pechnagel war da eine nützliche Quelle.«

»Diese Sondengänger, die sind schon ein verrückter Haufen«, sagte Helga unerwartet und grinste, während sie den Topf mit dem Gulasch auf den Untersetzer stellte.

»Du kennst die Leute?« wunderte sich Tristan.

»Kennen, das wäre zu viel gesagt, aber im Sommer war eine ganze Gruppe von denen für eine Woche hier, um auf Schatzsuche zu gehen. Das habe ich dir doch gesagt.«

»Das war vor Wochen«, entschuldigte sich der Detektiv. »War der Professor von Langendorf auch dabei?«

»Nein, an den Namen würde ich mich erinnern.« Sie begannen sich die Teller zu füllen. »Woran ich mich jedoch erinnere, war eine hitzige Diskussion unter den Teilnehmern über verlorene Kunstschätze. Wusstest du, dass Bilder, Statuen, Skulpturen, Schmuck und wertvolle Bücher, die die Nazis geraubt haben, bislang nicht aufgetaucht sind?«

»Sag jetzt bloß nicht, dass diese Sondengänger nach diesen Dingen suchen«, grinste Tristan.

»Quatsch«, stieß Helga aus. »Die Sondengänger suchten nach Metall, möglichst altes Metall aus der Zeit der Kelten. Sie waren rund um die Alte Burg, um die Ginsburg und in den benachbarten Tälern unterwegs.«

»Hatten sie Erfolg?«

»Außer ein paar Granatsplittern und Munition aus dem Zweiten Weltkrieg haben sie nichts gefunden«, antwortete sie.

## 2

Pfeiffer verließ mit Holzbaum das Kreisgebiet, da Pechnagels Wohnung im benachbarten Sauerland lag, genauer im Kreis Olpe. Sie fuhren über die Hüttentalentlastungsstraße (HTS) bis nach Kreuztal. Dort bogen sie in Richtung Osthelden ab. Über die L 714 ging es weiter nach Wenden. Die Gemeinde Wenden lag an der A 45 und nördlich des Siegerlandes. Es war ein überschaubarer Ort, sodass die beiden Hauptkommissare schnell das Wohnhaus des Archäologen fanden.

»Ist die Lebensgefährtin zu Hause?« fragte Pfeiffer.

»Sie wird uns aufmachen«, antwortete Holzbaum.

»Sie wurde informiert?« Pfeiffer sah verunsichert zu seinem Partner. Wenn er etwas an seinem Job hasste, dann waren es die Besuche bei Hinterbliebenen, die gerade jemanden verloren hatten.

»Die Kollegen aus Olpe haben das erledigt«. Man sah es Holzbaum an, dass er wie Pfeiffer diesem Teil seiner Pflichten als Beamter lieber aus dem Weg ging.

»Gut«, knurrte Pfeiffer, »dann wollen wir hoffen, dass sie es tapfer trägt.«

Die Lebensgefährtin nahm es tapfer. Sie führte die Beamten in Pechnagels Büro, das er sich in dem Haus eingerichtet hatte, und ließ sie dann allein.

»Was hältst du von ihr?« fragte Pfeiffer.

»Sie ist eindeutig noch in einer Schockhaltung«, antwortete Holzbaum. »Hast du gesehen, wie sie den Blick in das Zimmer vermied?«

»Ja«, nickte Pfeiffer, »ob sie uns helfen könnte?« Er betrachtete einen Bücherstapel, der auf dem Schreibtisch in die Höhe wuchs.

»Die Kollegen haben alles ins System eingegeben, was sie zu dem Fall sagen konnte«, erklärte Holzbaum. »Sie wusste eigentlich nichts Genaues über seine Arbeit.«

Pfeiffer nickte und öffnete eine Schublade des Schreibtisches.

»Ach, sieh mal an«, lächelte er und zog eine zusammengerollte Zeichnung heraus. »Was haben wir denn hier?«

Pfeiffer rollte vorsichtig die Zeichnung aus. Sie war auf einem teuren Zeichenpapier mit

Tusche und Farbstiften gezeichnet worden und stellte einen Bronzekessel dar. Sie war im archäologischen Stil, also als analytische Tuschezeichnung angefertigt. Dieser Stil erlaubt es, Einzelheiten genau wiederzugeben.

»Meinst du, dass das hier unserem Kessel ähnlich sieht?« fragte Pfeiffer, der das Blatt auf dem Schreibtisch mit einem Tacker und einem Locher am Zusammenrollen hinderte.

Holzbaum zückte sein Handy und öffnete die Bilder-App.

»Ja, das sieht dem Bronzekessel sehr ähnlich«, nickte er.

»Dann wird die Archäologin recht haben«, stöhnte Pfeiffer. »Pechnagel hat den Bronzekessel gefälscht.«

Ganz gegen seine Angewohnheit, Pfeiffer bei seinen voreiligen Schlussfolgerungen zu bremsen, stimmte Holzbaum ihm in diesem Fall zu.

»Aber was bedeutet das jetzt für den Fall?« Er steckte das Handy in die Jacketttasche.

»Ich habe keine Ahnung.« Pfeiffer nahm die beiden Bürogegenstände von der Zeichnung. Das Blatt rollte sich sofort zusammen. »Sehen wir, was sonst noch zu finden ist.«

»Wollen wir nicht auf die Archäologin warten?« mahnte Holzbaum.

»Richtig«, antwortete Pfeiffer, als wäre es ihm jetzt erst wieder eingefallen, dass sie verabredet waren.

»Alles in Ordnung?« fragte Holzbaum.

»Ja, ja. Ich hatte gerade einen Gedanken, der mich verwirrte«, gestand Pfeiffer, doch Holzbaum kam nicht mehr dazu nachzuhaken.

Die Haustürklingel weckte die Neugier der Beamten. Sie hörten, wie sich Marie der Freundin vorstellte und wenig später stand die Archäologin in der Bürotür.

»Hallo«, grüßte sie, sah sich um und erkannte die Papierrolle in Pfeiffers Hand. »Ist das eine Zeichnung?«

»Ja, woher wussten Sie das?« staunte der Hauptkommissar.

»Oh, das Papier, die Farbe und Struktur«, erklärte Marie, schüttelte den Kopf, als sei das Gesagte nicht so wichtig und trat auf den Polizisten zu. »Darf ich?«

Pfeiffer reichte ihr die Zeichnung.

»Wir Archäologen verwenden dieses Papier, weil es strapazierfähig und haltbar ist«, dozierte Marie, während sie die Zeichnung ausrollte. »Also hatte ich recht!«

»Ja, es ist eine Zeichnung des Kessels«, bestätigte Pfeiffer. »Die hätte er nicht machen können, wenn er den Kessel nicht vorher schon mal gesehen hätte.«

»Ich stimme ihnen zu«, nickte Marie und entdeckte einige Maßangaben. »Ich denke, nach diesem Entwurf hat er eine Gussform angefertigt.«

»Ist das nicht schwierig?« fragte Holzbaum. »Ich meine so eine Gussform anzufertigen?«

»Ja«, bestätigte Marie und rollte das Blatt zusammen. »Um eine Gussform zu fertigen, die diese ganzen Ausschmückungen beinhaltet, muss man schon ein großer Handwerker und Künstler sein.«

»Pechnagel war dieser große Handwerker?« Pfeiffer sah sie skeptisch an. Ihm gefiel Maries Betonung nicht. Sie klang nicht nach dem dumpfen Schlag, den man erhielt, wenn man mit einem Hammer auf Beton schlug. Es klang mehr nach einem Schlag auf Rigipsplatten. Die Archäologin schien den Fund nicht einschätzen zu können.

»Da bin ich mir nicht sicher«, erwiderte sie nachdenklich. »Allerdings war er clever genug, um dieses Problem zu lösen.«

»So? Wie würden Sie es lösen? Ich meine, das Problem?« Pfeiffer sah sie freundlich an und fragte schließlich: »Welches Problem eigentlich?«

»Das Problem wäre, ein Modell des Kessels aus Wachs herzustellen. Dieser Wachskessel würde dann mit Ton ummantelt werden«, erklärte sie. »Den Ton lässt man trocknen. Wenn das geschehen ist, wird über Öffnungen die flüssige Bronze in die Form eingefüllt. Das Wachs schmilzt, der Ton nicht. So haben es schon die alten Griechen gemacht. Allerdings bin ich mir nicht sicher, ob Alfons so künstlerisch begabt war! Ich denke, er hat einen 3D-Drucker benutzt. So hätte ich die Vorlage erstellt.«

»Also müssen wir jetzt jemanden finden, der so einen Drucker besitzt«, meinte Pfeiffer.

»Das wird nicht so leicht sein«, sagte Marie nachdenklich. »Es wird sich hier nicht um einen normalen 3D-Drucker handeln. Der wäre viel zu klein. Für den Kessel benötigte man einen Industrie-3D-Drucker.«

»Oh«, staunte Pfeiffer. »Wer könnte so etwas besitzen?«

»Das ist die Frage, die Sie beantworten sollten.« Lächelte Marie freundlich. »Was haben wir sonst noch?«

»Wir haben gerade erst angefangen, das Büro zu untersuchen«, erklärte Pfeiffer.

»Dann lassen Sie uns weitermachen.«

»Gerne«, nickte der Hauptkommissar.

In dem Büro befanden sich zum Großteil Regale. Sie waren mit Ordnern gefüllt, die jeweils mit einer ordentlichen Handschrift beschriftet waren. Neben den Regalen mit Aktenordnern gab es einige Bücherregale. Es handelte sich um Fachbücher, die hauptsächlich die La-Tène-Zeit zum Thema hatten. Marie überflog die Buchrücken und zog schließlich eines der Bücher heraus. Als sie es aufschlug, fiel ein gefaltetes Blatt Papier heraus.

Holzbaum nahm es auf und faltete es auseinander.

»Ich denke, das haben Sie gesucht«, grinste der schwergewichtige Beamte und reichte der Archäologin das Blatt.

Die Archäologin faltete das Blatt auseinander.

»Ja, das ist ein Bauplan für ein Hügelgrab«, nickte sie, außerdem fand sie auf dem Plan einzelne Kürzel und Gewichtsangaben. Keiner von ihnen konnte sich einen Reim darauf machen. »Ich frage mich jedoch immer noch, warum er das Grab in der Senke anlegte?«

Darauf hatte der Hauptkommissar keine Antwort.

Nachdem sie einige Minuten schweigend auf den Plan gestarrt hatten, sagte Pfeiffer: »Ich denke, wir sind hier fertig.«

Dem konnte Marie nur zustimmen. Sie machte noch einige Handyaufnahmen von den gefundenen Zeichnungen, die Holzbaum einsteckte, dann verließen sie das Haus.

## 3

Tristans Handy klingelte. Er saß mit Helga in der Gaststube und sortierte Kaffeetassen. Helga hatte beschlossen, dass Tristans graue Zellen eine Ablenkung vertragen konnten und das Beste, um das Gehirn zu entlasten, waren monotone Arbeiten. Der Detektiv suchte die Tassen nach leichten Beschädigungen ab.

Er nahm das Gespräch an und sagte: »Irle.«

Am anderen Ende teilte ihm Pfeiffer mit, dass er ihn gerne sprechen würde. Tristan sagte ihm, dass er sich auf dem Giller befand, was der Hauptkommissar samt Kollege zum Anlass nahm, sich auf einen Kaffee mit einem Stück Kuchen einzuladen. Schließlich waren sie nicht weit vom Giller entfernt.

Tristan beendete das Gespräch und teilte Helga mit, dass sie Besuch bekommen würden.

Die beiden Beamten trafen eine halbe Stunde später ein. Helga und Tristan hatten gerade die Aussortierung der Tassen beendet.

Marlowe döste einen Stock höher auf seiner Stange, sodass Hauptkommissar Pfeiffer ungestört an einem Tisch im Restaurant Platz nehmen konnte.

»Hier ist ja wenig los«, stellte er fest.

»Bei diesem Wetter bleiben die Leute in der Woche zu Hause«, erklärte Helga dem Beamten. »Aber für sie öffnen wir doch gerne die Kuchenbar.«

»Oh, es gibt eine Auswahl?« lächelte Pfeiffer verschmitzt.

»Ja, aber Sie müssen schon aufstehen und sich den Kuchen dort drüben aussuchen«, erwiderte sie.

Tristan und Holzbaum hatten sich bereits für je ein Stück entschieden. Eine Kellnerin aus Helgas Team würde ihnen die Teller zusammen mit Pfeiffers Auswahl servieren. Die Chefin selbst stellte eine große Kaffeekanne auf den Tisch.

»Die Herren können sich selbst eingießen«, sagte sie mit einem Lächeln. »Der Kuchen kommt sofort. Dann lasse ich euch allein.«

»Danke, Helga«, sagte Tristan und warf ihr einen liebevollen Blick zu.

Der Kuchen kam wie versprochen und als jeder seine Kaffeetasse gefüllt hatte, fragte der Detektiv: »Was gibt es so Wichtiges, dass Sie persönlich vorbeikommen mussten?«

Pfeiffer berichtete von den Ereignissen in Pechnagels Haus.

»Wir haben zwei Pläne gefunden«, erklärte der Beamte stolz. »Einer zeigt die Konstruktion des Kessels. Der Zweite zeigt deutlich, wie Pechnagel das Hügelgrab angelegt hat.«

»Wie schätzt Dr. Schröder die Funde ein?«

»Sie fragt sich, warum der Plan genau diese Stelle im Tal vorsah«, sagte Holzbaum.

»Die Bohrung soll doch da stattfinden«, antwortete der Detektiv, überrascht von Maries Gedankengang.

»Dr. Schröder meinte, dass ein Hügelgrab etwas den Hang hinauf authentischer gewesen wäre. Das schien sie zu beschäftigen«, berichtete Pfeiffer.

»Was ist mit dem Bronzekessel?« fragte Tristan.

»Dr. Schröder ist sich jetzt ganz sicher, dass der Bronzekessel ebenfalls eine Fälschung ist«, antwortete Pfeiffer.

Tristan zerteilte mit einer Kuchengabel das Stück auf seinem Teller, betrachtete es einen Augenblick und fragte: »Wie kann man das beweisen?«

»Dr. Schröder nimmt an, dass Pechnagel eine Form aus Wachs erstellt hat.«

»Er war also auch künstlerisch begabt«, meinte der Detektiv.

»Nein, gar nicht«, warf Holzbaum ein, »sie geht davon aus, dass ein 3D-Drucker die Arbeit erledigt hat.«

»So?« staunte Tristan, dann meldeten sich seine grauen Zellen und er sagte: »Dann ist sicher, dass Pechnagel Hilfe hatte. Vielleicht nicht bei der Fertigung des Bronzekessels, aber das Hügelgrab hätte er nicht allein fälschen können.«

Die beiden Beamten nickten.

»Wir können auch annehmen, dass der- oder diejenige über den gefälschten Kessel Bescheid wusste.«

»Nun, das sehe ich nicht so«, sagte Pfeiffer. »Pechnagel hätte den Helfer oder die Helferin auch im Unklaren lassen können, woher der Kessel stammte.«

»Ja, das wäre möglich«, nickte Tristan, »aber würde sich diese Person dann nicht die Frage stellen, woher der Kessel wirklich kommen würde.«

»Ja, höchstwahrscheinlich«, nickte Holzbaum.

»Gehen wir davon aus, dass Pechnagel mit offenen Karten spielte und allen Beteiligten klar war, dass man einen Betrug vorhatte.« Tristan nahm die Gabel in den Mund. »Meine

Vermutung ist, dass der Mörder oder die Mörderin im letzten Moment kalte Füße bekam und den Betrug verhindern wollte.«

»Das ist aber weit hergeholt, Herr Irle«, brummte Pfeiffer. »Mord ist ein Schwerverbrechen, da droht Gefängnisaufenthalt. Bei Betrug, der zu den Vermögensdelikten gehört, kämen die Beteiligten sicher günstiger davon. Warum sollte man also das schwerwiegende Verbrechen vorziehen?«

»Guter Einwand, Herr Pfeiffer«, nickte der Detektiv, »ich denke, weil es der Mord wert war.«

»Dann denken Sie, dass das Hügelgrab und der Bronzekessel uns bei den Ermittlungen von dem eigentlichen Motiv ablenkt.« Holzbaum nippte an seiner Tasse.

»Ja, irgendetwas haben wir übersehen«, Tristan blickte nachdenklich auf den Kuchen.

»Schön, aber das führt uns nicht zu einer neuen Spur«, maulte Pfeiffer.

»Es macht uns aber den Weg frei, neu an die Sache heranzugehen«, erwiderte Tristan selbstbewusst. »Wir wissen, dass einer der Beteiligten, die am Montagmorgen anwesend waren, der Täter sein muss. Gehen wir mal *nicht* davon aus, dass sich eine fremde Person im Gebüsch versteckt hat.«

»Sie können schon nerven«, stöhnte Pfeiffer und nahm einen kräftigen Schluck aus seiner Kaffeetasse.

Tristan nickte und lächelte den Hauptkommissar spitzbübisch an.

»Überprüfen wir nochmals alle Beteiligten auf ihre finanziellen Beziehungen«, schlug Holzbaum vor. »Mal sehen, ob da Verbindungen bestehen.«

»Gute Idee, Holzbaum«, nickte Pfeiffer.

»Ich werde mit Sven reden«, schlug Tristan vor. »Er hätte neben Gesine Grau ebenfalls die nötigen Maschinen, um das Grab zu bauen. Außerdem hat er immer ein Auge auf seinen Grund. Wenn man ihm auf den Zahn fühlt, rutscht ihm vielleicht etwas heraus.«

## 4

Sven Kohlhases Hof lag in Zinse. Ein kleines Dorf unweit der Stadt Erndtebrück. Es bestand aus einem Dutzend Häusern und einem Bauernhof, der von Sven bewirtschaftet wurde. Tristan lenkte den Borgward auf die Hofeinfahrt und wurde von einer tiefen Regenrinne ausgebremst, die quer durch die Zufahrt verlegt war. Vorsichtig fuhr er weiter und gelangte schließlich auf einen Hof. Vor dem Wohnhaus stellte er den Oldtimer ab.

Sven sah den Detektiv kommen. Er arbeitete in einer Scheune unweit des Wohnhauses an einem Dreschwerk und unterbrach nun die Reparatur. Langsam ging er auf den Borgward zu. Tristan stieg aus und grüßte freundlich den Bauern.

»Hallo, Herr Kohlhase, schön haben Sie es hier.« Der Detektiv wiederholte die Begrüßung, die er schon bei Gesine erfolgreich angewendet hatte.

»Wenn es nicht regnet, kann man es hier aushalten«, antwortete Sven. »Ihr hübscher Oldtimer ist allerdings nicht das richtige Gefährt für diese Gegend.« Er deutete auf die breite Regenrinne. »Nach dem letzten Starkregen musste ich die so erweitern, dass man fast drin schwimmen konnte. Wissen Sie, das Oberflächenwasser vom Hof hätte fast das halbe Dorf überflutet. Jetzt wird es in die *Mittel* und dann in die *Zinse* geleitet.«

»Ja, das kann man eine gewaltige Rinne nennen«, nickte Tristan. »Die Achsen knarrten schon mächtig.«

»Nun ja«, nickte Sven und fragte: »Was führt Sie nach Zinse?«

»Können Sie sich das nicht denken?« Tristan begann seine goldene Halbbrille, die an einem Riemen um seinen Hals hing, zurechtzurücken.

»Doch, es geht immer noch um den Mord an Pechnagel«, stöhnte er. »Was haben Sie bis jetzt erfahren?«

»Einiges«, gestand der Detektiv und fixierte den Bauern mit seinen grünen Augen. »Können Sie mir etwas zu Ihren Plänen sagen?«

»Ah, verstehe! Sie haben von den Plänen erfahren, einen Windpark auf den Gipfeln zu bauen.«

»Ja«, nickte Tristan. »Aber für ein Mordmotiv, das muss ich leider zugeben, reicht diese Ambition nicht aus.«

»Da bin ich aber froh«, grinste Sven. Es schien ihn nicht im Geringsten zu belasten, als Mörder verdächtigt zu werden.

»Ich bekomme gerade den Eindruck, dass Sie mich verspotten«, antwortete Tristan.

»Oh, nein«, schüttelte Sven den Kopf. »Das würde mir doch nie in den Sinn kommen.«

»Vorsichtig, Herr Kohlhase.« Tristan sprach in einem beruhigenden Tonfall. »Wenn man Ihren Hof betrachtet, dann findet man genügend Maschinen, die hätten zum Bau des falschen Hügelgrabes benutzt werden können. Außerdem fällt es mir schwer zu glauben, Sie hätten den Bau des Grabes nicht mitbekommen.«

»Das müssten Sie beweisen«, erwiderte Sven. Er sah sich um und grinste erneut. »Das wird Ihnen aber nicht gelingen, da ich nicht am Bau beteiligt war.«

»So?«

»Ja! Aber ich habe es natürlich mitbekommen, nur kann ich Ihnen nicht genau sagen, wer da gearbeitet hat. Sie wissen, dass das Land Gesine gehört. Baumaschinen habe ich keine gesehen, die waren schnell und ich hatte genug damit zu tun, die Heuernte einzufahren.«

»Das war im Sommer?« wunderte sich der Detektiv.

»Ja, da holt man gewöhnlich das Heu ein«, antwortete Sven und sah den Stadtmenschen an, als gehörte er zu einer anderen Spezies. »Sie haben doch nicht gedacht, Pechnagel hätte das Grab vor Kurzem erst gebaut?«

Tristan antwortete nicht.

»Die Aktion Hügelgrab haben die, wer auch immer die sind, vor einem halben Jahr gestartet, sonst wäre der Boden nicht so natürlich zugewachsen«, erklärte Sven. »Deshalb habe ich auch nicht mehr an die Bauarbeiten gedacht, bis zu dem Zeitpunkt, als die Wasserbehörde ihre Probebohrung machen wollte und uns mitteilte, genau an dieser Stelle bohren zu wollen.«

»Warum haben Sie das nicht der Polizei gesagt?« Tristan sah den Bauern verärgert an.

»Warum sollte ich das? Ich will die Talsperre nicht«, erwiderte Sven trotzig.

»Der Mord an Dr. Pechnagel hätte Sie jedoch dazu bewegen sollen«, mahnte Tristan.

»Sorry, Herr Detektiv«, Sven schüttelte erneut den Kopf. »Das mit dem Bagger war so verrückt, dass ich genauso perplex war wie Sie und die Kommissare. Außerdem hätte, wer auch immer hinter dem Mord steckt, damit rechnen müssen, dass der Landschaftsverband jemand anderen als Pechnagel herschickt und die ganze Posse auffliegt. Was ja auch geschehen ist.«

»Es ist also nicht immer Dr. Pechnagel gewesen, der sich Bodendenkmäler ansah?«

»Nein«, bestätigte Sven. »Vor einigen Jahren war ein Dr. Müller drüben im Auetal.«

»Sie sagten, die Bauarbeiten fanden im Sommer statt«, überlegte Tristan laut. »Dann mussten die Leute damals schon gewusst haben, wo die Bohrung stattfinden sollte.«

»Ja, genau! Ich wusste es damals noch nicht«, sagte Sven scharf.

»Wer könnte es gewusst haben?« fragte der Detektiv eigentlich mehr zu sich selbst als an Sven gewandt.

Doch der antwortete überraschend: »Fragen Sie doch mal die Sondengänger. Die sind im Sommer wie die Heuschrecken ins Tal eingefallen. Sie sagten, dass sie nach Munition aus dem Zweiten Weltkrieg suchen würden. Irgendeine geheime Operation soll gegen Ende des Krieges hier durchgeführt worden sein. Die Leute haben eine Klatsche, sage ich Ihnen. Aber jetzt denke ich, dass man sie geschickt hat, um das Terrain zu sichern. Die haben nämlich wirklich einiges an Munition und anderem Kram gefunden.«

»Wurde der „Kram" abgeholt?« fragte Tristan.

»Natürlich, das ist gefährliches Zeug«, erwiderte Sven. »Die Leute waren allesamt anständig. Die haben nämlich zuerst gefragt, ob sie das Land betreten dürfen. Übrigens, Gesine war auch dabei. Wenn Sie mit den Leuten sprechen wollen, irgendwo muss ich noch die Adresse ihres Vereinsvorsitzenden haben. Würde mich interessieren, ob die damals schon wussten, was im Tal entstehen soll.«

»Könnten Sie mir diese Adresse per Mail zuschicken?«

»Im Sinne der guten Zusammenarbeit mache ich das doch gerne«, nickte Sven und setzte wieder dieses Grinsen auf, welches Tristan reizte.

## 5

Ein Handytelefonat von Pfeiffer an Tristan beendete den Besuch in Zinse. Der Detektiv wurde zum Tatort gerufen, was von Svens Bauernhof nur eine kurze Fahrt von wenigen Minuten gewesen wäre, hätte der Borgward die Waldwege bei dem schlechten Untergrund meistern können. So musste er dem Hauptkommissar mitteilen, dass er erst zurück zu Helgas Pension fahren würde, um dort in den Panda umzusteigen. Da er sich aber den Weg durch den Wald gemerkt hatte, würde er über die Weide zum Tatort gelangen.

Helga murrte ein wenig, als sie ihren geliebten Kleinwagen ausleihen musste, bestand aber darauf, dass Tristan ihn sauber und gewaschen zurückgab. Auf dem Weg durch den Wald überlegte der Detektiv, wo er Helgas Panda auf dem Rückweg in die Waschstraße fahren konnte. Er würde durch Erndtebrück zurückfahren müssen.

Die beiden Hauptkommissare warteten bereits auf Tristan. Sie standen vor dem Bagger. Abigail sowie der Mechaniker Olaf waren ebenfalls vor Ort. Einige Beamte der Spurensicherung sammelten Absperrband ein und verstauten Gerätschaften in dem Van, der das Labor in sich trug. Der Detektiv parkte den Panda neben dem Van und stieg aus.

»Da sind Sie ja endlich«, maulte Pfeiffer, »wir stehen uns hier die Beine in den Bauch.«

»Warum sollte ich denn nochmals herkommen?« wunderte sich der Detektiv.

»Wir wollen den Tatort freigeben«, erklärte Holzbaum freundlich, »und da Sie mit von der Partie sind, sollte das nicht ohne Ihre Einwilligung geschehen.«

Tristan kräuselte die Stirn.

»Seit wann fragen Sie mich, was zu tun ist?«

»Na ja, der Landrat will Sie dabei haben«, knurrte Pfeiffer. »Sollte das hier ein Fehler sein, dann sind wir nicht allein die Deppen.«

»Verstehe«, nickte Tristan. »Ich denke nicht, dass wir hier noch etwas finden können.«

»Also!« Pfeiffer nahm langsam seine Nickelbrille ab und sagte: »Sie sollten sich zuerst noch das Video ansehen.«

»Welches Video?« Tristan sah zu Holzbaum und dann zu Abigail, die mit einem Schmunzeln das Gespräch verfolgte.

»Der Archäologe hat den Fundort vorher mit einer Drohne gefilmt«, erklärte Pfeiffer.

»So? Abigail, wie hoch ist die Drohne geflogen?« Tristan blickte in den Himmel.

»Keine Ahnung«, antwortete die Baggerführerin. »Die Drohne war einmal kurz sehr hoch. Schien so etwas wie eine Panoramaaufnahme zu werden, dann flog sie in Baumhöhe über das Grab.«

»Wieso haben Sie vorher nichts von dem Video gesagt?« Jetzt war es der Detektiv, der verstimmt die Polizisten anging.

»Entschuldigung«, mischte sich ein Mann von der Spurensicherung ein, »das haben wir verbockt. Die Drohne lag im Van und wir haben sie schlicht vergessen. Erst als wir anfingen aufzuräumen, ist sie uns wieder in den Sinn gekommen.«

»Nur gut, dass niemand die Aufnahmen weggeworfen hat«, spottete Tristan. »Was ist darauf zu sehen? Sie haben sich das Video doch schon angesehen, oder?«

»Wir wollten auf Sie warten«, antwortete Pfeiffer, der deutlich machte, dass ihn die Aufnahmen eigentlich nicht interessierten. »Was soll man schon darauf sehen!«

»Keine Ahnung«, Tristan schüttelte verärgert den Kopf. Pfeiffer konnte ihn manchmal zur Weißglut treiben.

Sie gingen zum Van. Die beiden hinteren Türen waren geöffnet und der Bildschirm hing von der Decke des Vans. Der Techniker von der Spurensicherung steckte eine SD-Karte in ein Lesegerät und deutete auf den Bildschirm, dann sagte er: »Das wurde mit der Drohne aufgenommen.«

Man sah, wie die Drohne vom Boden abhob und den Weg an der Weide aufnahm. Dort standen Gesine Grau und Sven Kohlhase. Die Drohne machte eine Drehung. Der Bagger war zu sehen und am Bildrand traten Professor von Langendorf und seine Assistentin Edna ins Bild. Dann stieg die Drohne und die Kamera schwenkte auf die Fundstelle. Dort standen Abigail und Pechnagel, die auf einen Bildschirm starrten. Es folgte ein weiterer Höhengewinn und nun war das halbe Tal zu sehen. Wenig später sank die Drohne und schwebte über dem Grab. Man konnte die Balken, den Steinkreis und Teile des Bronzekessels gut erkennen. Schließlich machte die Drohne nochmals eine Aufnahme von den Zuschauern, dann landete sie am Weidenrand.

»Also, das war jetzt überhaupt nicht hilfreich«, maulte Pfeiffer.

»Nun ja«, meinte Holzbaum. »Wir wissen jetzt, dass der Professor und seine Assistentin später eintrafen als die beiden Landbesitzer.«

»Was immer uns das auch sagen mag«, stöhnte Pfeiffer und zündete sich eine Zigarette an.

»Ich habe die Aufnahmen auf zwei USB-Sticks geladen«, sagte der Mann von der Spurensicherung und reichte Tristan und Holzbaum je einen Stick.

»Danke«, nickte der Detektiv. »Waren noch andere Aufnahmen auf der Karte?«

»Nein, es waren nur Aufnahmen von hier auf der Karte«, erklärte er und deutete auf das Grab.

»Kann ich den Bagger jetzt wegfahren?« rief Abigail, die bereits im Führerstand saß.

»Ja, das können Sie« antwortete Pfeiffer.

Der Motor des Baggers heulte auf und wenig später walzten die Ketten des Baggers den Rest des Grabes nieder.

## 6

Die Wasserpumpe wollte sich nicht einbauen lassen. Gesine versuchte es in einem anderen Winkel, doch das Teil verklemmte sich erneut. Genervt machte sie eine Pause und legte die Wasserpumpe zur Seite. Das Telefon klingelte und dankbar für die Ablenkung nahm sie das Festnetztelefon ab.

»Hallo, Gustav«, grüßte sie den Gesprächsteilnehmer. »Die Ersatzteile für den Porsche-Traktor sind angekommen.«

Der Kunde zeigte sich zufrieden.

»Ich werde allerdings erst nächste Woche an ihm arbeiten können«, sagte sie freundlich. »Da ist ein Mähwerk, das Vorrang hat.«

Dies gefiel dem Kunden gar nicht, aber das Wetter ließ in den nächsten Tagen keine weiteren Waldarbeiten zu, für die der Porsche-Traktor genutzt werden sollte. Gustav gab sich zufrieden und sie legte auf. Gesine überlegte, sich erneut an der Wasserpumpe zu versuchen, doch ein Auto fuhr in den Hof. Sie sah aus dem Fenster und erkannte, dass die Archäologin Dr. Schröder auf den Hof gefahren war.

»Was will die denn?« fragte sich die Mechanikerin und wischte sich die Hände an einem Lappen ab.

Sie ging zum Tor und schob es auf.

Dr. Marie Schröder lächelte zufrieden und ging auf das offene Tor zu.

»Guten Tag, Frau Grau«, grüßte die Archäologin und stellte sich vor, dann deutete sie in die Werkstatt. »Sieht nach viel Arbeit aus.«

»Ich will mich nicht beklagen«, antwortete Gesine vorsichtig. »Was führt Sie nach Erndtebrück?«

»Wir haben Pechnagels Büro durchsucht«, erklärte Marie gelassen, als säßen sie bei einem Kaffeekränzchen. »Dabei ist uns ein Bauplan in die Hände gefallen, der eine Notiz beinhaltet, die sich auf Sie beziehen könnte.«

»So«, Gesine tat gelangweilt, »was stand denn da?«

»Eigentlich nur zwei Buchstaben und eine Gewichtsangabe«, antwortete Marie. »Haben Sie die Quarzsteine für Alfons besorgt?«

»Warum sollte ich das tun?« erwiderte Gesine. »Ich möchte die Talsperre! Dann kann ich das Land ordentlich verkaufen.«

»Vielleicht ist Ihnen die Aktion über den Kopf gewachsen. Aber das muss die Polizei klären«, meinte Marie.

Gesine hatte den Eindruck, dass es der Archäologin um etwas anderes ging.

»Und was wollen Sie dann hier?« fragte sie.

»Warum haben Sie das Grab genau an dieser Stelle gebaut?« Marie musterte die Mechanikerin.

Das also ist es, dachte Gesine und antwortete: »Keine Ahnung, was Sie meinen. Ich habe gar nichts gebaut.«

Marie spürte an Gesines Haltung, dass sie keine Antwort erhalten würde. Die gleiche Reaktion hatte sie schon oft bei Landbesitzern beobachtet, die unerwartet Besuch vom LWL erhielten, weil sie angeblich einen Schatz gefunden hatten. Bei Fragen nach dem Fund verhielten sie sich wie Gesine. Die Archäologin war keine Ermittlerin, die sich mit schwierigen Zeugen oder Verdächtigen auseinandersetzen wollte. Ihr lagen die Bodendenkmäler und die historische Bedeutung von Artefakten am Herzen.

»Danke für Ihre Zeit«, sagte sie deshalb mit dem Rest an Freundlichkeit, den diese Unterhaltung übrig gelassen hatte.

»Kein Problem«, nickte Gesine erleichtert. »Warum wollen Sie wissen, warum das Grab dort gebaut wurde?«

»Ich frage mich, warum Alfons diese Stelle ausgesucht hat«, antwortete Marie aufrichtig.

»Na, um die Probebohrung zu verhindern«, antwortete Gesine, »das ist doch mehr als einmal erklärt worden.«

»Ja, das wurde gesagt, aber dafür hätte Alfons auch eine Stelle finden können, die für ein Grab exponierter gewesen wäre«, erklärte Marie.

Gesine verstand nicht, was die Archäologin aussagen wollte. Sie zuckte mit den Schultern. Marie ließ die Mechanikerin ohne eine weitere Erklärung stehen und ging zu ihrem Auto.

Als die Archäologin den Hof verlassen hatte, griff Gesine zum Handy. Statt eines Anrufes textete sie schnell eine Nachricht und ging dann zurück in die Werkstatt. Sie drehte das Radio auf und nahm sich die Wasserpumpe erneut vor. Mit Mühe gelang es ihr, die neue Wasserpumpe an den vorgesehenen Flanschen anzuschrauben. Die Aktion konzentrierte alle Gedanken, sodass sie das Hügelgrab vergaß. Sie bemerkte nicht, wie jemand die Türe öffnete und langsam näher kam.

Eine schwere Rohrzange lag auf dem Werkstattwagen. Die Person nahm die rotlackierte Zange und trat hinter dem Traktor hervor. Gesine blickte kurz hoch, erschrak und dann traf der Zangenkopf ihren Schädel.

## 7

Tristan lenkte den Panda durch den Wald, als sein Handy klingelte. Der Detektiv hielt an. Ihm war die Gefahr zu groß, während er nach seinem Handy griff, einen der Bäume mit Helgas Panda zu streifen.

»Irle«, sagte er und scherzte, als er im Display sah, dass Pfeiffer am anderen Ende war. »Sie vermissen mich schon? ... Was? Ja, ich komme. Ja, ich weiß, wo die Werkstatt liegt.«

Der Detektiv beendete das Gespräch. Nachdenklich legte er den ersten Gang ein und fuhr zurück zur Pension. Helga räumte gerade in der Küche Edelstahlschalen ein, als ihr Freund die Küche betrat. Sie erkannte an Tristans Blick, dass etwas nicht stimmte.

»Was ist passiert?« fragte sie und wandte sich zu ihrem Freund.

»Gesine Grau wurde ermordet«, erklärte Tristan müde. »Pfeiffer hat mich eben angerufen, ich war gerade mal fünf Minuten unterwegs.«

»Das ist ja schrecklich«, antwortete Helga.

»Ja, und es ergibt überhaupt keinen Sinn«, seufzte der Detektiv. »Jedenfalls sehe ich ihn nicht.«

»Mach dich auf den Weg«, drängte sie. »Marlowe verhält sich ruhig, ich passe auf ihn auf.«

Dem Detektiv war es recht, bei dem schlechten Wetter und der anbrechenden Dämmerung, ohne Haustier unterwegs zu sein. Er fuhr dieses Mal in seinem Borgward los. Schneller war er mit dem Oldtimer nicht, aber es war sein Auto und er kannte es.

Die Fahrt von Lützel nach Erndtebrück dauerte etwas weniger als fünfzehn Minuten. Von Weitem sah der Detektiv die Blaulichter blinken. Langsam näherte er sich der Einfahrt, parkte das Auto am Straßenrand und ging in Richtung Werkstatttor, das offen stand.

Hauptkommissar Pfeiffer nahm ihn dort in Empfang. Holzbaum stand mit den Kollegen der Spurensicherung neben dem Traktor, den Gesine reparieren wollte. Ein Tuch bedeckte die Leiche der Mechanikerin.

»Sie wurde erschlagen«, sagte Pfeiffer, während er kräftig an seiner Zigarette zog. »An den Anblick eines zertrümmerten Schädels kann ich mich einfach nicht gewöhnen.«

»Wer hat sie gefunden?« fragte Tristan.

»Der Mann dahinten«, Pfeiffer deutete auf einen älteren Mann in Arbeitskleidung. »Er wollte seinen Traktor abholen.«

»Hat er etwas Verdächtiges gesehen?«

»Nein, nichts Ungewöhnliches. Ein paar SUV sind ihm auf der Straße entgegengekommen, aber das ist hier nicht gerade selten.« Der Hauptkommissar nahm einen weiteren Zug. »Was hat sie getan, dass sie sterben musste?«

»Vielleicht war es auch etwas, das sie nicht getan hat«, meinte Tristan.

Pfeiffer verzog sein Gesicht, was er immer tat, wenn ihm ein Satz nicht gleich verständlich war.

»Ich meine«, ergänzte der Detektiv, »dass

Gesine sich vielleicht nicht an eine Absprache gehalten hat.«

»Und was sollte das sein?«

»Sie war in der Lage, diesen Schalter in die Konsole des Baggers einzubauen«, erklärte Tristan. »Das haben Sie sicherlich schon bedacht.«

»Mir wurde es klar, als wir diese Werkstatt betreten haben«, brummte der Beamte. »Außerdem fand Holzbaum im hinteren Teil der Werkstatt einen Haufen Quarzsteine.«

»So? Ich war heute Nachmittag schon mal hier«, gestand der Detektiv. »Die Steine habe ich nicht gesehen. Allerdings hatte ich auch nicht die Möglichkeit, mich hier umzusehen.«

»Es dürfte sicher sein, dass Gesine dem Archäologen geholfen hat. Sven Kohlhase war es nicht«, sage Pfeiffer entschlossen. »Hat man sie deshalb umgebracht?«

»Dann dürfte es noch einen Mitspieler geben«, antwortete Tristan. »Das ist Ihnen doch klar?«

»Natürlich! Was denken Sie?« knurrte Pfeiffer, während er sich darüber ärgerte, das nicht bedacht zu haben. »Also kommt Sven Kohlhase wieder in den Topf der Verdächtigen.«

»Zeit genug hierherzukommen hätte er nach meinem Besuch bei ihm gehabt«, überlegte Tristan.

»Was zum Teufel geht hier nur vor?« fluchte Pfeiffer.

»Das hätte ich auch gerne gewusst«, antwortete Tristan. »Haben Sie das Haus durchsucht?«

»Nein, noch nicht«, seufzte Pfeiffer. »Kommen Sie, lassen Sie uns reingehen. Hier können wir nichts machen.«

Der Detektiv nickte und die beiden verließen den Tatort, um über den Hof ins Wohnhaus zu gehen. Im Flur angekommen, fiel Tristan die Metallsonde auf. Sie stand neben der Garderobe in einem Schirmständer. Das Gerät bestand aus Carbon. Es besaß den typischen Teller, der die Detektorsensoren beinhaltete. Allerdings glich dieser hier keinem Teller, sondern mehr einem Tennisschläger ohne Stil, bei dem man die Bespannung durch sechs Speichen ersetzt hatte. Am anderen Ende befand sich der Griff mit der Unterarmauflage, wie man sie von Krücken kannte. Am Griff war ein elektronisches Gerät mit Display angebracht.

»Das nenne ich mal eine Sonde.« Pfeiffer nahm das Teil aus dem Schirmständer und wedelte damit über den Boden.

»Sie sollten das untersuchen lassen«, schlug Tristan vor. »Vielleicht enthält das Gerät ein GPS und man kann den Sondengang per Tracker nachverfolgen.«

»Gute Idee«, nickte Pfeiffer und stellte die Sonde an die Wand.

Sie gingen weiter ins Wohnzimmer. Gesines Geschmack für Möbel ließ sich als modern bezeichnen. Die Wände waren verputzt und in hellen Tönen gestrichen. Tapete gab es in keinem Zimmer. Sie kamen überein, wenn sie einen brauchbaren Hinweis in schriftlicher Form finden wollten, dass dieser am wahrscheinlichsten in ihrem Büro zu finden sei. Handy und Computer würden ebenfalls von den Technikern durchforstet werden, allerdings benötigten die Kollegen eine Ansage, wonach sie eigentlich suchen sollten. Die beiden Ermittler hofften, in dem Büro Antworten zu finden.

Das Büro wirkte aufgeräumt. Ein Regal mit etlichen Ordnern stand an einer Wand ohne Fenster. Die Ordner waren säuberlich beschriftet. Zwei große Fenster über Eck ließen den Blick auf den Hof und auf die Weide hinter dem Haus zu. Der Schreibtisch war auf die Fenster ausgerichtet. Er nahm einen großen Teil des Raumes ein. Ein Drucker, ein Computer und ein großer Bildschirm besetzten den größten Teil der Schreibtischplatte. Zwei Schubladenboxen rahmten die elektronischen Geräte ein. Hinter dem Schreibtisch an der Wand hing eine Karte, die topografisch das Gebiet rund um den Giller darstellte. Während Tristan von der Karte angezogen wurde, starrte Pfeiffer hinaus auf die Weide.

»Sehen Sie!« sagten Tristan und Pfeiffer fast gleichzeitig.

Pfeiffer deutete auf die Weide, wo ein Haufen Quarzsteine lag, während der Detektiv auf die Karte zeigte, auf der seltsame Linien eingezeichnet waren. Nach eingehender Überprüfung fand Tristan die Lösung des Rätsels: Gesine war so freundlich gewesen, in der Legende die Linien als Sondengänge zu bezeichnen.

## 8

Weitere brauchbare Hinweise fanden sie bei der Hausdurchsuchung nicht mehr. Jetzt hofften sie, nach der Datenanalyse von Computer und Tablet noch andere nützliche Informationen zu erhalten. Der Detektiv entschied, die Zusammenarbeit mit Pfeiffer nicht zu sehr zu strapazieren. Er zog sich zurück und schob als Begründung sein liebenswertes Haustier Marlowe vor. Dem Hauptkommissar leuchtete das sofort ein und er schien ebenfalls erleichtert, dass der Privatdetektiv endlich den Tatort verließ.

Tristan fuhr zurück in die Pension. Dort teilte Helga ihm mit, dass sie im Dorf noch Verpflichtungen hatte, diese aber fast vergessen hätte und am Abend nicht anwesend sein könnte. Dem Detektiv war dies ganz recht. Die neuen Informationen schwirrten wie ein Haufen Mücken durch seinen Kopf. Er entschloss sich, nach Siegen zurückzufahren und in Ruhe über den Fall nachzudenken.

Marlowe gefiel die Entscheidung ebenfalls. So schnell, wie er von Tristans Arm auf die Stange im Borgward flatterte, konnte dies nur bedeuten, dass er nach Hause wollte.

Die Fahrt vom Giller hinab ins Siegtal verlief ereignislos. Ein Zustand, den der Detektiv genoss. Marlowe döste vor sich hin und glich auf seine ihm eigene Art die Zentrifugalkraft in den Kurven aus. Es sah aus, als schwinge sein weißes Federkleid sanft in einer Brise hin und her. Tristan fuhr automatisch langsamer, wenn er Marlowe an Bord hatte. Jetzt half es ihm nachzudenken, während der alte Vierzylinder unter der Motorhaube des Oldtimers brummte.

Doch für ein zufriedenstellendes Ergebnis reichte die Fahrt nicht aus. Verärgert stieg der Detektiv aus und schaffte den Kakadu ins Haus, bevor der nächste Herbstregen die Altstadt begoss. Erich beobachtete aus der Sakristei, wie sein Freund das Haus betrat.

»Hallo, Tristan«, rief er im Türeingang. »Kann ich reinkommen?«

»Natürlich«, antwortete der Detektiv, »bin auf der Toilette.«

Erich nickte, was Tristan nicht sehen konnte und ging ins Wohnzimmer. Marlowe saß bereits auf seiner Kletterstange und untersuchte den Fressnapf. Wenig später betrat der Hausherr das Wohnzimmer.

»Schön, dich zu sehen«, grüßte Tristan. »Hast du schon etwas gegessen?«

»Ja, danke! Eine späte Kaffeetafel hat mir den Magen gefüllt«, erklärte er.

»Kaffeetafel?« Tristan verzog die Stirn.

»Die Hausdame ist von hohem Stand«, antwortete Erich.

»Adelig?« wunderte sich der Detektiv.

»Nein, mehr Industrieadel«, stellte der Diakon klar.

»Also hattest du erstklassiges zum Naschen«, stellte Tristan fest.

»So könnte man es beschreiben«, nickte der Kirchenmann. »Ich benötige vor 20 Uhr nichts mehr.«

»Schön, dass es dir so gut geht«, schnaufte Tristan und warf die Kaffeemaschine an. »Ich war heute nur unterwegs und zum Schluss an einem weiteren Tatort.«

»Es gab einen zweiten Mord?« Erich setzte sich auf der Eckbank an seinen gewohnten Platz.

»Ja«, nickte Tristan und berichtete, was vorgefallen war. Zum Schluss sagte er: »Die Quarzsteine am Rand der Weide lassen darauf schließen, dass Gesine dem Archäologen geholfen hat. Was die Karte und die darin verzeichneten Sondengänge bedeuten, bleibt im Dunkeln.«

»Du weißt, dass man die Sonden nicht Sonden, sondern Detektoren nennt«, belehrte der Diakon den Freund.

Tristan runzelte seine Stirn.

»Woher weißt du das?«

»Habe neulich eine Dokumentation gesehen, in der unter anderem Wert darauf gelegt wurde, die richtige Bezeichnung zu verwenden. Sondengänger sind Menschen, die mit einem Detektor, meist einem Metalldetektor, auf der Suche nach Gegenständen im Boden sind.«

»In NRW muss man eine Erlaubnis haben«, sagte Tristan. »Das habe ich von Dr. Schröder erfahren. Kaufen kann man eine Sonde, oh ... Verzeihung ... einen Detektor überall, bloß mit ihm in den Wald zu gehen, könnte nach dem Denkmalschutzgesetz teuer werden. In dem Zusammenhang ist zu erwähnen, dass Dr. Pechnagel Kurse zum Erlangen einer Erlaubnis gab.«

»Dann gehst du davon aus, dass die tote Mechanikerin eine Erlaubnis hatte«, überlegte Erich. »Und sie kannte Pechnagel!«

»Ja, das dürfte sicher sein. Der Uni-Professor und seine Assistentin haben Pechnagel übrigens öfter begleitet.«

»Dann solltest du dich nochmals mit dem Professor unterhalten«, schlug Erich vor. »Der wird am besten wissen, wie du Gesines Karte deuten sollst.«

»Weißt du was, ich rufe ihn sofort an«, sagte Tristan entschlossen und suchte sein Handy, das er irgendwo im Wohnzimmer abgelegt hatte.

Als er es auf dem Sekretär gefunden hatte, wählte er von Langendorfs Büro an und schaltete es auf Mithören. Es dauerte einen Augenblick, bis jemand am anderen Ende abnahm.

»Hallo, Professor von Langendorf?« fragte Tristan.

»Nein, Edna Pistorius. Sind Sie das, Herr Irle?«

»Ja, Edna, ich bin es«, antwortete der Detektiv. »Ich suche den Professor, weil ich noch ein paar Fragen zu Sondengängern hätte.«

»Oh, da kann ich Ihnen ebenfalls weiterhelfen«, erklärte die Doktorandin. »Außerdem werde ich in einer halben Stunde auf dem Campus Unteres Schloss sein und könnte im Anschluss bei Ihnen vorbeischauen. Wenn es Ihnen nichts ausmacht?«

»Der Professor ist nicht anwesend?« hakte Tristan nach.

»Ja! Er hatte heute kaum Studenten in seiner Sprechstunde und hat zeitig die Uni verlassen, weil er sich noch für einen Vortrag vorbereiten will. Dieser Vortrag ist ihm wichtig, wie ich gehört habe, soll sogar ein TV-Team vorbeikommen.«

»Um was geht es in dem Vortrag?« fragte der Detektiv mehr aus Höflichkeit, weil Edna das Ereignis anscheinend als wichtig erachtete.

»Im Audimax auf dem Adolf-Reichwein-Campus, das ist der größte Saal für Vorlesungen, kommen am Wochenende namhafte Historiker aus der ganzen Welt zusammen, um über eine These zu diskutieren, die Professor von Langendorf aufgestellt hat. Aber dazu sage ich Ihnen später mehr. Ich muss jetzt los. Wir treffen uns dann bei Ihnen.«

»Sie wissen, wo ich wohne?« wunderte sich Tristan.

»Natürlich, das kann man im Internet nachlesen«, lachte sie und legte auf.

»Kann man?« Tristan stellte die Frage seinem Freund.

Erich nickte, zückte sein Handy, öffnete den Browser und gab Tristans Name sowie den Ort Siegen ein. Dann hielt er das Handy seinem Freund hin.

»Oh, Gott, das ist ja unheimlich«, staunte der Detektiv, »wo haben die dieses Foto her?«

## 9

Wie sich nach kurzer Recherche in abgehefteten Zeitungsartikeln herausstellte, fand der Algorithmus im Internet ein Foto, das zu einem Artikel des Siegerländer Generalanzeigers veröffentlicht wurde.

»Ich muss aufpassen, wie ich fotografiert werde«, stellte Tristan fest und klappte den Ordner zu, in dem er den Artikel gefunden hatte. Eine Zeitungsseite fiel dabei heraus.

»Das hat dich die letzten Jahre nicht interessiert, warum sollte es in Zukunft anders sein?« Erich schüttelte den Kopf und hob die Zeitungsseite auf. »Ich mache mich mal auf den Weg, dann kannst du mit dieser „Edna" in Ruhe reden.«

»Wie du willst, kannst aber auch gerne

bleiben«, bot Tristan an, doch Erich verabschiedete sich und legte die Zeitungsseite auf den Tisch.

Tristan sah sich die Seite an, auf der er ebenfalls abgelichtet war. Er staunte, als er die Rückseite betrachtete. Dort war in der Überschrift von einer dritten Talsperre zu lesen. »Was für ein Zufall.«

Keine zehn Minuten später klopfte es an der Haustür. Tristan rief dieses Mal nicht durch die Diele, „die Tür sei offen“, sondern ging zur Haustür und öffnete sie.

Edna trug über ihrer Schulter eine schwere Umhängetasche, die mit Büchern gefüllt war, deren Buchrücken von innen gegen den Stoff drückten. Die Tasche verdeckte einen Teil ihres karierten Rockes, der unter einer taillierten Steppjacke hervorstand. Zum Rock trug sie im Collagestyle eine passende Strumpfhose und flache Stiefel.

»Kommen Sie rein«, bat der Detektiv. »Die Tasche können Sie im Wohnzimmer ablegen. Was haben Sie denn alles da drin?«

»Ich sagte Ihnen ja, dass ich im Unteren Schloss zu tun hatte«, stöhnte sie und legte die Umhängetasche ab. »Ich war dort in der Bibliothek und habe nach Literatur gesucht.«

Tristan zog die Augenbrauen zusammen und fragte: »Sind dort nicht die Wirtschaftswissenschaften zu Hause?«

»Ja!« nickte Edna. »Woher wissen Sie das?«

»Oh, ich habe früher die Räumlichkeiten besucht, als sie noch ein Untersuchungsgefängnis beherbergten.« Er bot ihr einen Platz auf dem Sofa an, während er sich einen der Lesesessel zurechtrückte. »Darf ich Ihnen etwas zu trinken anbieten?«

»Ja, gerne ein Wasser, das wäre nett«, antwortete sie.

Der Detektiv holte eine Flasche Wasser und ein Glas, schenkte seinem Gast ein und stellte die angebrochene Flasche auf den kleinen Sofatisch. Er selbst gönnte sich eine Schorle.

Marlowe, dem der Gast nicht verborgen blieb, flatterte mit den Flügeln und seine schwarzen Knopfaugen fixierten die junge Doktorandin.

Edna bemerkte den Kakadu, während sie zum Glas griff. Einen Augenblick hielt sie inne, dann fragte sie: »Ist das ein Kakadu?«

Da Fragen nach dem Offensichtlichen immer einen Beigeschmack von Beschränktheit mit sich führten, ergänzte sie: »Ein wirklich schönes Exemplar der Gattung *Cacatua galerita.*«

»Sie kennen sich mit Gelbhaubenkakadus aus?« wunderte sich der Detektiv.

»Auskennen würde ich nicht sagen, aber die Vogelwelt Australiens hat mich immer schon fasziniert«.

Das schien Marlowe zu gefallen.

Er krächzte: »Ich kenne keine Beine, / die schöner wären als deine, / deshalb bedaure ich es fast, / dass du nur zweie hast ...«

Tristan errötete, was dem Detektiv schon lange nicht mehr passiert war.

»Bitte, entschuldigen Sie! Marlowe kann manchmal sehr vorlaut sein.«

Edna war von der Aussprache des Kakadus so fasziniert, dass ihr der Verstoß gegen die Cancel Culture gar nicht so wichtig war.

Tristan ergänzte: »Ich habe ihm Zitate deutscher Dichter beigebracht. Bei diesem Spruch muss er Heinz Erhardt zitiert haben.«

»Bemerkenswert«, nickte Edna und lehnte sich mit einem Schmunzeln zurück. Selbstbewusst, wie eine angehende Doktorin, fragte sie: »Wie kann ich Ihnen weiterhelfen?«

Der Detektiv, erleichtert darüber, nicht weiter über den Vorfall reden zu müssen, erklärte: »Zuerst sollten Sie wissen, dass es einen weiteren Mord gegeben hat.«

»Das ist schrecklich«, antwortete sie bestürzt.

»Gesine Grau, eine der Landbesitzerinnen, wurde in ihrer Werkstatt ermordet«, berichtete Tristan. »Dort habe ich einen Detektor und eine topografische Karte gefunden. Die Karte dokumentiert nach meiner Meinung Sondengänge. Meine Frage an den Professor wäre gewesen, ob er mir etwas dazu sagen könnte.«

»Könnte ich die Karte sehen?«

»Das Original befindet sich in den Händen der Hauptkommissare, aber ich habe ein Foto mit dem Handy geschossen.«

Tristan stand auf und holte sein Handy. Wie

sich herausstellte, war das kleine Display des Handys nicht geeignet, die Karte genauer zu betrachten. Edna machte den Vorschlag, das Foto auf das Notebook zu laden, das auf dem Sekretär stand. Da der Detektiv diesen Abgleich bereits mehrmals erfolgreich vollbracht hatte, stimmte er ihm zu. Wenige Minuten später konnte Edna auf dem Bildschirm des Notebooks die Karte betrachten.

»Das sieht aus, als wäre es das Tal, in dem die Talsperre entstehen soll«, erklärte sie. »Das würde passen, weil Dr. Pechnagel im Sommer einen Aufruf an die Sondengänger-Gemeinschaft gerichtet hatte. Er suchte ein Dutzend Gänger, um das Gebiet der möglichen Talsperre abzugehen. Er wollte so mögliche Bodendenkmäler und andere archäologische Hinweise finden, bevor die Planungen weitergehen. Schließlich ist das ein anerkanntes Gelände, in dem die Kelten gesiedelt haben.«

»Sie sagten, im Sommer? Da war von der Probebohrung noch nichts bekannt«, wunderte sich Tristan.

Edna grinste verschmitzt und erklärte: »Herr Irle, der Öffentlichkeit war es noch nicht bekannt, aber den Behörden schon. In diesem Fall war die Bezirksregierung in Arnsberg informiert. Sie wird den Landschaftsverband ebenfalls über die Probebohrung informiert haben, was Pechnagel dazu veranlasste, die Aktion zu starten.«

»Dann kann man davon ausgehen, dass

Gesine an diesen Gängen teilnahm.«

»Ja, das kann man«, nickte Edna. »Soweit ich weiß, wurde eine Menge an Munition aus dem letzten Krieg gefunden, aber keine Bodendenkmäler. Na ja, außer dem gefälschten Hügelgrab.«

»War der Professor ebenfalls an den Gängen beteiligt?«

»Das nennt man Sondeln«, erklärte Edna. »Wenn jemand mit einem Detektor auf Suche geht, wird es Sondeln genannt.«

»Wieder was gelernt«, nickte Tristan und lächelte Edna an. Ihm entging nicht, dass die Frage noch nicht beantwortet war. Er zog die Augenbrauen zusammen, was Edna dazu nötigte zu antworten.

»Nein, Professor von Langendorf war nicht bei dieser Aktion dabei. Das weiß ich so genau, weil er mit mir zu diesem Zeitpunkt in Bayern auf einer Tagung war.« Sie machte eine Pause. »Allerdings schien er erfreut über die Munitionsfunde zu sein. Er hat sich gleich, nachdem er davon erfahren hat, mit Dr. Pechnagel verabredet. Das ist mir gut in Erinnerung, weil ein Besprechungstermin mit ihm platzte, der die weitere Vorgehensweise für meine Dissertation klären sollte.«

»Haben Sie eine Ahnung, was den Professor an dem Munitionsfund so erfreut hat?«

»Ja, das habe ich«, nickte sie und ging zurück zum Sofa.

Tristan folgte ihr und setzte sich in den Lesesessel.

»Ich denke, die Funde stützen seine These«, begann sie zu erklären, dabei kräuselte sich ihre Stirn, als wägte sie jedes Wort genau ab. »Sie müssen mir versprechen, dass kein Wort von dem, was sie jetzt hören, weitergegeben wird. Die These soll am kommenden Wochenende erst veröffentlicht werden.«

Er nickte, obwohl er keine Vorstellung davon hatte, was der Professor so Geheimnisvolles veröffentlichen wollte, dass vorab niemand etwas davon erfahren sollte.

»Sie wissen, dass Professor von Langendorf ein Buch zum „Hainer Stollen" geschrieben hat, das ihm wissenschaftliche Anerkennung einbrachte.«

Der Detektiv erinnerte sich an Dr. Marie Schröders Aussage und nickte.

»Der Prof. stellt die These auf, dass es noch einen weiteren Stollen geben muss, in dem die Nazis Raubkunst versteckt haben. Die These stützt sich auf Dokumentenfunde, die er in verschiedenen Archiven entdeckte. Er hat die Lost-Art-Datenbank sowie staatliche Archive untersucht und Hinweise gefunden, die einzelne Kunstwerke identifizierten. Er konnte deren Bewegungen bis zu einem Transport ins Siegerland verfolgen.«

»Sie wollen damit sagen, dass es einen zweiten „Hainer Stollen" geben könnte?«

»Ja«, nickte Edna. »Sie verstehen, das wäre eine Sensation.«

Das wäre wahrhaft eine Nachricht, die das Siegerland weltweit in die Nachrichten katapultieren würde, dachte Tristan.

Edna betonte nochmals, dass er dies bitte für sich behalten solle.

»Was kann ich noch für Sie tun?« fragte sie und blickte auf ihre Armbanduhr.

Der Detektiv hatte keine weiteren Fragen, weshalb Edna aufstand und sich verabschiedete. Als er allein in seinem Wohnzimmer saß, begann er eine Pfeife zu stopfen. Er hatte auf den Esstisch einen Block und Stift gelegt, während der Tabakbeutel seines Inhaltes beraubt wurde. Das Hantieren mit Pfeife und Tabak wirkte beruhigend auf den Detektiv. Seine grauen Zellen schalteten einen Gang herunter. Tristan verlor den Tunnelblick und die Ereignisse der letzten Tage breiteten sich vor seinem inneren Auge aus. Die plötzliche Informationsmenge türmte sich auf wie ein Tsunami und drohte seine grauen Zellen zu überwältigen. Er griff zu Block und Stift und begann, die Ermittlungsergebnisse anhand der zeitlichen Abfolge aufzulisten.

Als erstes notierte er, wann das erste Mal der mögliche Standort der dritten Talsperre genannt wurde. Tristan verzichtete auf eine umfangreiche Recherche und nahm das Datum an, das er auf der Rückseite des Zeitungsblattes ablesen konnte, das aus dem Artikelordner gefallen war.

Es stammte aus dem Herbst vor einem Jahr. Er ging davon aus, dass die Planung für das Hügelgrab mindestens einen Monat beanspruchte. Dabei würde die meiste Zeit für die Materialbeschaffung benötigt werden. Wie ein Hügelgrab zu fälschen war, hätte Dr. Alfons Pechnagel wahrscheinlich in einer halben Stunde erklären können. Was Tristan mehr beschäftigte, war die Frage, wie die Fälscher den genauen Standort festlegen konnten. Dazu hätten sie wissen müssen, wo man Probebohrungen ansetzen würde.

Er legte den Stift aus der Hand und griff zum Telefon. Es war schon spät, dennoch versuchte er, Pfeiffer zu erreichen. Der Hauptkommissar nahm hörbar genervt das Telefonat an und so erfuhr Tristan die Handynummer von Viktor Löfler. Den Ingenieur rief er gleich nach dem Handygespräch mit Pfeiffer an. Löfler war deutlich freundlicher und so erfuhr der Detektiv, dass man die ersten möglichen Standorte des neuen Staudammes bereits im Mai mit der Bezirksregierung kommuniziert hatte. Dort hatte man ebenso auf Probebohrungen hingewiesen, die im Herbst stattfinden sollten. Pechnagel war also frühzeitig im Bilde. Es war wahrscheinlich, dass die Fälschergruppe zum Sommerbeginn in die Bauphase eintrat. Nahm man die Aktionen der Sondengänger, die Anfang Juli stattfanden, hinzu, wie sich Tristan von Helga bestätigen ließ, gab es niemanden mehr, der in der Bauphase hätte stören können. Marie Schröder erwähnte, dass im Sommer die Erze aus Cornwall und Österreich angeliefert wurden. Kurze Zeit später dürfte Pechnagel dann den Bronzekessel gegossen haben. Mit einem fetten Unterstrich markierte er das Wort „Gussform".

Tristan wusste noch nicht genau, wie sie die Erdarbeiten bewerkstelligten, aber er war sich sicher, dass auf Gesines Hof ein passendes Gerät gefunden würde. Unbeachtet von der Öffentlichkeit bauten sie das Hügelgrab und ließen es von der Natur überwachsen. Hier machte er ein dickes Fragezeichen. Hatte Sven die Bauarbeiten wirklich nicht bemerkt? Oder steckte er mit Pechnagel und Gesine unter einer Decke?

Seufzend kritzelte er Fragezeichen auf das Papier. Sven Kohlhases Position erschloss sich Tristan nicht. Zum Schluss notierte er, dass man die Steuerung des Baggers in der Zeit von Freitagabend bis Montagfrüh manipuliert hatte. Er war sich sicher, dass dies von Gesine durchgeführt wurde.

Die ganze Aktion war von langer Hand geplant.

Vielleicht, dachte er, hat Sven die Bauarbeiten bemerkt, sich aber still verhalten, weil er hoffte, den Talsperrenbau zu verhindern, um seine Windanlagen zu bauen.

Und dann schlich sich die Frage nach dem Motiv in Tristans Gedächtnis. Den Bau der dritten Talsperre hätte das Hügelgrab nicht verhindert, die Fälschung des Bronzekessels wurde offenbart, als Pechnagel als verantwortlicher Archäologe keine lästigen Fragen abschmettern konnte. Also, was rechtfertigte den ganzen Aufwand und den Tod von zwei Menschen?

Tristan hatte keine Antwort auf diese Frage. Müde legte er Block und Stift zur Seite und beschloss, für heute alle Gedanken an den Mord ruhen zu lassen.

# 6. Nach einer unruhigen ...

Mittwoch

Nach einer unruhigen Nacht wachte der Detektiv mit Verspannungen auf. Schläfrig begab er sich ins Badezimmer, das im Erdgeschoss lag. Nach einer bedächtig langsamen Morgenwäsche schlurfte Tristan in die Küche. Marlowe begrüßte ihn mit einem freudigen „Guten Morgen“, was seinem Herrchen ein erstes Lächeln ins Gesicht zauberte.

Er füllte die Kaffeemaschine mit Wasser und Kaffee aus fairem Anbau, schaltete sie an und ging dann ins Wohnzimmer, um Marlowes Fressnapf aufzufüllen. Sein Blick fiel auf den Block, der auf dem Esszimmertisch lag. Nachdenklich las er die Notizen des Vortags. Sein Blick blieb an dem unterstrichenen Wort „Gussform“ hängen.

»Was soll es! Warum nicht dem Bronzekessel nachgehen? Bei dem Ausmaß der Verschwörung kann ich auch dort weitermachen«, entschied der Detektiv.

Tristan war sich sicher, dass mehrere Personen im Geheimen zusammengearbeitet hatten, zum Nachteil von Dritten. Das war die Definition für eine Verschwörung. Der Detektiv ahnte, dass dieser Kessel nicht im Mittelpunkt der Verschwörung stehen würde. Dennoch bot er eine Chance, weitere Hinweise zu finden.

Mit einem Plan im Kopf stieg er die Treppe hinauf ins Schlafzimmer und zog sich an, während in der Küche heißer Kaffee durch den Filter in die Kanne tropfte.

Nach einem schnellen Frühstück nahm er Marlowe auf den Arm. Der Kakadu kletterte hoch auf seine Schulter. Zusammen verließen sie das Haus. Ein feuchtnasser Wind wehte dem Kakadu ins Federkleid und Tristan ins Gesicht. Marlowe begrüßte das Wetter mit einem verärgerten Krächzen. Der Detektiv eilte auf den Seiteneingang der Marienkirche zu. Mattes Licht aus dem Kirchenschiff ließ ihn vermuten, dass Erich bereits in der Kirche war. Er öffnete eines der Seitentore und betrat das Innere. Wie vermutet, sammelte Erich gerade Gesangbücher ein, die die Gläubigen auf den Bänken liegengelassen hatten.

»Morgen, Erich«, grüßte Tristan seinen Freund.

»Morgen, Tristan. Was treibt dich so früh in ein Gotteshaus?« staunte der Diakon.

»Kannst du dir das nicht denken?« grinste der Detektiv und hob die Schulter leicht an, auf der Marlowe sein Gefieder putzte. »Ich will rüber in die Uni-Bibliothek, da kann ich ihn nicht mitnehmen.«

»Ja, ich erinnere mich, als du das einmal versucht hast«, schmunzelte Erich. »Hast du die angeknabberten Bücher alle bezahlt?«

»Ja, natürlich«, antwortete Tristan empört

über die Frage. »Aber Marlowe werden sie nicht mehr reinlassen.«

»Wie lang wird die Recherche dauern?« Erich blickte auf seine Armbanduhr. »Ich bekomme in zwei Stunden Besuch.«

»Oh, so lange möchte ich mich nicht dort aufhalten«, antwortete Tristan. »Zum Glück ist der Weg zur Bibliothek kurz. Ich werde in einer guten Stunde wieder zurück sein.«

»Na, dann lass ihn hier«, nickte der Diakon.

Tristan gab Marlowe einen Schubs, doch der bewegte sich nicht von seiner Schulter. Er putzte sein Gefieder weiter. Erst als der Detektiv ihn von der Schulter heben wollte, flatterte er los. Die beiden Freunde verfolgten seinen Flug und als er sich auf der Empore vor der Orgel niederließ und sofort wieder begann, sein Gefieder zu putzen, verabschiedete sich der Detektiv.

Die Überlegung, die Tristan dazu bewog, in einer Bibliothek nach Informationen zu suchen, war die Tatsache, dass regionale Forschungsergebnisse kaum im World Wide Web (im Internet) zu finden waren. Diese meist ambitionierten lokalen Forschungen wurden in Fachzeitschriften und Broschüren veröffentlicht. Die Publikationen waren einer breiten Öffentlichkeit nicht zugänglich und wurden von Bibliotheken archiviert. Einen kurzen Fußmarsch von der Kirche entfernt befand sich ein Ort, an dem das geschah.

Die Unibibliothek, genauer die Teilbibliothek

Unteres Schloß, beinhaltete hauptsächlich Bücher zu Wirtschaftswissenschaft, Wirtschaftsrecht und Wirtschaftspädagogik. Tristan hoffte, etwas über die Entwicklung der Eisenverhüttung im Siegerland zu erfahren. Seine These war, dass die Verhüttung immer auch ein Geschäft darstellte, also sollte diese Entwicklung in der wirtschaftlichen Entwicklung des Siegerlandes dokumentiert sein. Nach seiner Erfahrung würde er aber nicht allein auf trockene Zahlenreihen stoßen. Die Geschichte eines erfolgreichen Unternehmens wurde nie nur anhand seines Umsatzes dargestellt, sondern meist durch Anekdoten und historische Ereignisse ergänzt.

Der Weg von der Marienkirche zur Bibliothek am Unteren Schlossplatz dauerte keine fünf Minuten Fußweg. Ein weiterer Grund, warum er nicht in die Hauptbibliothek auf den Haardter Berg gefahren war. Er besaß einen Bibliotheksausweis für Besucher und konnte so direkt zu einem Computer gehen, der ihm die Suche erleichtern sollte. Er gab „Bronzekessel" ein in der Hoffnung, auf mehrere Verweise zu stoßen. Überraschend erschien in der Suchmaske eine Reihe von Signaturen. Diese Signaturen bestanden aus Ziffern und Buchstaben und galten nur für die Universitätsbibliothek. Die ersten beiden Ziffern zeigten den Standort in der Bibliothek an. Es folgte eine Buchstabenreihe, die ein Thema kennzeichnete oder eine Fachnummer, die für Zeitschriften vorgesehen war.

»Ha, sieh mal an! Die haben ja genau das, was ich suche«, flüsterte er. »Sogar mehrere Aufsätze von Dr. Pechnagel.«

Ihm fiel auf, dass die Standortmarkierungen hauptsächlich Aufsätze aus Fachzeitschriften enthielten, die als Sammelbände vorlagen. Eine Internetrecherche würde diese Aufsätze nicht erfassen, da sie nicht käuflich zu erwerben oder noch nicht digitalisiert waren. Der Detektiv hatte jedoch Glück, dass die meisten Artikel in Fachzeitschriften standen, die nicht im Magazin der Bibliothek landeten. Eine freundliche Bibliothekarin zeigte dem Detektiv, wo er die in dicken Bänden zusammengefassten Zeitschriften fand. Es war ein kleiner Teil von dem, was in der Hauptbibliothek noch zu finden gewesen wäre. Tristan gab sich zufrieden mit dem, was greifbar war.

Der Computer hatte ihm zwar die Standortmarkierung des Bandes mitgeteilt, aber den Artikel musste er jetzt selbst aus dem Sammelband heraussuchen. Er begann den Band durchzublättern. Seine Vermutung, mehr als nur Zahlen zu finden, bewahrheitete sich. Dr. Alfons Pechnagel beschrieb neben der ökonomischen Entwicklung durch den Bergbau und der Verhüttung auch einiges zu deren Technik. Zum Beispiel wie Flussläufe für Mühlen und Hammerwerke genutzt wurden, was zu Ansiedlungen führte, aus denen dann Städte wurden. In einem Aufsatz ging er auf das Gießen von Bronze ein und ein Foto zeigte ihn, wie er eine Skulptur goss, bei der die naturwissenschaftlich-technische Fakultät geholfen hatte, indem sie das Wachsmodell anfertigte.

Der Detektiv grinste, hatte er doch damit einen Hinweis gefunden, wie Pechnagel die Wachsform für den Kessel hergestellt haben könnte. Er suchte einen Kopierer und kopierte den Artikel. Da er nicht in der Bibliothek telefonieren durfte, beendete er seine Recherche und stellte die dicken Bände in die Regale zurück. An der Buchausleihe ließ er sich die Telefonnummer von der Dekanatssekretärin der naturwissenschaftlich-technischen Fakultät geben, dann eilte er zur Marienkirche.

## 2

Pfeiffer vermisste seinen Jungkollegen Affolderbach. Der hätte sich mit dem Tracker in dem Detektor nicht so rumgeschlagen, wie es Holzbaum und Pfeiffer taten. Als Erstes suchten sie in der Kreispolizeibehörde einen Ansprechpartner, der ihnen sagen konnte, wer die Fähigkeiten besaß, die Daten aus dem Detektor auszulesen. Aber schon der Begriff „Detektor“ statt „Metallsonde“ verwirrte die Beamten, sodass die beiden Hauptkommissare dazu übergingen, ausschließlich von „Metallsonde“ zu sprechen. Sie wurden durch das Gebäude hoch und runter gescheucht, bis sie schließlich in einem Kellerraum jemanden fanden, der wusste, was zu tun war.

Nach einer halben Stunde, die Suche nach dem Fachmann hatte zwei Stunden gedauert, meldete sich der Kollege und überreichte den beiden einen USB-Stick. Dort hatte er die Daten des Trackers so verarbeitet, dass man sie über ein typisches Kartenprogramm legen konnte. Besaß das Tablet ein GPS, konnten die Polizisten dem Pfad nachgehen.

»Was sehen wir uns jetzt an?« fragte Pfeiffer, als Holzbaum den Stick in den Computer steckte.

»Gesines aufgezeichnete Sondengänge aus dem Detektor«, antwortete Holzbaum.

»Und wie soll uns das weiterhelfen?« Pfeiffer war genervt, die Suche nach dem richtigen Mann hatte ihm viel zu lange gedauert und dann dieses magere Ergebnis!

»Vielleicht sollte man sich das vor Ort ansehen«, schlug Holzbaum vor.

»Wir haben den Computer noch nicht ausgewertet.« Pfeiffer blickte nachdenklich aus dem Fenster. »Ich schlage vor, dass du hierbleibst und die Arbeiten überwachst. Ich rufe Irle an und wir gehen diese „Daten" ab. Das ist doch nicht allzu schwierig. Ich meine die Daten sichtbar zu machen?«

»Nein«, antwortete Holzbaum und zeigte Pfeiffer, wie er das Tablet bedienen musste.

»Gut, dann kann ich jetzt den Daten folgen«, grinste Pfeiffer.

»Du meinst, ihr folgt dem Track«, korrigierte Holzbaum.

»Nenne es, wie du willst«, schnaufte Pfeiffer und griff zu seinem Handy.

Er erreichte Tristan unterwegs auf dem Weg von der Uni-Bibliothek zurück zur Marienkirche. Tristan hörte sich Pfeiffers Vorschlag an und sagte zu.

»Ich warte vor der Marienkirche auf Sie«, sagte Tristan und legte auf.

»Dann mache ich mich auf den Weg.« Pfeiffer suchte den Autoschlüssel. »Kommst du hier klar?«

»Kein Problem, Chef«, erwiderte Holzbaum.

Pfeiffer nickte und verließ das Büro. Die Fahrt durch Siegen wurde durch die neue Radfahrspur zu einem Albtraum. Die Autos stauten sich auf der Weidenauer Straße bis zum Siegerland-Einkaufszentrum. Der Hauptkommissar war kurz davor, einen Amtsmissbrauch zu begehen, indem er Blaulicht und Sirene anschalten wollte, um aus der Einfahrt zu kommen. Zum Glück tat sich eine Lücke auf, in die er sich einfädelte. Dass er anschließend im Schneckentempo über die Hagener Straße in Richtung City schlich, zerrte mehr an seinen Nerven als eine wüste Schießerei, bei der Kugeln nur knapp seinen Körper verfehlen würden. Die niedrige Drehzahl des Motors schmerzte ihn mehr als ein Streifschuss.

Nach einer Ewigkeit bog er in den Obergraben ab, folgte der Straße bis zur Löhrstraße und stand wenig später auf dem Hof hinter der Marienkirche, wo Tristan bereits auf ihn wartete.

Der Detektiv hielt ein Paar Gummistiefel in der Hand. Pfeiffer öffnete den Kofferraum, Tristan legte die Stiefel hinein, dann folgte eine kurze Begrüßung, während der Detektiv einstieg.

»Wo ist Ihr Haustier?« fragte Pfeiffer, während er zurücksetzte.

»Bei Erich in der Kirche«, antwortete Tristan und schnallte sich an.

»Da wird er Gottes Beistand sicher gebrauchen können«, grinste Pfeiffer höhnisch.

»Wer, Marlowe?« fragte Tristan provokant.

»Nein, natürlich der Diakon«, zischte der Hauptkommissar.

Tristan entschied, über seinen Fund vorerst zu schweigen. Die Kopie steckte zusammengefaltet in seiner Strickjacke. Er wollte sich erst darüber klar werden, was der Fund bedeuten konnte. Der Detektiv war gespannt, wie Pfeiffers Fahrstil nun wirklich war, nachdem sich Holzbaum in der Vergangenheit über Pfeiffer so oft beschwert hatte.

Wie erwartet jagte der Hauptkommissar mit heißen Reifen durch die Oberstadt. Über die Bundesstraße 62 ging es bis nach Erndtebrück. Pfeiffer hielt das Tempo hoch, aber Tristan hatte nicht das Gefühl, in Gefahr zu sein. Am Kreisel in Netphen spitzte sich für einen Augenblick die Situation gefährlich zu, als ein Traktor mit Anhänger unerwartet langsam aus der Frohnhausener Straße in den Kreisel einbog und die Geschwindigkeiten beider Fahrzeuge inkompatibel waren. Pfeiffers Fähigkeiten, einen Pkw driften zu lassen, rettete sie vor einem Zusammenstoß und sorgte für Erstaunen bei den anderen Verkehrsteilnehmern. Nach diesem kleinen Zwischenfall verlief die Fahrt ereignislos, bis sie auf dem Waldweg stehen blieben, der neben der Weide von Sven entlangführte.

Pfeiffer hielt das Tablet in der Hand.

»Sie kennen sich mit dem Teil aus?« fragte Tristan.

Das Tablet besaß GPS und eine topografische Karte im Maßstab 1:25.000 war geladen. Der Unterschied zu einer normalen Straßenkarte war bei einer topografischen Karte, dass sie Geländeformen und andere Details der Erdoberfläche darstellte. Steinbrüche oder Ruinen waren auf ihr genauso verzeichnet wie Funkmasten und Fischteiche. Über der Karte hatten die IT-Experten der Polizei den Weg grafisch gekennzeichnet, den Gesine im Sommer gegangen war. Die Experten hatten den Track anhand der Metadaten gefunden, weil dort das Datum abgespeichert wurde. Ein cleverer Beamter hatte zuvor die gefundene Karte aus Gesines Haus mit den Daten verglichen und festgestellt, dass die eingezeichneten Sondengänge auf der Karte nicht mit den Daten aus dem Detektor zusammenpassten. Interessanterweise hatte Gesine den Detektor nach dem Sommer nur noch einmal benutzt. Diesen Track konnte Pfeiffer mit einem Tippen ebenfalls über die Karte legen. Die Daten zeigten, dass Gesine auf ihrem eigenen Grundstück unterwegs gewesen war, weshalb Pfeiffer den Track ignorierte.

»Wo bleiben Sie?« rief Pfeiffer, der zum Kofferraum ging und seine Gummistiefel herausholte.

Tristan wechselte ebenfalls seine Straßenschuhe mit Gummistiefeln.

»Na, dann mal los«, sagte Pfeiffer und spähte in den Himmel. »Ob es regnen wird?«

»Ganz sicher, aber wenn wir Glück haben, in der nächsten Stunde nicht«, antwortete Tristan und knöpfte seine Strickjacke zu.

»Das wird Sie vor dem Regen nicht schützen«, brummte Pfeiffer, der einen Regenmantel übergestreift hatte.

»Das weiß ich wohl«, antwortete der Detektiv und lupfte die Strickjacke. Eine kleine Bauchtasche kam zum Vorschein. »Da ist eine Regenjacke verpackt.«

»Na denn«, nickte der Hauptkommissar, »dann mal los.«

Sie folgten der farbigen Linie, die sie durch den Wald rund um die Weide führte. Pfeiffer blieb mehr als einmal an einer Wurzel hängen und stürzte. Er schimpfte eine Kaskade an Flüchen in den Wald, während Tristan ihm wieder auf die Beine half. Das Wetter hielt, was in diesem Fall bedeutete, dass es nicht zu regnen anfing. Nach einer Stunde hatten sie den Berg umrundet und näherten sich nun schräg von unten den Überresten des Hügelgrabes. Rechts oben lag Svens Weide, in einem Winkel von 45 Grad führte der Waldweg aus Erndtebrück hinauf. Sie kletterten durch eine Mulde und dann einen kleinen Hang hinauf. Dann standen sie vor den Überresten des Hügelgrabes.

»Hier endet der Track«, sagte Pfeiffer und steckte das Tablet in den Mantel.

»Das war jetzt ein schönes Outdoortraining, aber gebracht hat es nichts«, stöhnte der Detektiv.

»Warum haben die hier aufgehört?« wunderte sich Pfeiffer.

»Da drüben beginnt Svens Weide«, erklärte der Detektiv. »Wir stehen auf Gesines Land. Sie wird es kennen. Könnten Sie mir eine Karte zukommen lassen, die diesen Gang eingezeichnet hat?«

Pfeiffer nickte.

»Wir sollten gehen«, schlug der Detektiv vor, dem die Wanderung mehr zugesetzt hatte, als er Pfeiffer zeigen wollte.

»Dann hat diese Aktion so gar nichts zur Auflösung beigetragen«, zischte der Hauptkommissar und steckte sich die erste Zigarette nach einer Stunde an. Genüsslich zog er den tödlichen Rauch ein und blies ihn in die feuchtkalte Luft.

## 3

Werner Holzbaum war glücklich, in Siegen bleiben zu können. Ein IT-Experte hatte Gesines

Passwort geknackt. Holzbaum hatte vollen Zugriff auf ihren Computer. Die Arbeit entsprach genau seiner Vorstellung von sicheren Ermittlungen. Draußen begann es erneut zu regnen, was dem Beamten ein Schmunzeln ins Gesicht zauberte. Er dachte daran, dass Pfeiffer und Irle bei dem Wetter durch den Wald streifen würden, ohne genau zu wissen, was sie eigentlich suchten. Die Dateien auf Gesines Rechner waren dagegen verständlich aufgelistet.

Es gab den Ordner mit Rechnungen, einen für betriebliche Einnahmen/Ausgaben und einen anderen für private Einnahmen/Ausgaben sowie einen für Einnahmen/Ausgaben aus dem landwirtschaftlichen Betrieb. Die Herausforderung bestand jetzt darin, jede Datei zu öffnen und zu kontrollieren, was sie beinhaltete.

Gesine benutzte für die Reihenfolge ausschließlich das Rechnungsdatum bzw. das Kaufdatum. Es waren keine Stichwörter zu finden, die den Inhalt betrafen. Also zum Beispiel „Rechnung für Werkstatt" oder „Rechnung für Haus".

Holzbaum seufzte einmal kurz und begann dann einen Ordner nach dem anderen zu öffnen. Vorsorglich stand eine dampfende Tasse Kaffee neben dem Mauspad und ein belegtes Brötchen neben der Tastatur. Die Geschehnisse der Welt zogen an ihm vorbei, während er auf den Bildschirm starrte. Dann fand er eine Rechnung, die den Kauf eines Wechselschalters belegte. Das

Produkt wurde benannt und darauf hingewiesen, dass mit dem Schalter zwei Fernbedienungen geliefert wurden.

»Also hat Irle recht«, sagte er laut und notierte sich den Namen des Produkts sowie den Zeitpunkt des Einkaufs, der im September stattfand.

Holzbaum arbeitete sich in die Vergangenheit vor. Das bedeutete, dass er die Rechnung im Monat September fand, jetzt ging es in den August, der nichts Auffälliges offenbarte. So verhielt es sich ebenfalls mit den Monaten Juli bis Mai. Im April stieß Holzbaum auf einen Kauf, den er nicht sofort einordnen konnte. Als er jedoch im Internet nachgesehen hatte, was sich hinter den Kürzeln befand, rief er sofort seinen Chef an.

Pfeiffer und Tristan hatten ihren Rundgang gerade beendet, als Holzbaum anrief.

»Chef, ich habe etwas gefunden«, berichtete Holzbaum. »Sie müssen nochmals auf Gesines Hof fahren. Sie hat einen Heckbagger gekauft. Damit kann man aus einem Traktor einen Löffelbagger machen. Er wird hinten am Traktor angesetzt. Das Teil müsste noch auf dem Gelände zu finden sein.«

Außerdem berichtete er über den Rechnungsfund des Wechselschalters und teilte mit, dass der Kauf zwei Fernbedienungen beinhaltete.

Damit war vorerst die Arbeit am Computer beendet. Pfeiffer forderte seinen Kollegen auf, nach Erndtebrück zu kommen. Der Kommissar schaltete den Computer aus und ließ sich zeigen, wo ein freies Dienstfahrzeug stand, mit dem er zu Gesines Hof fahren konnte.

Eine Dreiviertelstunde später lenkte er den Wagen in die Einfahrt des Hofes und staunte über das Polizeiaufgebot, das sich im Hof versammelt hatte.

»Was ist denn hier los?« fragte er einen uninformierten Kollegen, als er auf die Werkstatt zuging.

»Wir wurden zusammengerufen, um das Gelände zu durchsuchen«, erklärte der Mann.

»Was hat sich Pfeiffer denn jetzt wieder gedacht?« schnaufte der übergewichtige Beamte und suchte seinen Chef.

Er fand Pfeiffer und Tristan in einem der Nebenschuppen. Dort hatte eine Plane den Heckbagger verdeckt.

»Gute Arbeit, Holzbaum«, lobte Pfeiffer. »Das Teil haben wir gefunden.«

»Warum ist die halbe Polizeibelegschaft des Kreisgebiets hier aufgelaufen?«

»Die zweite Fernbedienung«, antwortete Tristan. »Wir haben nur eine in der Werkstatt gefunden. Wo ist die Zweite?«

»Sie vermuten, dass die Fernbedienung bei unserer verdächtigen Person ist.« Holzbaum sah den Detektiv an.

»Wenn wir sie hier nicht finden, dann ist die Wahrscheinlichkeit groß«, nickte der Detektiv.

»Oder sie wurde entsorgt«, stöhnte Pfeiffer, »dann ist dieser Aufwand ein schönes Fressen für die Rechnungsprüfer.«

»Einige Politiker werden sich sowieso beschweren. Das gehört zu ihrer DNA«, antwortete Holzbaum. »Ach, noch etwas, das habe ich nicht im Telefonat erwähnt. Paul Scherz hat Gesine ein Angebot gemacht, das er über eine Firma laufen ließ.«

»So? Worum ging es da?« Tristan wurde hellhörig.

»Eine Renaturierungsfirma bot an, das untere Tal zu einem Feuchtbiotop umzugestalten«, erklärte Holzbaum.

»Ist das die Stelle, wo das Hügelgrab lag?« Pfeiffer klopfte auf die Baggerschaufel.

»Ja«, bestätigte Holzbaum.

»Warum?« Tristan rückte seine Halbbrille zurecht.

Die beiden Beamten blickten verdutzt zum Detektiv.

»Ich meine, warum schickt Scherz Gesine ein Angebot? Wollte sie diesen Teil ihres Grundstückes naturfreundlicher machen? Wozu? Sie hatte vor, das Land zu verkaufen, was also sollte das Angebot?« Der Detektiv schüttelte den Kopf. »Wir übersehen etwas.«

»Ja, eine ganze Menge«, nickte Pfeiffer. »Zum Beispiel, welches Interesse hatte Paul Scherz an der ganzen Sache?«

Die Stimmung war plötzlich gedrückt, deshalb zog Tristan die Fotokopie des gefundenen Aufsatzes aus der Strickjacke.

»Was das Angebot bedeutet, werden wir noch herausbekommen. Holzbaum, Sie sollten sich die Firma genau ansehen«, schlug Tristan vor und faltete das Blatt auseinander. »Das hier habe ich heute Morgen gefunden. Sehen Sie sich mal das Foto an.«

Pfeiffer nahm die Kopie und betrachtete das Foto.

»Das ist Pechnagel mit einer Skulptur«, antwortete Pfeiffer gereizt, weil er nicht verstand, was diese Aufnahme bedeutete.

»Ja, aber interessant ist der Mann neben Pechnagel«, erklärte Tristan.

Pfeiffer reichte das Blatt seinem Kollegen.

»Wer ist das?« fragte Holzbaum.

»Das ist der Dekan der Universität der naturwissenschaftlich-technischen Fakultät«, antwortete Tristan stolz.

Die beiden Polizisten verstanden immer noch nicht, weshalb der Detektiv dies für wichtig erachtete.

»Lesen Sie die Bildunterzeile«, bat er.

Holzbaum kam der Aufforderung nach und plötzlich tauchte ein Lächeln in dem Bulldoggengesicht auf. »Jetzt verstehe ich!«

»Gib her!« grunzte Pfeiffer und las ebenfalls die Bildunterzeile. Erstaunlicherweise verstand der Hauptkommissar sofort, worauf der Detektiv abzielte und sagte: »So hat er es gemacht.«

»Ja, Pechnagel hat sich die Hilfe der Maschinenbauer zunutze gemacht, da die einen großen 3D-Drucker in ihrer Werkstatt stehen haben.«

## 4

Die Aufgabenverteilung bestand nun darin, dass die Beamten auf Gesines Hof nach der zweiten Fernbedienung suchten, während Tristan sich mit dem Dekan unterhalten sollte. Ein Polizist fuhr den Detektiv zurück nach Siegen.

Diakon Roth wartete schon auf seinen Freund. Marlowe war es langweilig geworden und er hatte das Innere des Kirchenschiffs als privates Flugfeld genutzt. Leider führte das zu Verschmutzungen der unangenehmen Art. Mit Gummihandschuhen und einem kleinen Eimer mit heißem Wasser in der Hand begrüßte er Tristan.

»Ich weiß nicht, was der Kerl gefressen hat«, stöhnte Erich, »aber das sollte er nicht wieder fressen, wenn du ihn das nächste Mal hierlassen willst.«

»Es tut mir leid, wenn er dir Unannehmlichkeiten bereitet hat«, entschuldigte sich der Detektiv. »Kann ich noch helfen?«

»Nein! Die Schweinerei ist bereits beseitigt worden.« Erich deutete auf seine Gummihandschuhe und den Eimer. »Es wäre jedoch angebracht, den Kerl jetzt aus der Kirche zu entfernen.«

Tristan nickte und rief Marlowe. Der Kakadu saß auf der Brüstung der Orgel und zögerte keine Sekunde. Nach einem eleganten Flug landete er auf Tristans ausgestrecktem Arm. Die anschließende Strafpredigt ignorierte der Vogel, was den beiden Männern wieder mal vor Augen führte, dass Tiere keine Menschen waren, projizierte man auch noch so oft menschliche Eigenschaften auf sie.

Zurück im Wohnzimmer des Detektivs setzte sich Marlowe auf die Kletterstange und untersuchte den Fressnapf.

»Nein, du musst warten«, sagte Tristan streng, worauf Marlowe brabbelte: »Allein, inmitten jener Wesen, / die schreiben können und auch lesen, / die lieben könnten, doch nur hassen, / fällt mir nichts ein, da muss ich passen!«

»Lass Heinz Erhardt da raus«, erwiderte Tristan, »du musstest nicht das Kirchenschiff als Toilette benutzen. Das machst du sonst auch nicht.«

Marlowe sträubte seinen Kamm und drehte seinem Herrchen den Rücken zu.

Tristans Gedanken konzentrierten sich bereits auf das bevorstehende Telefonat, sodass er Marlowe nicht weiter beachtete.

Den Dekan erreichte der Detektiv nach einer Vorlesung im Büro der Sekretärin. Die Stimme des Mannes wirkte auf Tristan entspannt. Mit ein paar Sätzen erklärte der Detektiv, weshalb er anrief, dann stellte Tristan die erste Frage:

»Besitzt Ihre Fakultät einen 3D-Drucker?«

Der Dekan bejahte dies und ergänzte, dass es nach Absprachen unter den einzelnen Fakultäten der Universität üblich sei, sich zu helfen. Er berichtete dem Detektiv weiter, dass gerade im Bereich der Chemie oder der Elektrotechnik die Gerätschaften schon mal ausgetauscht wurden.

»Wie kommt es, dass ein außenstehender Wissenschaftler die Technik benutzen durfte?« fragte Tristan.

Die Erklärung war ebenso einfach wie genial, man schaltete eine an der Universität Siegen angestellte Person ein. Im Falle Dr. Alfons Pechnagel stellte sich heraus, dass ein befreundeter Professor den Kontakt zum Maschinenbau herstellte.

»War das zufällig Professor von Langendorf?« fragte Tristan nach.

»Nein, das war jemand anderes«, antwortete der Dekan. »Ich erinnere mich noch gut daran, denn der Professor ging später in den Ruhestand. Die Skulptur hat Pechnagel verschenkt, allerdings weiß ich nicht an wen.«

»Hat Dr. Pechnagel in diesem Jahr nochmals um Hilfe gebeten?«

»Das kann ich Ihnen nicht mit Gewissheit beantworten. Bei mir nicht, aber es kann sein, dass er von einer Kollegin oder einem Kollegen Hilfe bekam.«

»Könnten Sie das recherchieren? Es ist wichtig und könnte helfen, zwei Morde aufzuklären.«

»Das werde ich machen«, antwortete er. »Ich versuche es heute Nachmittag herauszubekommen. Kann ich Sie unter der angezeigten Nummer erreichen?«

»Ja, das können Sie«, dann gab Tristan ihm noch seine Handynummer für den Fall, dass er nicht zu Hause war.

Der Detektiv beendete das Gespräch.

»Das hat jetzt nicht wirklich einen Durchbruch gebracht«, sagte er zu Marlowe, der immer noch den Beleidigten gab.

Tristans Magen meldete sich und er beschloss, in der Altstadt eine Kleinigkeit zu essen. Bei dem Blick nach draußen entschied er sich um. Helga hatte noch ein paar ihrer Frischhalteboxen im Kühlschrank stehen. Wie sich herausstellte, befand sich in einer der Rest einer Lasagne. Damit war die Wahl des Essens bestimmt. Der Detektiv nahm die Lasagne aus der Kunststoffbox und legte sie in eine kleine Glasschale mit Deckel. Dann schaltete er den Ofen an und stellte ihn auf ca. 180°. Er fand in der Tiefkühltruhe noch ein paar Aufbackbrötchen und legte zwei direkt in den Ofen. Dann ging er zurück ins Wohnzimmer, legte den Block vom Vortag auf den Esszimmertisch und suchte nach einem Stift. Er wollte sich gerade setzen, als das Telefon klingelte. Es war der Festnetzanschluss.

»Mensch, Irle!« Pfeiffers Stimme brüllte aus dem Lautsprecher. »Haben Sie Ihr Handy ausgeschaltet?«

Tristan, der es nicht mochte, angeschrien zu werden, antwortete: »Beruhigen Sie sich, sonst lege ich auf!«

Er hörte, wie der Hauptkommissar am anderen Ende verstummte und tief einatmete.

»Entschuldigen Sie«, knarrte es durch die Leitung. »Wir haben hier auf Gesines Hof etwas gefunden, das wir nicht einordnen können.«

»Also nicht die zweite Fernbedienung«, folgerte Tristan.

»Nein, etwas ganz anderes«, erklärte der Beamte. »Wir bringen es Ihnen sofort vorbei. Bleiben Sie in Ihrem Haus.«

Da Tristan sowieso nicht vorhatte, das Haus zu verlassen, sah er nach den Brötchen, nahm sie heraus und stellte die Glasschale mit der Lasagne in den Ofen.

## 5

Die Münze glänzte golden in der Schatulle, die auf dem Esszimmertisch in Tristans Wohnzimmer stand. Holzbaum und Pfeiffer saßen links und rechts am Tisch, während Tristan am Bücherregal stand und nach einem Fotoband griff.

»Glauben Sie, dass die Münze echt ist?« fragte der Detektiv und schlug den Band auf.

»Wir sind sicher, es ist echtes Gold«, antwortete Pfeiffer, »ob die Münze echt oder gefälscht ist, muss noch geklärt werden.«

Tristan schmunzelte und meinte: »Falsches Gold gibt es nicht.«

Er legte das aufgeschlagene Buch auf den Tisch.

»Sehen Sie, das ist eine Abbildung von einer spanischen Münze, die man in einer gesunkenen Galeone gefunden hat.«

Pfeiffer starrte verwirrt den Detektiv an.

»Eine Galeone ist ein Segelschiff mit drei Masten und einer Menge Kanonen an Bord«, erklärte Tristan. »Dieser Schiffstyp kam im 16. Jahrhundert auf ...«

»... es reicht mit der Geschichtsstunde«, maulte Pfeiffer. »Was hat das mit der Münze zu tun?«

»Sehen Sie sich das an«, bat Tristan und zeigte auf ein Foto, auf dem eine goldene Münze abgelichtet war. »Sie sieht aus wie diese da.«

»Sie haben recht«, nickte Holzbaum, der sich über das Buch gebeugt hatte.

»Das ist eine Dublone«, Tristan nahm die Goldmünze in die Hand. »Aus dem Jahr 1580 mit einem Feingoldgehalt von 0,916 aus der Zeit von Philipp II. von Spanien. Wie um alles in der Welt kommt Gesine Grau in den Besitz einer solchen Münze?«

»Als Anlage«, antwortete Pfeiffer.

»Die ist sicherlich mehr wert als ihr Goldgehalt«, warf Holzbaum ein.

»Ja, bestimmt«, nickte Tristan. »Wir sollten Dr. Schröder informieren.«

»Das haben wir bereits«, antwortete Pfeiffer, »sie müsste jeden Moment hier auftauchen.«

»Sie haben mitgedacht«, erwiderte Tristan und es klang ein wenig sarkastisch.

Der Hauptkommissar kam nicht dazu, eine passende Antwort zu geben, da die Archäologin vor der Haustür stand und die Klingel bediente.

Wenig später betrachtete Dr. Marie Schröder fassungslos die Dublone.

»Die haben Sie in Frau Graus Wohnhaus gefunden?« fragte die Archäologin, nur um etwas zu sagen.

»Nein, sie wurde in der Werkstatt in einem Versteck gefunden«, antwortete Pfeiffer.

»Was für ein Versteck?« Sie sah den Polizisten neugierig an.

»Es war ein Spind mit doppelter Wand«, erklärte Holzbaum.

»So ein metallener Kleiderschrank?« Marie schüttelte ungläubig den Kopf. Sie wäre nie auf die Idee gekommen, ein so wertvolles Stück in einem profanen Blechspind aufzubewahren.

»Wenn nicht zufällig jemand gegen den Spind gestoßen wäre, hätten wir das Versteck nicht gefunden«, sprach Holzbaum weiter. »Der Stoß löste den hinteren Wandteil, was ein blechernes Geräusch verursachte, das von einem Kollegen bemerkt wurde.«

»Manchmal muss man auch Glück haben«, sagte Marie.

»Was denken Sie?« Tristan blickte auf die Abbildung in seinem Bildband. »Ist das eine echte Dublone aus dem 17. Jahrhundert?«

»Ich denke ja«, nickte die Archäologin. »Wo meinen Sie, hat Gesine Grau sie her?«

»Unsere Vermutung ist, dass sie sie gefunden hat.« Pfeiffer stand auf und ging zum Kamin, wo er sich eine Zigarettenschachtel aus der Jacke zog. »Darf ich?«

Tristan nickte.

Pfeiffer steckte sich eine Zigarette an und sprach weiter: »Wir haben in dem gleichen Versteck eine Skizze gefunden, die den möglichen Fundort dokumentiert.«

Der Blick des Detektivs verdüsterte sich, verärgert sagte er: »Warum haben Sie das nicht gleich erwähnt?«

»Weil wir nicht sicher sind, ob wir die Skizze richtig interpretieren«, blaffte der Hauptkommissar zurück.

»Haben Sie die Skizze dabei?« fragte Marie.

»Nein, sie ist bei der Forensik, aber wir haben ein Foto gemacht«, lächelte Holzbaum und zog sein Handy hervor.

Das Foto war scharf genug, um Einzelheiten auf dem Skizzenblatt zu erkennen.

»Das sieht aus, als hätte sie eine topografische Karte durchgepaust.« Tristan rückte seine goldene Lesebrille zurecht.

»Das könnte stimmen«, nickte Marie. »Sollen diese Kringel die alte Burg sein?«

»Dann ist das hier das Forsthaus Hohenroth«, ergänzte Tristan.

»Hier ist die Ginsburg«, Marie deutete auf das Display, dann sah sie Holzbaum an und fragte: »Besteht eine Möglichkeit, das Foto auszudrucken?«

Die Männer sahen sich fragend an.

»Haben Sie einen Drucker?« Marie wandte sich an Tristan.

»Ja, der steht im Sekretär.« Tristan öffnete die untere Tür. »Sehen Sie!«

Marie sah und erkannte, dass der Drucker eine Bluetooth-Funktion hatte, die eingeschaltet war.

»Sehen Sie das blaue Licht, das ab und zu blinkt?«

Der Detektiv nickte.

»Das zeigt an, dass die Bluetooth-Funktion des Druckers eingerichtet ist«, erklärte sie.

»So?« Tristan zuckte mit den Schultern. »Für die Technik habe ich Sina Santes, eine Spezialistin, das mache ich nicht selbst.«

»Egal«, antwortete Marie, »wenn Hauptkommissar Holzbaum mir bitte das Handy reichen würde?«

Das Handy wechselte zur Archäologin, die auf dem Display hin und her wischte und plötzlich begann der Drucker unter dem Sekretär Geräusche von sich zu geben.

»Herr Irle, der Drucker hat doch Papier geladen?«

Tristan nickte.

Der Drucker zog ein Blatt ein und wenig später spuckte er die Kopie des Fotos aus, das Holzbaum auf seinem Handy hatte.

»Jetzt lässt sich die Skizze besser bewerten.« Marie nahm das Blatt aus dem Drucker und betrachtete es. »Das wird doch nicht?«

»Was?« Tristan musterte die Archäologin.

»Die Münze wird doch nicht aus Wilhelm I. von Oranien-Nassaus Kriegskasse stammen, der 1568 auf der Ginsburg ein Heer aufstellte, um gegen die Spanier zu kämpfen?«

»Nein, das kann nicht sein«, erklärte Tristan. »Ich musste mich schon mal mit so etwas rumschlagen. Außerdem stammt die Münze aus dem Jahr 1580 und Wilhelm rief sein Heer 1568 auf der Ginsburg zusammen.«

»Aber woher sollte die Münze sonst stammen? Und wie kam Gesine Grau in ihren Besitz?« Marie legte das Blatt auf den Esszimmertisch. »Die Skizze deutet an, dass sie dort gefunden wurde, nördlich der Burg.«

Tristan und die Beamten sahen sich das Blatt an, doch keiner von ihnen hätte die Linien und Markierungen ohne eine weitere Karte lesen können.

»Aber Sie haben recht«, seufzte Marie. »Die Münze wurde nach 1568 geprägt. Sie kann nicht aus der Kriegskasse stammen.«

# 6

Das Siegerland und das Wittgensteiner Land waren historisch bedeutende Regionen, in denen Glauben und unternehmerisches Handeln zum Wohlstand der Bevölkerung beigetragen hatten. Der Detektiv wusste aber nichts von Goldschätzen, die man in der Erde des Rothaargebirges gefunden hatte. Silberminen hatte es gegeben, aber die waren auch bald erschöpft gewesen. Also wie kam diese Dublone in Gesines Besitz? Hatte sie überhaupt etwas mit den Morden zu tun? Tristan saß in einem seiner Lesesessel und blickte auf das Feuer im Kamin.

Er war allein. Die anderen waren vor einer halben Stunde gegangen. Draußen dämmerte es und Tristan hatte ein Feuer im Kamin angezündet und sich eine Pfeife gestopft. Seine grauen Zellen beschäftigten sich mit den Ereignissen der letzten Tage, als das Klingeln des Festnetztelefons ihn aus den Gedanken riss.

Er stand auf, ging zum Sekretär und nahm den Hörer ab.

»Hallo, Irle am Apparat«, meldete er sich.

Der Dekan der naturwissenschaftlich-technischen Fakultät war am anderen Ende. Tristan hatte den Mann ganz vergessen und wurde von seiner Nachricht überrascht.

»Also wurde eine Wachskopie von dem Kessel bei Ihnen mit einem 3D-Drucker erstellt?« antwortete der Detektiv.

Das bejahte der Dekan und nannte Tristan das Datum, an dem der Drucker die Wachsform hergestellt hatte, und die Verbindungsperson.

»Danke für die Infos«, sagte der Detektiv und legte auf. »Das ist die Lösung!«

Als hätten sich die Nachrichtengeister verabredet, meldete sich wenig später sein Handy mit einem Ping. Er hatte eine Mail erhalten. Die elektronische Post kam von Sven, der die Adresse des Vorsitzenden der Sondengänger schickte. Tristan druckte sie aus und legte das Blatt zu den anderen Notizen auf den Esszimmertisch.

»Also los!« sagte er sich und begann die Infos erneut zu bewerten.

Auf dem Tisch lagen Notizen und Beweisstücke. Das waren: die Kopie der Skizze aus dem Spind, eine Wanderkarte, in der Gesine einige Sondengänge eingetragen hatte sowie eine Karte, in der die Route aus dem Detektor eingezeichnet war. Pfeiffer hatte eine Kopie mitgebracht und Holzbaum hatte Tristan die Fotos kopieren lassen, die er vom Plan des Hügelgrabes und des Bronzekessels geschossen hatte, bevor die Bweise in der Assavatenkammer der Kreispolizeibehörde sicher gelagert wurden.

Außerdem lag die Adresse des Vorsitzenden der Sondengänger, die im Sommer auf Svens Land unterwegs waren auf dem Tisch. Am Rand des Tisches lag der Stick mit dem gespeicherten Video.

Er griff nach seinen Notizen und schob dabei das Blatt mit der Skizze weg, dadurch ergab sich plötzlich ein anderer Sichtwinkel. Der Detektiv hielt inne. Er nahm die Skizze und betrachtete die einzelnen Markierungen. Ihm kam eine Idee und er ging zum Sekretär, nahm einen Eddingstift aus der Schublade und begann die Markierungen mit einer Linie zu verbinden. Dann zog er die Wanderkarte heran und verglich die Linienführung der Skizze mit der in der Wanderkarte.

»Ach du meine Güte!« stieß er laut aus.

Der Maßstab beider Routen war nicht identisch, dennoch glichen sich die Linienführungen. Das konnte nur bedeuten, dass die Skizze aus dem Spind die Route darstellte, die zum Fund der Dublone führte. Es bedeutete auch, dass sie die Skizze ganz falsch gedeutet hatten. Ihm wurde bewusst, dass er die Skizze auf den gleichen Maßstab wie die Wanderkarte bringen musste. Sein Blick fiel auf sein Notebook und er nahm eine Herausforderung an. Der Drucker war ein sogenanntes 3-in-1-Gerät. Es konnte faxen, scannen und drucken. Die nötigen Programme befanden sich auf dem Notebook und er wusste theoretisch, was zu tun war. Als Erstes scannte er das Blatt mit der Skizze ein, speicherte die Datei und scannte dann die Wanderkarte ein. Die Datei wurde ebenfalls gespeichert. Jetzt öffnete er ein Fotobearbeitungsprogramm. Die Schwierigkeit bestand darin, die beiden eingescannten

Karten übereinanderzulegen. Eine von ihnen musste aber transparent sein, damit man die untere Karte erkennen konnte. Es war logisch, dass die Wanderkarte als Referenzpunkt dienen sollte, da diese sozusagen beglaubigt war. Die Skizze musste also transparent werden. Zum Glück bestand sie nicht aus Farben. Es gab nur schwarze Linien. Irgendwie schaffte es Tristan, das Weiß des Papiers zu entfernen, ohne dabei die schwarzen Linien zu löschen.

Nach einigen Versuchen, die Skizze über die Wanderkarte zu legen, hatte er den Dreh raus. Es folgte ein Hin- und Herziehen der Ecken mit Hilfe der Maus, dann lagen beide Karten übereinander. Seine Vermutung bestätigte sich. Die Route auf der Skizze glich nicht der Route, die sich aus den Daten der Sonde ergaben. Aber beide Routen endeten in der Nähe des gefälschten Hügelgrabes. Seine Vermutung war, dass Gesine die Dublone in der Nähe des Grabes gefunden hatte.

»Was soll das!« fluchte er. »Wir haben dort nichts Auffälliges entdeckt!«

Die Aktion hatte Zeit gebraucht und draußen war es dunkel geworden. Der Schein der Straßenlaterne schimmerte durch die Sprossenfenster des Wohnzimmers. Die silberne Ummantelung des Sticks leuchtete auf dem Tisch. Das kleine Teil funkelte wie ein Signalfeuer. Tristan stöhnte laut, sah zu dem Stick und hörte das leise Brummen des Notebooks.

»Warum nicht«, flüsterte der Detektiv, »sehe ich mir das Video nochmals an!«

Er stand auf, nahm den USB-Stick, schob ihn in die passende Buchse des Notebooks und startete die Videoaufzeichnung.

Als Erstes erkannte man den Weg nahe der Weide. Dann startete die Drohne und Gesine Grau und Sven Kohlhase traten ins Bild. Die Drohne stieg und machte einen Schwenk. Nun sah man den Bagger und das Hügelgrab mit seinem Ring aus Quarzsteinen. Am Bildrand standen Professor von Langendorf und seine Doktorandin Edna Pistorius. Die Drohne stieg in die Höhe und zeigte schließlich Abigail und Pechnagel, der die Fernsteuerung in der Hand hielt. Pechnagel ließ die Drohne weiter steigen, sodass man einen weiten Blick über das Tal und die Fundstelle hatte. Dann sank sie wieder und landete schließlich am Rand des Hügelgrabes.

Tristan schüttelte den Kopf. Ihm war nichts aufgefallen. Er rief die Fotomontage in seinem Notebook auf und sah sich das Ergebnis nochmals an.

Der Endpunkt der Route lag nicht genau auf der Stelle, wo man das Hügelgrab gebaut hatte. Er lag weiter bergab. Tristan startete die Aufnahme erneut und hielt das Bild an der Stelle an, als die Drohne den Blick ins Tal freigab. Der Detektiv starrte einen Moment auf den Bildschirm, dann sah er sich den unteren Bildrand genauer an.

»Wie konnten wir das übersehen!« murmelte er und versuchte, die Stelle heranzuzoomen.

Es gelang ihm bedingt, doch die Vergrößerung reichte aus, um eine Fahrspur zu erkennen, die von einem Traktor stammen musste.

Nach seiner Einschätzung lag die Spur zehn bis zwanzig Meter unterhalb des Hügelgrabes, dort, wo ein Graben begann und ins Tal führte.

»Was ist das?« fragte er sich, um sich kurz darauf die Antwort selbst zu geben. »Das wird doch nicht!« Tristan schüttelte den Kopf und klappte das Notebook zu.

Es war zu spät, um an den Tatort zu fahren. Doch langsam setzten seine grauen Zellen das Puzzle zusammen. Tristan hatte eine Ahnung, worum es bei der Angelegenheit ging.

»Eine echte Dilldappen-Verschwörung«, murmelte er und stand auf.

## 7

Der Detektiv traute sich noch nicht, das Motiv zu benennen. Es verhielt sich wie die mythischen Wesen des Siegerlandes. Noch hatte niemand die Waldbewohner gesehen, ein Beweis ihrer Existenz musste noch erbracht werden. Das erahnte Motiv hätte nicht verschrobener sein können. Tristan lief ein kalter Schauer den Rücken hinunter, wenn er an die Beweisführung dachte, die nötig war, um am Ende nicht wie der größte Depp dazustehen.

Er musste äußerst vorsichtig an die Sache herangehen. In seinem Sekretär befanden sich kleine Karteikarten. Er begann je eine mit einem Ereignis zu beschriften. Auf die erste Karte schrieb er „Standortbestimmung der Talsperre" und „Erscheinungsdatum des ersten Artikels", der die Talsperre erwähnte. Dann folgte eine Karte, auf der er das Datum der „Probebohrung" notierte. Er legte diese Karteikarte zur Seite und beschrieb eine neue, auf der die Bestellung der Erze vermerkt war. Nach den gefundenen Belegen auf Gesines Computer konnte er die Bestellung des Heckbaggers für den Traktor bestimmen. Sie wurde ungefähr zur selben Zeit getätigt, als Pechnagel das Erz bestellte. Das war im Frühsommer dieses Jahres. Auf Gesines Skizze war ein Datum vermerkt, das Tristan jetzt interessierte. Er stellte fest, dass Gesine die Skizze zwei Monate vor der ersten Bekanntmachung zur Probebohrung für den Staudamm angefertigt hatte.

»Das muss der Zeitpunkt gewesen sein, als sie die Dublone gefunden hat«, sagte Tristan und legte die beschriftete Karte ganz an den Anfang der sich abzeichnenden Kartenreihe.

Der Detektiv beschriftete eine weitere Karte mit Baggerarbeiten und eine andere mit Hügelgrabbau. Der Dekan der naturwissenschaftlich-technischen Fakultät hatte ihm das Datum genannt, an dem die Wachsform für den Guss des falschen Bronzekessels erstellt wurde. So kam eine weitere Karte hinzu. Nach einer Stunde hatte er auf dem Esszimmertisch einen Zeitstrahl aus Karteikarten erstellt.

*Standort für dritte Talsperre* – vor einem Jahr
*Dublonenfund* – Frühjahr
*Datum für Probebohrung für Staudamm* – Mai
*Bestellung: Bagger für Traktor* – Frühjahr
*Bestellung: Erze für Bronzekessel* – Frühjahr
*Sondengänger* – Sommer
*Hügelgrabbau* – Sommer
*Guss des Bronzekessels* – Sommer
*Mord an Pechnagel*
*Fälschung fliegt auf*
*Mord an Gesine*

Die verantwortliche Person hatte sich große Mühe gegeben, nicht in Erscheinung zu treten. Sie hatte ein Team mit Gesine und Pechnagel, das sozusagen am gleichen Seil zog. Irgendwas musste schiefgegangen sein, denn es sah für den Detektiv so aus, als wäre die Hügelgrabaktion samt Bronzekessel nur zu dem Zweck abgezogen worden, um den Bereich rund um das falsche Hügelgrab zu schützen. Das betraf dann auch den Teil des Tales, den er am unteren Bildrand gefunden hatte. Tristan ahnte, was er dort finden würde, doch das ließ sich erst morgen beweisen.

Er rief Abigail an und bat sie um Hilfe. Sie sollte einen Traktor von Gesine mit dem Heckbagger bestücken und zum Hügelgrab kommen.

Abigail sagte direkt zu, wollte aber die Zustimmung der Polizei. Die erhielt sie, nachdem Tristan mit Pfeiffer telefoniert hatte. Den Hauptkommissar bat er außerdem, alle noch lebenden Beteiligten an den ersten Tatort zu bestellen. Ihm war klar, dass sich der Fraktionsvorsitzende verschnupft geben würde, weshalb er Pfeiffer eindringlich bat, auch diesen Politiker einzubestellen, egal, wie zickig er sich auch anstellen würde. Archäologin Dr. Marie Schröder, Bauingenieur Löfler und Professor von Langendorf sowie Edna würden weniger Schwierigkeiten machen, da sie wahrscheinlich ein natürliches Interesse an der Wahrheit hatten.

Zum Schluss bat Tristan den Hauptkommissar um eine Durchsuchung, während sie sich am Tatort einfanden.

»Da bin ich aber gespannt«, knurrte Pfeiffer, als er den Namen notierte. »Wenn das zutrifft, dann ist was los.«

»Wir sind es den Opfern schuldig«, antwortete Tristan und Pfeiffer konnte dem nur zustimmen.

Als Letztes rief er den Vorsitzenden der Sondengänger an. Der Mann war schockiert, als er von Gesines Tod erfuhr und zeigte sich sofort hilfsbereit. Er bestätigte Gesines Teilnahme an der Sondenaktion.

Nach dem Telefonat begann für den Detektiv die eigentliche Herausforderung. Er musste seine Hausaufgaben machen und dafür war ein erneuter Bibliotheksbesuch unumgänglich. Marlowe saß auf seiner Stange und verhielt sich seit dem Besuch der Polizisten und der Archäologin ruhig. Tristan wollte den Kakadu nicht erneut in Erichs Obhut geben, deshalb riskierte er es, das Haustier für eine Stunde allein zu lassen. Der Fressnapf wurde mit den besten Keksen gefüllt, die Helga gebacken hatte, dann machte sich Tristan auf den Weg.

Die Unibibliothek hatte bis 21 Uhr offen. Die Turmglocke der Marienkirche läutete die Abendmesse um 19 Uhr ein, als er sich einen Parka über die Strickjacke anzog und das Haus verließ. Er hatte Zeit genug, die weiteren Beweise zu finden, die seine gewagte These zum Mordmotiv bestätigten.

Das herbstliche Wetter sorgte für leere Straßen. Ein leichter Nieselregen fiel auf die Rubensstadt und verwandelte das Pflaster der Gehwege zu schmierigen Rutschbahnen. Tristan ging diese Wege sein ganzes Leben lang. Er kannte die Tücken der einzelnen Beläge, dennoch setzte er achtsam einen Fuß vor den anderen. In der Bibliothek angekommen entledigte er sich zuerst des Parkas, den er über seine Strickjacke gezogen hatte. Dann machte er sich gleich über die Ausgabekataloge her. In diesen Katalogen waren alle Bücher, Sammelbände und Zeitschriften sowie elektronisch gespeicherte Artikel, Aufsätze, Abhandlungen und wissenschaftliche Studien, die man ausleihen konnte, verzeichnet.

Die einzige Schwierigkeit, der der Detektiv nicht aus dem Weg gehen konnte, war die Tatsache, dass er sich in einer Teilbibliothek mit Schwerpunkt Wirtschaftswissenschaften befand. Das war nicht gerade das Fachgebiet, das er suchte. Er wollte mehr über die Geschichte des Siegerlandes und deren Erforscher erfahren. Die Hauptbibliothek für Geschichte stand am Haardter Berg. Mit Optimismus und einer Ahnung, in dem Katalog auf elektronisch gespeicherte Veröffentlichungen zu stoßen, stürzte er sich in die Suche.

Er wurde nicht enttäuscht. Seine Schusseligkeit und die Tatsache, dass Bargeld immer noch seinen Zweck erfüllt, hätte ihn fast scheitern lassen. Tristan fand eine Handvoll relevanter Artikel und wollte sie sich ausdrucken lassen, doch da er als Besucher registriert war, musste er die Kopien bar bezahlen. Mit Glück fand er genügend Kleingeld, um zahlen zu können, den tiefen Taschen der Strickjacke sei Dank.

Nachdem er die Kopien sicher gefaltet und in seinem Parka vor dem Regen verstaut hatte, machte ihn die Bibliothekarin auf eine Broschüre aufmerksam, die kostenlos auslag.

»Wir nehmen in den nächsten Wochen einige Änderungen vor«, erklärte sie dem Detektiv, »diese Änderungen werden in der Broschüre erklärt und beschrieben. Das könnte Sie interessieren.«

Tristan bedankte sich und nahm eine Broschüre mit auf den Heimweg. Die Suche hatte etwas länger gedauert als vermutet. Mit schnellen Schritten eilte er um das alte Postgebäude herum, das heute das Museum für Gegenwartskunst beherbergte. Es waren noch weniger Menschen unterwegs, als er in die Alte Poststraße trat, die verlassen vor ihm lag. Die Hirtengruppe stand wie immer an ihrem Platz. Der Regen nahm zu. Tristan zog die Kapuze des Parkas weit über das Gesicht und hielt den Kopf gesenkt. Er bemerkte nicht, dass von hinten jemand auf ihn zurannte, ihm einen mächtigen Schubs gab und ihm gleichzeitig die Broschüre aus der Hand riss.

Der Detektiv fiel hin. Seine schnelle Reaktion durch das viele Aikido-Training rettete ihn vor Verletzungen. Seine Hose überstand den Kontakt mit dem Pflaster der Alten Poststraße jedoch nicht ohne Blessuren. Benommen stand er auf und griff instinktiv zu den Kopien, die er in der Innentasche des Parkas sicher aufbewahrte.

»Na, da bin ich aber jemandem auf die Füße getreten«, murmelte Tristan – und er wusste, wer diese Person war.

# 7. Das Knie schmerzte ...

Donnerstag

Das Knie schmerzte Tristan, als er sich zusammen mit Erich an den Frühstückstisch setzte.

»Du konntest den Angreifer nicht erkennen?« fragte Erich.

Der Detektiv hatte seinem Freund noch am gestrigen Abend von dem Überfall berichtet. Da Tristan außer ein paar blauen Flecken am Knie nichts fehlte, waren sie gemeinsam übereingekommen, die Sache auf sich beruhen zu lassen.

»Dann wirst du heute die Person dingfest machen«, brummte Erich und goss sich Kaffee ein.

»Das ist der Plan«, nickte der Detektiv.

»Du glaubst weiter, dass der Angreifer deine gefundenen Artikel und Aufsätze rauben wollte?« Erich gab Zucker in den Kaffee.

»Ganz sicher! Alles andere ergibt keinen Sinn«, erklärte Tristan.

»Woher hat er gewusst, wo du zu finden bist?« Erich sah seinen Freund an.

»Bevor ich in die Bibliothek ging, habe ich Pfeiffer gebeten, alle Beteiligten für heute einzubestellen. Ich denke, das hat der betroffenen Person Angst gemacht. Sie hat mich wahrscheinlich beobachtet, wie ich das Haus verließ. Die Person wollte verhindern, dass ich das Puzzle zusammensetze.«

»Du hättest dir die Artikel erneut kopieren können«, bemerkte Erich. »Wenn sie nachgedacht hätte, wäre sie womöglich auf die Idee gekommen dich zu töten.«

»Ja«, nickte Tristan, »seien wir froh, dass dies nicht geschah.«

»Jetzt hast du das Puzzle zusammengesetzt?« Erich sah seinen Freund nachdenklich an.

»Ja, und mit ein wenig Glück überführt Hauptkommissar Pfeiffer den Mörder«, antwortete der Detektiv.

»Glück und Pfeiffer, das passt nicht zusammen«, grinste Erich.

»Egal, was Pfeiffer verbocken könnte, es bleibt jetzt keine Zeit mehr für die Person, Spuren zu vernichten«, sagte Tristan. »Das ist das Wichtigste.«

»Wenn du recht hast«, überlegte Erich laut, »dann wird die halbe Welt ins Siegerland schauen.«

»So ist das, wenn plötzlich Fabelwesen lebendig werden«, grinste Tristan.

Nach dem Frühstück wurde Marlowe in den Borgward verfrachtet, was der Kakadu überhaupt nicht mochte, wenn die Außentemperaturen unter 10° lagen. Tristan nahm auf sein Haustier keine Rücksicht, denn er hatte mit Erich Zeit beim Frühstück verbummelt. Nach Absprache mit Abigail wollte er sich um zehn Uhr in Helgas Pension mit ihr treffen. Das wurde plötzlich eng und er musste sich beeilen.

Der Motor sprang trotz des feuchtkalten Wetters problemlos an, was dem Kakadu ein verächtliches Krächzen entlockte. Tristan legte den Gang ein und rollte langsam vom Hof hinter der Marienkirche. Er folgte der Löhrstraße bis zum Marburger Tor, dann fuhr er den Giersberg hinauf und entspannte sich, als er in Dreis-Tiefenbach auf die B 62 bog.

Pfeiffer rief ihn unterwegs auf seinem Handy an. Die nachträglich installierte Freisprechanlage machte es dem Detektiv möglich, das Gespräch während der Fahrt zu führen. Der Hauptkommissar teilte mit, dass alle verständigt waren und am Tatort neben dem Hügelgrab eintreffen würden. Außerdem berichtete er Tristan von Holzbaums Recherche über die Renaturierungsfirma.

»Das ist wissenswert«, meinte Tristan und sie beendeten das Gespräch.

Wenn ihn jetzt der Oldtimer nicht im Stich ließ, würde er rechtzeitig ankommen, um Marlowe abzugeben und Abigail zu treffen.

Es verlief alles nach Plan und Tristan stellte den Borgward in der Zufahrt der Pension ab. Ihm fiel ein großer Pick-up auf, den er noch nicht gesehen hatte. Das Auto stand am Waldrand und war mit einem Firmenschild beklebt, das vor lauter Schlamm nicht zu entziffern war.

Im Gastraum stellte sich heraus, dass es Rudi Bauers Dienstfahrzeug war. Bauer und Abigail saßen zusammen mit Helga an einem Tisch bei einer Tasse Kaffee. Sie waren erfreut, als Tristan mit Marlowe das Restaurant betrat.

»Wartet ihr schon lang?« war Tristans erste Frage.

»Nein«, antwortete Abigail, was den Detektiv beruhigte.

Es stellte sich heraus, dass Rudi Bauer seine Mitarbeiterin vom Tatort zur Pension chauffiert hatte, nachdem sie einen Traktor von Gesines Hof samt Heckbagger zum Hügelgrab gefahren hatte.

»Dann steht der Traktor bereit?« hakte Tristan nach.

»Ja, das Ding war gut zu fahren und diese Vorrichtung auf der hinteren Achse funktioniert ausgesprochen effektiv.«

»Du hast schon damit gebaggert?« wunderte sich der Detektiv.

»Nur ein paar Schaufeln auf Gesines Hof«, beruhigte Abigail ihn.

»Wann kommen die anderen zum Hügelgrab?« fragte Bauer.

»Sie werden nach und nach eintreffen«, antwortete Tristan.

»Der Mörder oder die Mörderin auch?« Bauer sah skeptisch auf seine Tasse. »Man liefert sich doch nicht selbst ans Messer.«

»Vielleicht glaubt er oder sie, dass wir nicht genug Beweise haben, sie oder ihn zu überführen.« Tristan blickte zu Helga und zwinkerte ihr zu.

»Wenn die Person sich da mal nicht irrt«, sagte Helga und nahm Marlowe von Tristans Schulter, der sich seit ihrer Ankunft nicht bewegt hatte. »Komm her, wir bringen dich nach oben.«

Der Kakadu wehrte sich nicht und wurde auf Helgas Arm in ihre Wohnung gebracht. Zuvor verabschiedete sich der Detektiv von seiner Freundin. Rudi Bauer stellte weiterhin seine Dienste als Chauffeur zur Verfügung und so fuhren sie durch den Wald in Richtung falsches Hügelgrab, wo sie zeitgleich mit Pfeiffer und einer Schar uniformierter Polizisten eintrafen. Sie hatten die Anfahrt über den Waldweg genommen. Holzbaum war nicht anwesend, er hatte an anderer Stelle zu ermitteln.

## 2

Der Traktor stand neben den Resten des gefälschten Hügelgrabes. Tristan inspizierte die für die Landwirtschaft gebaute Maschine und staunte, wie geschickt der Ingenieur den Heckbagger angeschlossen hatte.

»Ich würde jetzt liebend gern nachsehen, ob ich richtigliege«, sagte Tristan zu Abigail, die gegen einen der mächtigen Hinterreifen lehnte.

»Das kann ich verstehen«, nickte sie. »Ich war selbst neugierig. Bin der Senke gefolgt, aber da hat jemand gute Arbeit geleistet. Da wurde bereits einiges an Erde bewegt aber ordentlich verdeckt. Man erkennt momentan nichts von den Arbeiten.«

Sven fuhr mit einem Quad über die Weide heran. Beim Absteigen nickte er dem Detektiv zu und ging dann zu Hauptkommissar Pfeiffer.

»Ich hoffe, das ist wichtig«, schimpfte er. »Ich habe noch andere Dinge zu erledigen, als mich hier herumzutreiben.«

»Beruhigen Sie sich«, mahnte der Beamte. »Wir hätten Sie nicht hergebeten, wenn es nicht wichtig wäre.«

Sven gab einen Zischlaut von sich und setzte sich erneut auf sein Quad.

Als Nächstes tauchten Edna und der Professor in dem gelben Jimny auf. Sie parkten neben dem Waldweg. Hinter dem Professor und Edna stellte Maria ihren Wagen ab. Die Archäologin grüßte die Wissenschaftler und zusammen gingen sie zu Sven.

»Eine Ahnung, was die hier vorhaben?« fragte er.

»Nein«, antwortete Marie. »Ich weiß nur, dass Irle den Fall gelöst haben will.«

»Oh, dann ist also ein Mörder unter uns«, scherzte Sven.

»Oder eine Mörderin«, korrigierte Edna.

Sven zuckte mit den Schultern.

Als Letztes quälte sich der Pkw von Ingenieur Löfler den Waldweg hinauf. Er hatte das Vergnügen den Kreistagsvorsitzenden Paul Scherz begleiten zu dürfen. Die Stimmung des

Politikers glich einem Gewitter. Kaum, dass der Pkw stand, drückte er die Beifahrertür auf und stürmte auf Pfeiffer zu. Löfler kam nicht mehr dazu, Scherz zu empfehlen, das Paar Gummistiefel zu benutzen, das er für ihn in den Kofferraum gelegt hatte. Mit seinen flachen Straßenschuhen stampfte er auf den Hauptkommissar zu und geriet nach wenigen Schritten ins Rutschen. Mit Glück blieb er auf den Füßen, doch die Aktion machte ihn nur noch wütender.

»Sie müssen die Schuhe wechseln«, rief ihm Pfeiffer zu, der aus seinem Fehler gelernt hatte.

Löfler hatte unterdessen die Schuhe gewechselt und wedelte mit dem Paar Gummistiefel, das er für Scherz bereithielt.

Scherz nickte und schlich zurück zum Auto.

»Na, das ist aber eine gute Stimmung hier«, grinste Sven.

Schließlich versammelten sich alle um den Traktor, auf dessen Fußtritt der Detektiv seinen Platz einnahm.

Der Wettergott schien neugierig darauf zu sein, was der Detektiv zu sagen hatte, denn für eine gute Stunde sah die Vorhersage gut aus. Es sollte erst nachmittags wieder regnen.

»Schön, dass Sie hergekommen sind«, begann Tristan seine Ansprache. »Obwohl, ganz freiwillig ist wohl keiner hier.«

Ein Gemurmel in der kleinen Gruppe bestätigte seine Vermutung.

»Es ist wie es ist«, sagte er laut. »Ich habe

das Rätsel gelöst. Der Grund für das falsche Hügelgrab und den falschen Bronzekessel ist gefunden. Die verantwortliche Person ist enttarnt.«

Für einen Augenblick senkte sich der Sprachlärm in der Gruppe, sodass man die Vögel zwitschern hörte, die über den Winter im Siegerland blieben.

»Doch bevor ich dazu komme, lassen Sie mich die Ereignisse in einer chronologischen Reihenfolge darlegen.« Tristans Tonfall war ernst und laut. »Beginnen möchte ich mit dem Erscheinen des ersten Artikels zum Bau einer dritten Talsperre im letzten Jahr. Damit begann sozusagen die Planung, die zu diesem falschen Grab und einem Bronzekessel führte. Belegbar durch Bestellungen und Zeichnungen und durchgeführt von Dr. Alfons Pechnagel. Ich habe lange überlegt, was den Archäologen angetrieben haben könnte, diese großangelegte Fälschung durchzuführen. Ich fand keinen vernünftigen Grund außer dem, dass er mit dieser Arbeit die Fachwelt reingelegt hätte und damit beweisen konnte, wie gut er in seinem Metier war. Wir können ihn nicht mehr fragen, weil er umgebracht wurde.

Mit diesem Mord begann die verdächtige Person jedoch den entscheidenden Fehler. Hätte Pechnagel weitergelebt, wäre die Fälschung nie entdeckt worden. Man hätte den Kessel untersucht und weil er mit Erzen aus den richtigen

Abbau-Regionen gegossen wurde, wäre er als echt begutachtet worden, wie Dr. Schröder bestätigte. Für ein paar Tage hätte man die Fundstelle noch untersucht und dann für die Probebohrung freigegeben. – Das wäre es gewesen.

Zuerst nahm ich an, dass man mit dem gefälschten Kessel Geld verdienen wollte. Dr. Schröder wies darauf hin, dass man ihm mit dem Fundort eine Provenienz gab, die keiner infrage stellen würde. Doch dann wird derjenige, der den höchsten Gewinn aus diesem Betrug erzielen würde, plötzlich umgebracht. Das war sehr befremdlich, denn auf einmal machte das Motiv, ein Grab und einen Kessel zu fälschen, keinen Sinn mehr. Es musste also etwas anderes hinter diesen Aktionen stehen.«

Tristan deutete auf das Hügelgrab.

»Ganz am Anfang meiner Untersuchung sagten Sie mir, Herr Löfler, dass eine archäologische Entdeckung den Bau nie verhindert hätte. Das habe ich mir gemerkt.«

Der Detektiv wandte sich Paul Scherz zu.

»Herr Scherz, Sie sind jemand, der zusammen mit Sven Kohlhase ein starkes Interesse daran hat, die Talsperre zu verhindern. Für diejenigen, die das nicht wissen, Herr Scherz und Bauer Kohlhase wollen einen Windpark auf dem Berghang dort oben anlegen«, er zeigte auf die Bergkuppe. »Eine Talsperre würde ihnen den Zugang versperren, weshalb sie nicht erbost darüber waren, als man das Hügelgrab fand.«

Tristan machte eine Pause.

»Sie sind aber auch ein Politiker, der gute Kontakte zur Bezirksregierung in Arnsberg hat. Dort werden die wichtigen Entscheidungen getroffen. Sie hatten Zugang zu den Informationen, wann und wo die Probebohrung stattfinden sollte, lange bevor die Öffentlichkeit davon erfuhr. Es lag nahe, dass Sie die Talsperren-Gegner darüber informiert haben, was zu einer Aktion im Sommer führte, in der Sondengänger den Wald unsicher machten. Das sagte mir der Vorsitzende der Sondengänger. Interessant ist, dass Dr. Pechnagel zur selben Zeit die Aktion unterstützte, weil er über den LWL informiert wurde.

Das Beste ist jedoch, dass Sie Gesine außerdem ein Angebot gemacht haben, das Tal in diesem Bereich hier«, der Detektiv deutete auf die Senke, »zu einem Feuchtgebiet zu verwandeln.«

Paul Scherz verzog sein Lächeln zu einer bösartigen Grimasse.

»Woher wissen Sie das?« fauchte er.

»Wir haben Ihr Angebot in Gesines Unterlagen gefunden. Wir haben weiter herausgefunden, dass Sie eine große Summe an EU-Fördermitteln erhielten, die für die Renaturierung ausgegeben werden sollten.«

»Ein ganz normaler Vorgang«, antwortete Scherz.

»Ja, wenn einem das Land gehört, für das man die Fördermittel erhält. Sie besitzen es nicht, was

Sie in eine missliche Lage brachte. Doch der Tod der Landbesitzerin kam Ihnen sehr gelegen.«

»Sie wollen mich doch nicht eines Mordes beschuldigen?« empörte sich Scherz.

»Beruhigen Sie sich«, mahnte Pfeiffer.

Der Detektiv nickte dem Beamten zu und sagte an Scherz gerichtet: »Der Tod von Gesine Grau kam Ihnen gelegen, aber auch Sie hätten nichts gewonnen mit Pechnagels plötzlichem Abtreten. Also weshalb musste Pechnagel sterben?

Wir wissen, dass Gesine Grau zur Verschwörung gehörte. Belege und Karten beweisen das. Sie war außerdem die Einzige, die diesen verfluchten Wechselschalter einbauen konnte, der die Steuerbefehle umkehrte und so den Archäologen tötete. Also – warum musste Pechnagel sterben?

Die einzig logische Erklärung lag darin, dass es etwas Größeres gab, das den Einsatz der ganzen Ressourcen rechtfertigte. Aber was konnte das sein?«

Tristan blickte in die Runde.

»Ein Schatz würde den Einsatz rechtfertigen«, sagte Tristan laut. »Ja, Sie haben richtig gehört. Ein Schatz, der so wertvoll ist, dass er eine Person zum Mörder werden ließ.«

## 3

»Es begann mit einem Fund, den Gesine auf ihrem Land machte.« Tristan sah ins Tal. »Sie fand eine spanische Dublone aus dem Jahr 1580. Wir, das waren Pfeiffer, Dr. Schröder und ich, nahmen an, dass sie aus der Kriegskasse von Wilhelm I. von Oranien-Nassau stammen konnte, der auf der Ginsburg im 16. Jahrhundert ein Heer zusammenstellte. Doch die Zeit stimmte nicht. Die Dublone wurde später geprägt. Also fragte ich mich, wie kommt eine spanische Dublone ins Rothaargebirge?

War sie mit einem Händler gekommen, der auf der Eisenstraße unterwegs war? Möglich! Doch da kamen die Beamten der Forensik ins Spiel. Wir haben eine Textnachricht auf Gesines Handy gefunden. Die Polizei hat etwas gebraucht, um das Handy zu knacken, aber schließlich hat sie die Empfängernummer ausfindig gemacht.«

Pfeiffer zückte sein Handy und begann zu wählen und kurze Zeit später klingelte ein Handy. Die Anwesenden sahen sich nach dem Klingeln um. Es drang aus der Manteltasche von Professor Berthold von Langendorfs Manteltasche.

»Ja, Sie waren es, Professor«, sagte Tristan traurig und fuhr fort: »Wie fanden also diese Dublone. Was die Frage aufwarf, wie sie ins Siegerland gekommen ist. Meine grauen Zellen erinnerten sich an etwas, das während der Ermittlungen mehrmals zur Sprache kam. Eine These, die Sie seit Jahren vertreten. Sie besagt, dass es einen zweiten „Hainer Stollen" geben könnte, in dem gestohlene Kunstschätze lagern. – Was für eine verrückte Vorstellung. Doch ich ließ mich nicht beirren und begann viele Aufsätze zu diesem Thema zu lesen.«

Tristan machte eine Pause und sagte in einem verärgerten Tonfall: »Ihre kleine Attacke von gestern Abend hat mich nicht davon abgehalten, Ihre Aufsätze zu lesen.«

»Sie wurden angegriffen?« brummte Pfeiffer. »Warum erfahre ich das erst jetzt?«

»Es war nichts, was die Vorbereitung für dieses Treffen hätte verhindern können«, antwortete der Detektiv. »In diesen Aufsätzen verweisen Sie mehrmals auf diese Region. Anhand von dokumentierten Truppenbewegungen gegen Ende des Krieges und den Fund von Kriegsgerät, dass man hier eigentlich nicht vermutete, kamen Sie zu dem Schluss, dass der Stollen hier irgendwo liegen musste.«

Tristan deutete auf das Tal.

»Und dann kam der Durchbruch! Mit dem Fund der Dublone. Das löste eine Reihenfolge von Ereignissen aus. Doch, fangen wir vorn an.

Gesine Grau gehörte einer Gruppe von Sondengängern an, die von Dr. Alfons Pechnagel ausgebildet wurden. Sie fand diese Dublone im Frühjahr, nicht weit von dieser Stelle hier. Sie wird die Münze Pechnagel gezeigt haben. Der hat Professor von Langendorf informiert. Anders als ich hat der Professor sofort einen Bezug zu dem gesuchten Stollen hergestellt. Pechnagel kannte seine These und wird ähnliche Schlussfolgerungen gemacht haben. Gesine wollte das Land verkaufen, aber der Schatz hätte wertvoller sein können als der Verkauf des Landes. Die Gier nach Geld, Ruhm und Anerkennung schweißte Ihr Team zusammen.

Ich nehme an, dass Sie mit der Suche sofort begonnen haben, doch dann kam die Nachricht, dass man eine Probebohrung ansetzen wollte, genau in dem Bereich, wo sie den Eingang des Stollens vermuteten. Was für eine Katastrophe! Eine Bohrung hätte den Stollen ausfindig machen können, bevor Sie ihn gefunden und in einer großen Show der Welt offenbart hätten. Sie mussten Gas geben und die Bohrung verzögern. Es wurde ein Plan geschmiedet. Als Erstes wurde eine große Sondengänger-Aktion im Sommer gestartet, um möglichst viel Gelände abzusuchen. Danach begann der Bau des falschen Hügelgrabes. Dr. Schröder wunderte sich, warum man das Grab in der Senke angelegt hatte und nicht weiter oben. Es lag daran, dass Sie den Stolleneingang hier unten vermuten. Solange man in diesem Bereich keine Bohrung vornahm, hatten Sie die Chance, den Stollen vor allen anderen zu finden.«

»Aber warum hat man den Bagger manipuliert?« fragte Sven.

»Um die Probebohrung zu verzögern«, antwortete Tristan. »Denn noch ist der Stollen nicht gefunden worden.

Man hatte eine Spur durch die Dublone, aber einen genauen Standort noch nicht. Es zeigte sich jedoch, dass man schweres Gerät benötigte. Doch ein Bagger fällt auf, wenn er plötzlich im Wald steht. Ein Traktor mit einer Baggerschaufel war besser zu bewegen. Aber Sven hätte sofort Fragen gestellt, wenn Sie angefangen hätten, massiv Erde auszubaggern. Deshalb der Plan mit dem falschen Grab. Es war schnell errichtet und Sven hatte im Sommer anderes zu tun, als sich um Dinge auf Gesines Grund zu kümmern. Die Ankündigung der Probebohrung zwang Sie vorzeitig tätig zu werden. Denn eigentlich wollten Sie im Schatten des Hügelgrabes die letzten Erdarbeiten durchführen. Wenn man ganz offiziell das Grab untersuchen würde. Ein Bagger wäre nicht mehr auffällig gewesen und Gesine hätte ihn bedienen können.

Edna sagte mir, dass es eine große Ankündigung am Wochenende vom Professor geben solle.«

Der Professor schwieg.

»Es muss Sie verärgert haben, dass kurz vor diesem Ziel Pechnagel plötzlich nicht mehr mitspielen wollte. Sie nutzten die Gelegenheit, den Wechselschalter anders einzusetzen als gedacht. Als der Archäologe in der richtigen Position vor der Baggerschaufel stand, lenkten Sie den Steuerbefehl um. Ein einziger Schwenk des Baggers reichte aus, Ihre Pläne weiterzuführen.«

Tristan wandte sich an die Zuhörer: »Sie müssen wissen, dass der Wechselschalter nicht für den Mord vorgesehen war. Wie sollte man das Opfer genau in die richtige Position bringen, das hätte man nicht planen können.

Nein, der Schalter war vorgesehen, um einen Fehler bei der Steuerung auftreten zu lassen, sozusagen; er sollte Verwirrung stiften.

Da man den Fehler steuern konnte, war es für einen Mechaniker schwer, ihn zu finden. Es macht solche Leute wahnsinnig, wenn die Steuerung mal funktioniert und dann wieder nicht. Die Fehlersuche hätte den Austausch des Baggers erfordert. Wieder eine Verzögerung! Den Bagger durch einen sichtbaren Schaden auszuschalten, hätte die Sabotage offengelegt und Fragen aufgeworfen. Deshalb kam das nicht infrage.«

Hauptkommissar Pfeiffer erhielt einen Anruf, den er sofort entgegennahm.

»Sie haben den Beweis gefunden«, rief er dem Detektiv zu.

»Während wir uns hier versammelt haben, wurde Ihr Büro an der Uni von Hauptkommissar Holzbaum durchsucht«, erklärte Tristan. »Dort wurde die zweite Fernbedienung gefunden.«

»Ist das wahr?« Edna sah ihren Doktorvater entsetzt an.

»Er wollte alles ruinieren, was ich seit Jahren aufgebaut habe«, antwortete von Langendorf leise. »Ich habe ihm die Mittel zur Verfügung gestellt, um uns Zeit zu erkaufen, und er hat mich hintergangen.«

»Wissen Sie, dass ich durch diese Mittel erst auf sie gekommen bin«, sagte Tristan laut. »Gestern Abend habe ich vom Dekan der naturwissenschaftlich-technischen Fakultät Ihren Namen genannt bekommen.«

Die anderen sahen den Detektiv verständnislos an. Tristan erklärte ihnen, dass mit Hilfe eines 3D-Druckers, der im Maschinenbaustudium benutzt wurde, das Wachsmodell für den Bronzekessel gefertigt wurde.

»Wie sind Sie auf die Idee gekommen, dass man an der Uni so etwas fertigen konnte?« fragte Paul Scherz.

»Ein Artikel mit einem Foto«, antwortete Tristan. »Auf dem Foto war eine Skulptur zu sehen, die der Skulptur auf von Langendorfs Schreibtisch sehr ähnlich war.«

»Aber warum haben Sie Gesine Grau getötet?« Die Frage kam von Dr. Marie Schröder. »Wollten Sie nicht, dass man ihr den Stollenfund anrechnen würde?«

Der Mann schwieg, dafür gab Tristan die Antwort: »Gesine hat den Wechselschalter eingebaut. Doch als er für einen Mord benutzt wurde, war sie anständig genug, einen Schlussstrich zu ziehen. Eine Mitwisserin, die einen Mord bezeugen konnte und nicht mehr mitspielte, war zu gefährlich.«

»Nehmen Sie den Mann fest«, sagte der

Hauptkommissar zu zwei Beamten in Uniform. »Wir haben ausreichend Beweise, Sie hinter Gitter zu bringen.«

## 4

»Aber was ist mit dem Schatz?« rief Scherz aufgeregt. »Gibt es diesen Stollen wirklich?«

»Abigail, bist du bereit?« fragte Tristan die Baggerführerin, die nun einen Traktor bediente.

»Bin bereit«, antwortete sie.

Tristan sprang vom Traktor und ging ein paar Schritte zur Seite.

»Pechnagel hat eine Videoaufnahme mit einer Drohne gemacht«, erklärte der Detektiv. »Darauf ist zu sehen, dass man weiter unten in einer Senke Erde abgetragen hat. Dorthin fährt Abigail jetzt.«

Die Gruppe hielt es nicht mehr an ihrem Platz. Sie folgten gemeinsam dem Traktor, der von Abigail langsam in die Senke gesteuert wurde.

»Sei vorsichtig!« mahnte ihr Chef.

Abigail nickte mit einem frechen Grinsen, man sah ihr an, dass dies genau ihr Ding war.

Die ersten vollen Schaufeln Erde wurden neben dem Traktor abgelegt. Plötzlich gab es ein lautes Kratzen, als die Schaufel gegen ein massives Hindernis stieß. Das Hindernis stellte sich als eine Mauer aus Beton heraus. Abigail begann sie vorsichtig freizulegen. Nach einer halben Stunde war sie freigelegt. Man sah deutlich, dass sie einen Stollen verschloss. Sie besaß sogar die halbrunde Form, die alte Stollen charakterisierten.

»Das dürfte der Eingang sein«, murmelte Pfeiffer, das Offensichtliche ignorierend.

»Ja«, nickte die Archäologin. »Sehen Sie, dort ist die Mauer aufgebrochen.«

»Da passt nicht mal ein Kind durch«, schnaufte Sven enttäuscht.

Rudi Bauer sah sich die Bruchstelle an und sagte: »Die Betonmauer ist zu dick, um sie mit dem Traktor aufzubrechen.«

»Dann werden wir heute keine Antwort darauf finden, ob hinter der Mauer ein Schatz ruht«, sagte Tristan laut.

Die Aktion wurde abgebrochen. Zwei uniformierte Beamte sollten die Mauer bewachen, bis entschieden wurde, wie es weitergehen sollte.

Tristan lud die Beteiligten zu einem Kaffee in Helgas Pension ein. Eine halbe Stunde später, sie hatten es sich gerade gemütlich gemacht, traf Holzbaum mit der zweiten Fernbedienung ein.

»Wir haben genügend Beweise, ihn wegen der Morde zu überführen«, sagte Pfeiffer zufrieden.

»Wie können Sie ihm den Mord an Gesine beweisen?« fragte Marie.

»Das Navigationsgerät in seinem Auto«, erklärte Tristan. »Das Gerät zeichnet die Fahrten mit Datum, Zeit und Dauer auf.«

»Mit den gefundenen Beweisen wird er sich nicht herausreden können«, ergänzte Holzbaum.

»Aber wie ist Gesine an die Dublone gekommen?« fragte Edna. Sie hatte sich der Gruppe angeschlossen, nachdem der erste Schock über ihren Doktorvater vorüber war.

Die Archäologin hatte eine These, wie die Dublone es aus dem Stollen nach draußen geschafft haben könnte. Demnach hätten starke Regenfälle einen Bach verursacht, der so reißend war, dass die Münze aus dem Loch gespült wurde.

Dem wollte Bauer Sven Kohlhase ganz und gar nicht zustimmen. Als eingefleischter Siegerländer sagte er: »Ich glaube ja eher, dass es ein Dilldappe war. Die lieben alles, was glänzt.«

# Ein Dankeschön …

… an alle, die mir bei diesem Buch geholfen haben. Im Besonderen möchte ich mich bei Dipl.-Ing. Dirk Müller bedanken, der mir Einblicke in die schwierige Planung von Großprojekten gab. Ohne diese Hilfe wären Darstellungen und Handlungen einiger Protagonisten nicht möglich gewesen. Sollten Ungenauigkeiten bei Wasser- und Bergbau-Beschreibungen vorkommen, dann liegt das nicht an Herrn Müller.

Ferner haben sich Marlis Klein und Rebecca El Djabri um das Manuskript gekümmert. Anja Georg, Michelle Georg und Ralph Rottler sorgten als konstruktive Kritiker für den nötigen Feinschliff der Geschichte.

Auch jenen, die hinter den Kulissen am Werk waren, um aus dem Manuskript ein Buch zu machen, gilt mein besonderer Dank.

In der Tristan-Irle-Reihe
bereits erschienen:

1. Tristan Irle und der Rubensmord (1991)
2. Tristan Irle - Eine Leiche auf der HTS (1992)
3. Tristan Irle - Mord Pur (1993)
4. Tristan Irle - Die Abseitsfalle (1994)
5. Tristan Irle - Das sexte Gebot (1995)
6. Tristan Irle und das Rathauskomplott (1996)
7. Tristan Irle - Der Braumeister (1997)
8. Tristan Irle - Gegen den Strich (1998)
9. Tristan Irle - Tödliche Doktorspiele (1999)
10. Tristan Irle - Siegener Maskerade (2000)
11. Tristan Irle - Eisenhart (2001)
12. Tristan Irle - Die Fürstenjagd (2002)
13. Tristan Irle - Lokalzeit (2003)
14. Tristan Irle - Baum fällt! (2004)
15. Tristan Irle - Die zitternden Tenöre (2005)
16. Tristan Irle - Der Killersteig (2006)
17. Tristan Irle - Locht ein! (2007)
18. Tristan Irle hat Lampenfieber (2008)
19. Tristan Irle und der Grabräuber (2009)
20. Tristan Irle - Wo ist Marlowe? (2010)
21. Tristan Irle - Der Bienenstich (2011)
22. Tristan Irle serviert kalte Platte (2012)
23. Tristan Irle - Die letzte Filmklappe (2013)
24. Tristan Irle trifft den Wisent (2014)
25. Tristan Irle - Sturmwind (2015)

26. Tristan Irle - Der Missionsbefehl (2016)
27. Tristan Irle - Der Luther-Anschlag (2017)
28. Tristan Irle - die Killer-OP (2018)
29. Tristan Irle - Das Pferdegrab (2019)
30. Tristan Irle - Nachtfrost (2020)
31. Tristan Irle - Die Todes-Rallye (2021)
32. Tristan Irle - Das Krimispiel (2022)
33. Tristan Irle - Der Heimatverein (2023)

Nicht jeder der genannten Titel ist immer lieferbar. Vergriffene Titel werden in einem bestimmten Rhythmus wieder aufgelegt. Fragen Sie bitte im Einzelfall bei Ihrem Buchhändler nach, welche Titel lieferbar sind.

In der Raphael-Olofsson-Reihe
bereits erschienen:

Der Billy-Code - Mord im schwedischen
Möbelhaus (2008)
ISBN: 978-3-935378-19-2

Wolkenmord - 12.000 Meter über Afrika (2012)
ISBN: 978-3-935378-32-1

Das Aschebuch (2014)
ISBN: 978-3-935378-37-6

Die ägyptische Totenbarke (2017)
ISBN: 978-3-935378-41-3

Der Eiskanal (2019)
ISBN: 978-3-935378-44-4

Der Maya-Kodex (2022)
ISBN: 978-3-935378-48-2
(momentan vergriffen)

## Als Hörbücher
## in der Tristan-Irle-Reihe erschienen:

### Tristan Irle serviert kalte Platte (2012)

Autor Ralf Strackbein liest – 350 min. Laufzeit
Vollständige Ausgabe · ISBN: 978-3-935378-34-5

### Tristan Irle - Die letzte Filmklappe (2013)

Radio Siegen liest – 350 min. Laufzeit
Vollständige Ausgabe · ISBN: 978-3-935378-36-9